천강성天罡星 옥기린玉麒麟 노준의盧俊義

천용성天勇星 대도大刀 관승關勝

천입성天立星 쌍창장雙槍將 동평董平

천교성天巧星 낭자浪子 연청燕青

지걸성地傑星 추군마醜郡馬 선찬宣贊

지음성地雄星 정목안井木犴 학사郝思文

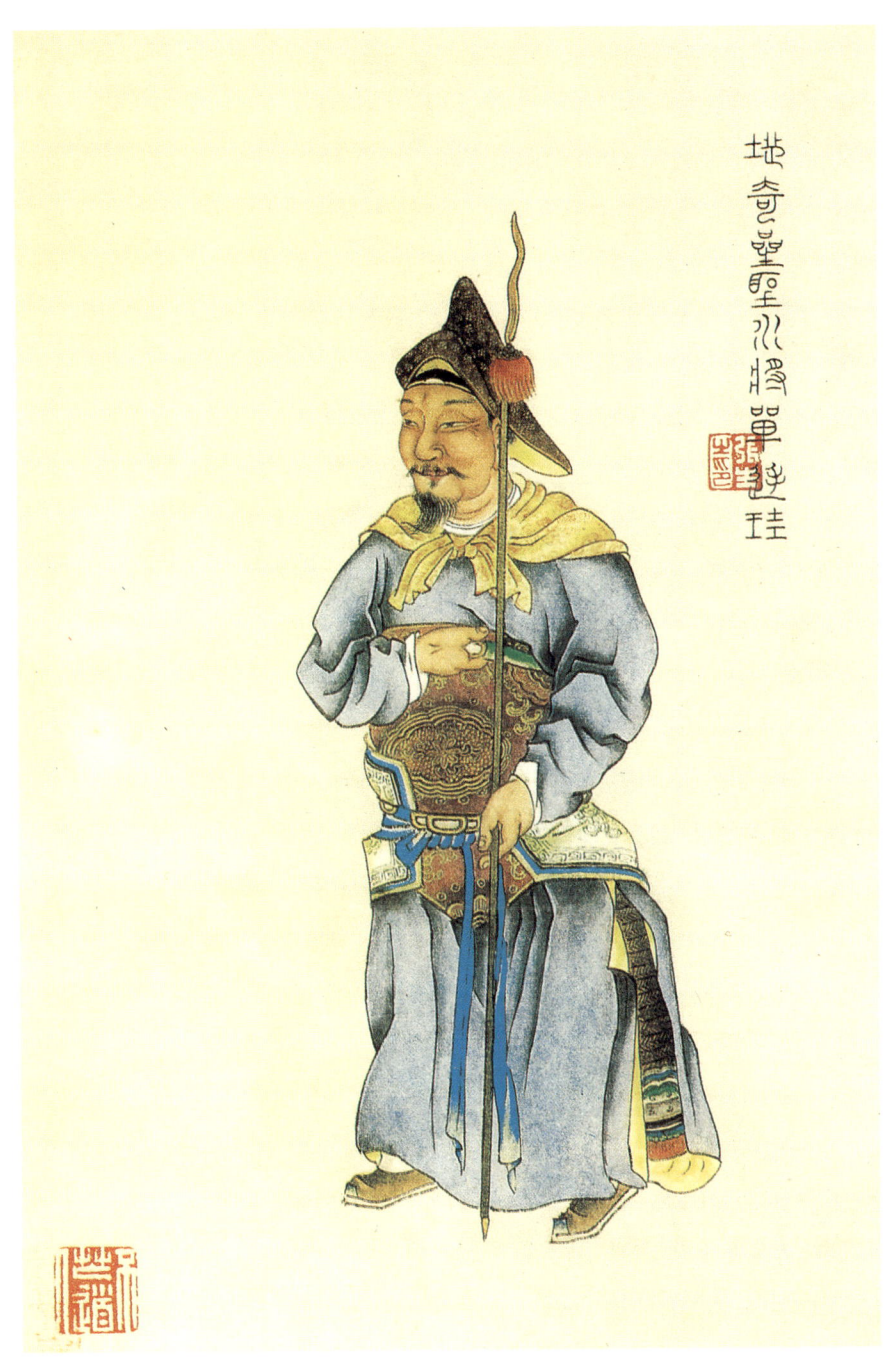

지기성地奇星 성수장군聖水將軍 선정규單廷珪

지맹성地猛星 신화장神火將 위정국魏定國

지령성地靈星 신의神醫 안도전安道全

지수성地獸星 자염백紫髥伯 황보단皇甫端

지폭성地暴星 상문신喪門神 포욱鮑旭

지号성地默星 혼세마왕混世魔王 번서樊瑞

지비성地飛星 팔비나타八臂那吒 항충項充

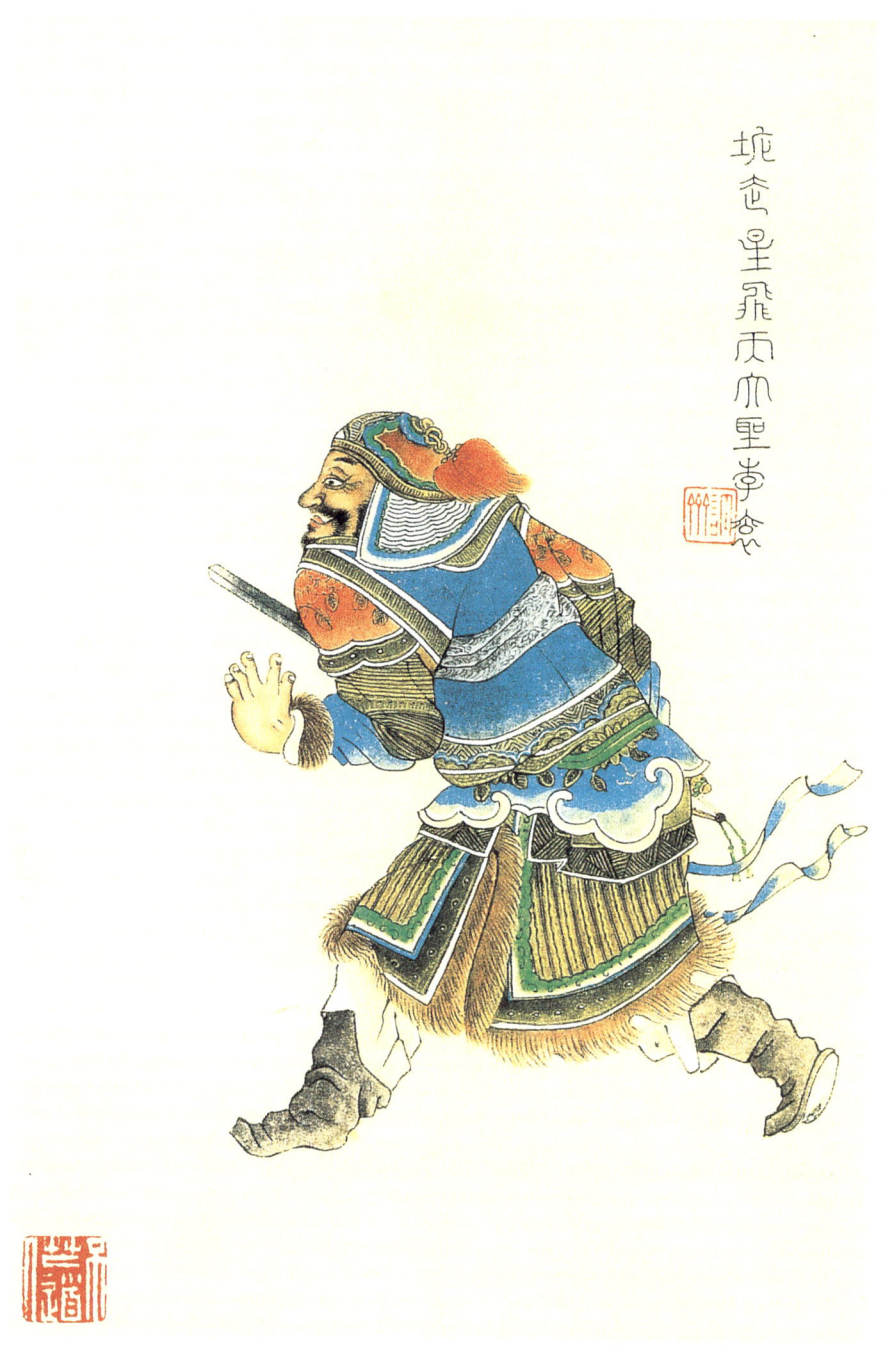

지주성地走星 비천대성飛天大聖 이곤李袞

지첩성地捷星 화항호花項虎 공왕龔旺

지속성地速星 중전호中箭虎 정득손丁得孫

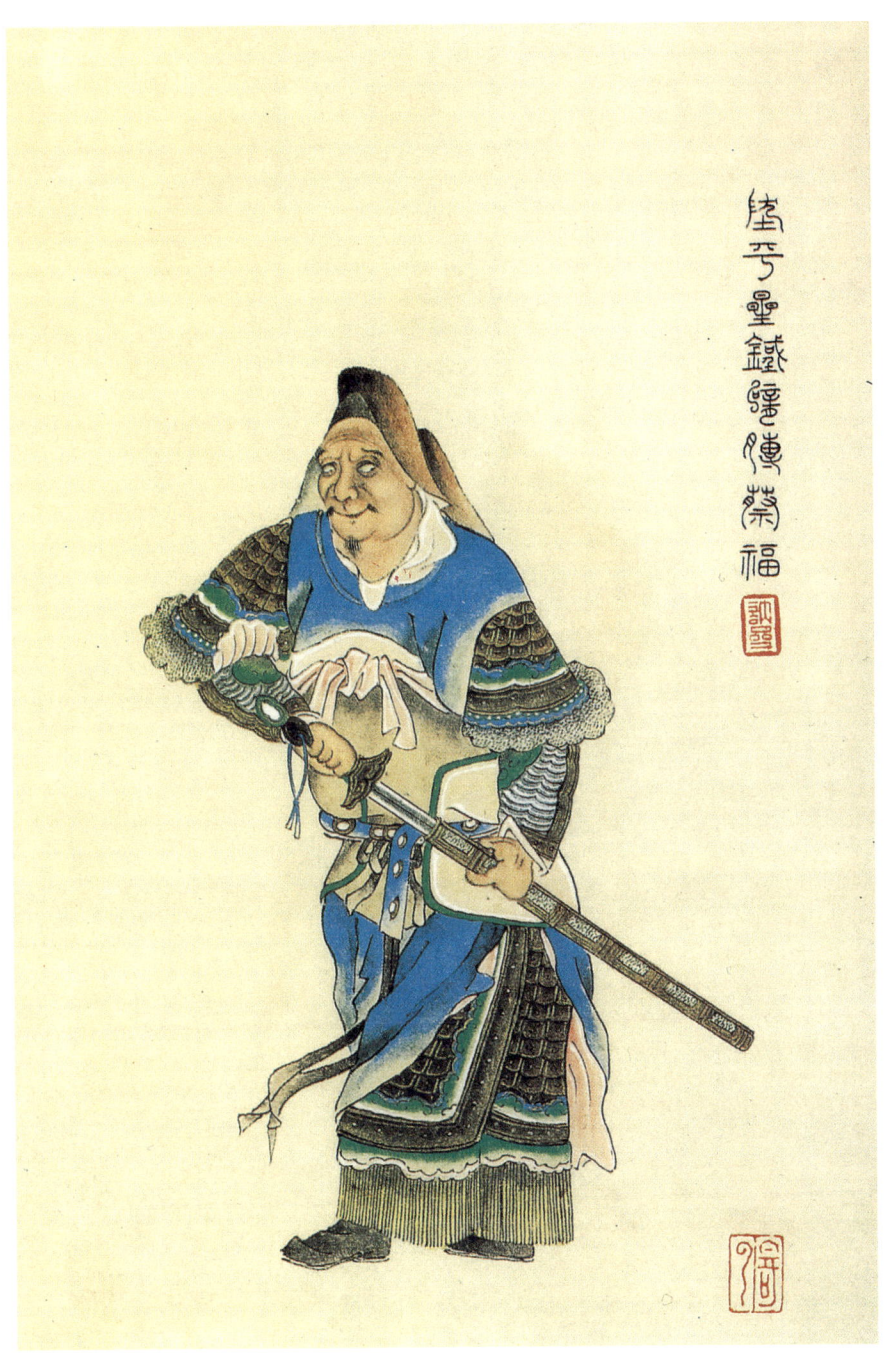

지평성地平星 철비박鐵臂膊 채복蔡福

지악성地惡星 몰면목沒面目 초정焦挺

지열성地劣星 활섬파活閃婆 왕정륙王定六

지건 성地健星 험도신險道神 욱보사郁保四

지구성地狗星 금모견金毛犬 단경주段景住

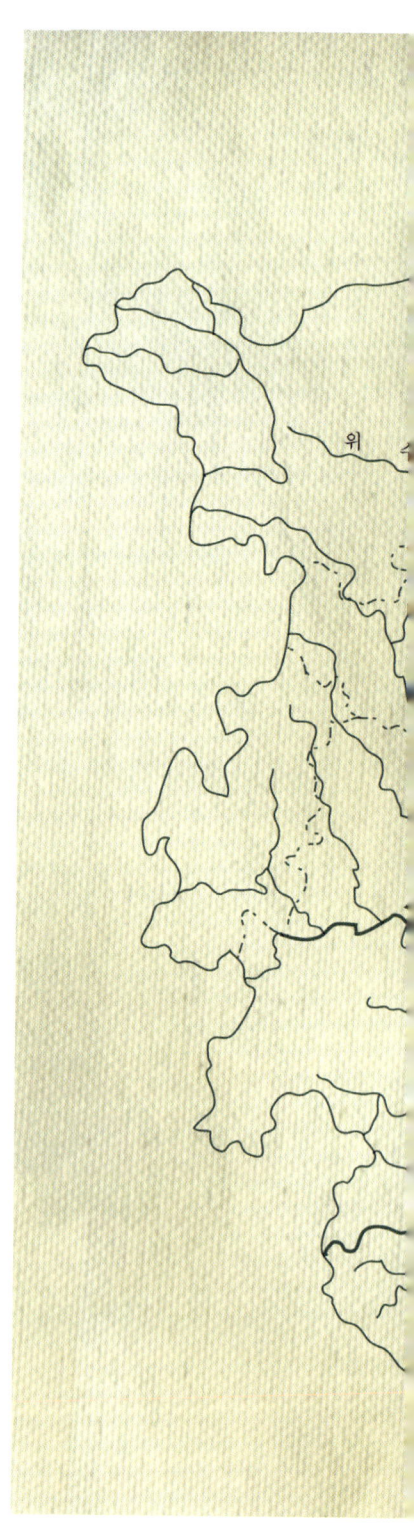

『수호전』의 배경이 된 북송시대의 중국 지도.
빨갛게 표시된 곳이 소설의 주무대다.

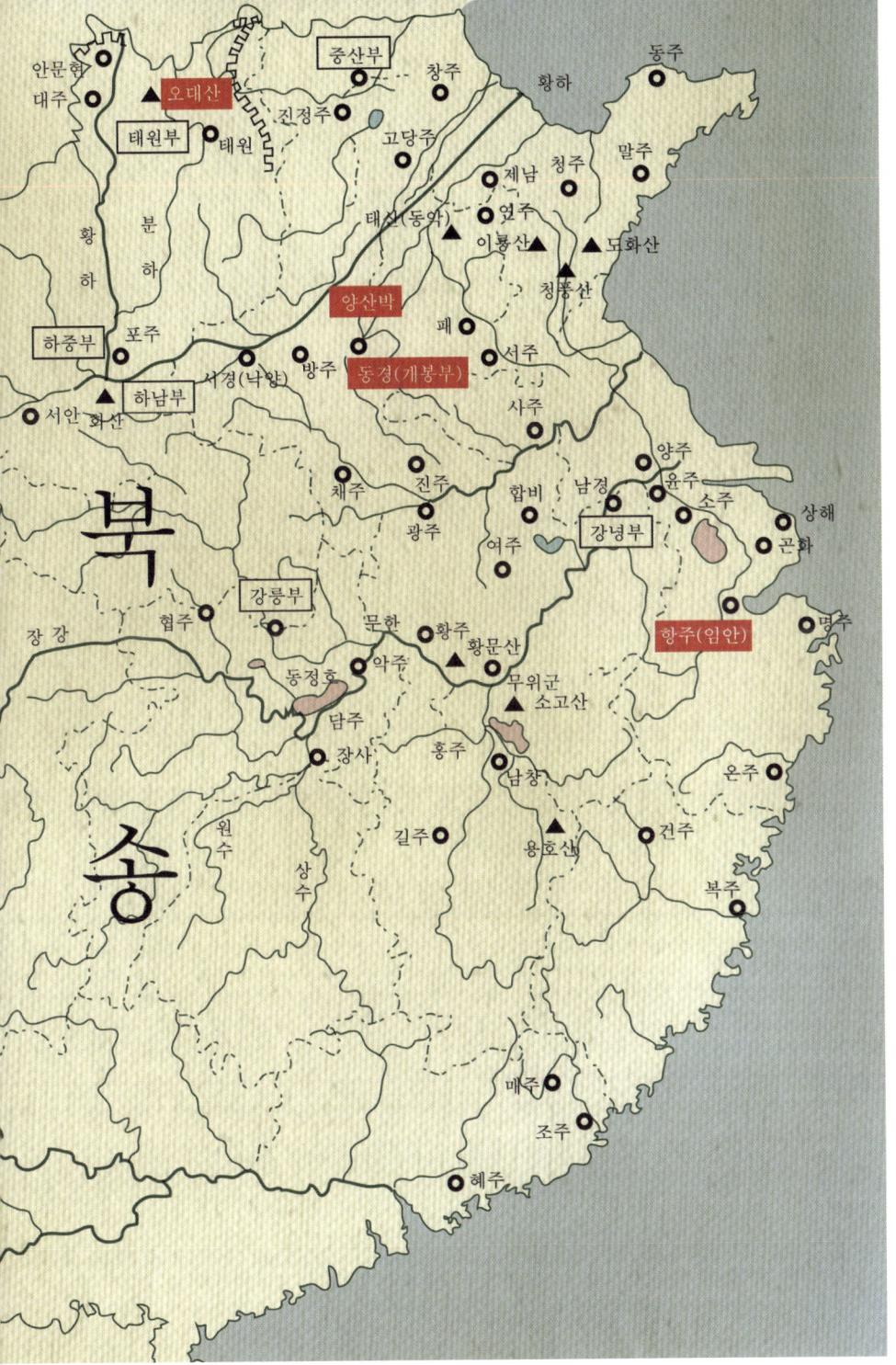

인간 본성의 모든 것이 펼쳐진다

수호전

6

시내암 지음
방영학·송도진 옮김

글항아리

차례

제58회 노지심과 사진 _034
제59회 조개의 최후 _055

十三 북경성

제60회 북경 옥기린 _081
제61회 사지에 빠진 노준의 _110
제62회 북경을 공격하다 _142
제63회 다시 북경으로 _163
제64회 송강이 등창에 걸리다 _184
제65회 북경 대명부, 드디어 함락되다 _204

十四 양산박 108두령

제66회 능주의 성수장군, 신화장군 _225
제67회 조개의 원수를 갚다 _250
제68회 양산박의 주인 _274
제69회 송강, 두령 자리에 오르다 _292
제70회 천강성天罡星 지살성地煞星 _309

1권

황석영 추천 서문: 『수호전』에서 만나는 사람들은 누구인가 _001
옮긴이 서문 _027
김성탄 서문 _037
송사강宋史綱 _041
송사목宋史目 _047
『수호전』을 읽는 법讀第五才子書法 _053
관화당 소장 고본 『수호전』서貫華堂所藏古本『水滸傳』序 _071

설자楔子 _079

一 노지심전

제1회 불량태위 고구 _103
제2회 자비의 손길 _145
제3회 오대산 _170
제4회 도화산 _204
제5회 사진과 노지심 _227

二 임충전

제6회 뜻밖의 불행 _249
제7회 다가오는 음모 _273
제8회 필부匹夫 _289

2권

제9회 눈꽃과 불꽃 _033
제10회 투명장投命狀_050

三 양지전

제11회 유배 _073
제12회 대결 _091
제13회 탁탑천왕 조개 _108
제14회 7명의 도적 _126
제15회 생신강 _147
제16회 이룡산 보주사 _172

四 송강전

제17회 지키는 사람 없는 무법천지 _199
제18회 양산박 _220
제19회 위험한 방문 _244
제20회 염파석 _268
제21회 도망 _292

3권

五 무송전

제22회 호랑이와의 사투 _027
제23회 반금련 _049
제24회 독살 _105
제25회 복수 _125
제26회 십자파에서의 대결 _155
제27회 뜻밖의 인연 _173
제28회 맹주도孟州道를 제패하다 _189
제29회 비운포飛雲浦 _205
제30회 피로 물든 원앙루 _228
제31회 용두사미龍頭蛇尾 _251

六 화영·진명전

제32회 청풍채 _283
제33회 화영과 진명 _303

七 효웅梟雄

제34회 양산박으로 _331

4권

제35회 강호를 떠돌다 _ 042
제36회 심양강 _ 064
제37회 말썽꾸러기 _ 089
제38회 다가오는 위험 _ 119
제39회 급습 _ 155
제40회 누가 두령인가? _ 175
제41회 천서天書 _ 201
제42회 호랑이 네 마리를 잡다 _ 226

八 양웅·석수전
제43회 양웅과 석수가 만나다 _ 259
제44회 절세미녀 반교운 _ 287
제45회 양산박 가는 길 _ 319

5권

九 축가장
제46회 축가장으로 진군 _035
제47회 축가장을 다시 공격하다 _061
제48회 등주에서 온 원군 _077
제49회 축가장, 드디어 함락되다 _104

十 고당주
제50회 뇌횡과 주동 _129
제51회 시진이 수렁에 빠지다 _156
제52회 이규가 나진인을 공격하다 _179
제53회 고당주를 격파하고 시진을 구하다 _209

十一 호연작전
제54회 연환마 _235
제55회 구겸창 _256
제56회 도망간 호연작 _280

十二 풍운 양산박
제57회 영웅들이 양산박으로 모이다 _305

제 5 8 회

노지심과 사진[1]

하 태수가 노지심을 속여 후당 안으로 들어오게 하고 소리질렀다.
"잡아라!"

많은 공인이 노지심을 잡아 대청 계단 아래에 꿇리고 에워쌌다. 하 태수가 심문하려고 입을 여는 순간 노지심이 크게 성내며 소리질렀다.

"너 백성을 해치고 색을 탐하는 어미까지 팔아먹을 도적놈아! 네놈이 감히 나를 잡아? 내가 죽더라도 사진 동생과 함께 죽는다면 아무 걱정 없다. 내가 죽으면 송 공명 형이 네놈을 끝장낼 거다! 내가 너에게

1_ 제58장 오용이 금령 조괘로 태수를 속이다吳用賺金鈴吊挂. 송강이 서악 화산에서 소란을 일으키다宋江鬧西嶽華山.

한마디 하겠다. 천하에 풀 수 없는 원한은 없다. 네가 먼저 사진 동생을 나한테 돌려주고 옥교지 또한 돌려주면, 내가 그 아비 왕의한테 되돌려줄 테니 너는 오늘 밤 당장 화주 태수 자리를 조정에 반환하거라! 너의 도둑 같은 대가리와 쥐 같은 눈을 보니, 오로지 계집은 좋아하여 백성의 부모는 될 수 없겠구나. 만약 이 세 가지를 따른다면 부처님의 자비로써 너그럽게 용서해주겠지만 만약 반 개라도 하지 않으면 끊임없이 뉘우치고 후회해도 소용없을 것이다. 우선 나한테 사진 동생을 보여주고 나와 다시 이야기하자!"

하 태수가 입을 열기도 전에 노지심이 먼저 발끈해 호통을 쳤다. 태수가 화가 치밀었으나 말문이 막혀 아무 말도 제대로 하지 못하고 혼자 중얼거렸다.

"나를 암살하려는 도적이 아닌가 의심했더니 과연 사진 그놈하고 한통속이었구나. 저놈이, 저놈 보아라! 여봐라 저놈을 감옥에 가두거라. 천천히 처리하겠다. 이 머리 까진 놈이 원래 사진 그놈과 한패로다!"

몽둥이질 한번 하지 않고 큰 칼을 씌우고 못을 박아 사형수가 있는 감옥에 가두게 했다. 한편으로는 보고서를 상급 기관 삼성[2]에 보내 처결을 요청하고 선장, 계도는 주부 관아의 공당 안에 봉인했다.

이때 이미 화주성 전체가 노지심으로 인해 떠들썩했고, 졸개들이 이런 소식을 산채에 알렸다. 무송이 크게 놀라 말했다.

2_ 송대의 중서성, 상서성, 문하성을 삼성이라 하는데 국가 최고의 행정기관이다.

"우리 두 사람이 일을 보러 화주로 함께 왔는데 한 사람이 죽게 됐으니 무슨 낯으로 양산박으로 돌아가 여러 두령을 보겠는가!"

어쩔 줄 몰라 하는데 산 아래에서 졸개가 올라와 보고했다.

"양산박에서 왔다는 신행태보 대종이라는 분이 지금 산 아래에 계십니다."

무송이 황망히 내려가 맞이하여 산채로 올라와 주무 등 세 사람과 인사를 나누고, 노지심이 충고를 듣지 않고 가더니 결국은 감옥에 갇혀 있다고 알렸다. 대종이 듣고서 크게 놀랐다.

"내가 여기서 오래 머물 수 없소이다! 빨리 양산박으로 돌아가 형님께 알리고 군사와 장수들을 보내 구출해야겠소."

무송이 말했다.

"저는 여기서 기다릴 테니 형님께서는 서둘러 다녀오십시오."

대종이 야채만 조금씩 먹고 신행법을 일으켜 양산박으로 돌아갔다. 사흘이 안 되어 산채에 도착했다. 조개, 송강 두령에게 노지심이 사진을 구하기 위해 하 태수를 죽이려다 함정에 빠져 감옥에 갇힌 일을 이야기했다. 조개가 듣고서 크게 놀랐다.

"두 형제가 어려움에 처했으니 어찌 구하지 않겠는가! 더 이상 지체할 수 없으니 내가 직접 가야겠다."

송강이 말했다.

"형님께서는 산채의 주인이시니 가볍게 움직일 수 없습니다. 이 동생이 형님을 대신해 가겠습니다."

그날로 군사를 점검하고 세 부대로 나누어 진군했다. 전군前軍은 임충, 양지, 화영, 진명, 호연작 다섯 두령이 선봉에 서서 갑마^{甲馬}3 1000과 보군 2000기를 이끌고 먼저 출발하여 산을 만나면 길을 뚫고 강을 만나면 다리를 세우게 했다. 중군은 송 공명을 주장으로 하여 군사 오용과 주동, 서녕, 해진, 해보 등 모두 여섯 두령으로 마보군 2000명을 인솔했다. 후군은 군량과 마초를 주관하여 호송하게 하고 이응, 양웅, 석수, 이준, 장순 다섯 두령이 마보군 2000명을 이끌었다. 전체 7000명의 군사로 양산박을 떠나 곧장 화주로 진군했다. 하루도 쉬지 않고 서둘러 달려 반쯤 도달했을 때 먼저 대종이 소화산에 알렸다. 주무 등 세 사람은 돼지와 양, 소와 말을 잡고 좋은 술을 양조하고 양산박 대군이 오기를 기다렸다.

송강이 이끄는 군마 세 부대가 모두 소화산 아래에 도착했다. 무송이 주무, 진달, 양춘 세 사람을 이끌고 산을 내려가 송강, 오용 및 여러 두령과 인사를 나누고 산채에 올라 앉았다. 송강이 성안의 일을 상세히 묻자 주무가 대답했다.

"이미 하 태수가 두 두령을 감옥에 가뒀고 조정의 처분이 내려오기를 기다리는 중입니다."

송강과 오용이 물었다.

"어떤 계책을 세워야 구할 수 있겠소?"

주무가 말했다.

3_ 갑마^{甲馬}: 갑옷을 두른 전투마.

"화주의 성곽은 넓고 해자도 매우 깊어 급히 쳐서는 무너뜨리기 어려울 겁니다. 밖에서 공격하고 안에서 호응해줘야 성을 취할 수 있을 겁니다."

오 학구가 말했다.

"내일 일단 성에 가서 성지를 살펴보고 난 뒤 어떻게 할지 다시 상의해봅시다."

송강은 저녁까지 술을 마시며 화주성에 가려고 간절하게 날이 밝기를 기다렸다. 오용이 말리며 간언했다.

"성안 감옥에 호랑이 두 마리를 가둬두고 있는데 어찌 방비를 하지 않았겠습니까? 대낮에 가서 보면 안 됩니다. 오늘 밤 분명 달빛이 밝을 터이니 신시 즈음에 산을 내려가면 일경에 도착하여 성을 엿볼 수 있습니다."

그날 오후가 되자 송강, 오용, 화영, 진명, 주동 등 다섯 명이 말을 타고 산을 천천히 내려가 초경쯤 되어 화주성 밖에 도달했다. 산비탈 높은 곳에서 말을 세우고 화주성 안을 바라보았다. 때는 2월 중순의 날씨라 달빛이 대낮같이 밝았고 하늘에는 구름 한 점 없었다. 화주성을 두르고 있는 성문이 여러 개인데 성은 높고 웅장하며 해자는 깊고 넓었다. 한참 동안 성을 바라보는데 멀리 서악화산西岳華山이 눈에 들어왔다.

송강과 두령들이 아무리 살펴봐도 성과 해자가 두텁고 웅장하며 형세가 견고하여 좋은 계책이 떠오르지 않았다. 오용이 말했다.

"일단 산채로 돌아가서 다시 상의해보시지요."

다섯 명은 그날 밤 소화산으로 돌아왔다. 송강은 이맛살을 펴지 못하고 얼굴에 온통 근심스런 기색을 띠고 있었다. 오 학구도 근심스럽기는 마찬가지였다.

"일단 날래고 영리한 졸개 10여 명을 내려 보내 근처 소식들을 알아보게 하는 것이 좋겠습니다."

이틀이 지나자 갑자기 한 졸개가 산으로 올라와 알렸다.

"이번에 조정에서 전사태위殿司太尉를 보내 천자께서 하사하신 '금령조괘金鈴弔挂'를 가지고 서악에서 향을 사르고 참배하기 위해 황하에서 위하渭河로 들어온다고 합니다."

오용이 듣고서 말했다.

"형님, 걱정하실 필요 없습니다. 여기에 계책이 있습니다."

바로 이준과 장순을 불러 지시했다.

"너희 두 사람은 내 대신 가서 이렇게 저렇게 하거라."

이준이 말했다.

"이곳 지리를 아는 사람이 아무도 없습니다. 길을 안내해줄 사람 하나 있으면 좋겠습니다."

백화사 양춘이 나섰다.

"소인이 같이 가면서 도와주면 어떻겠습니까?"

송강이 크게 기뻐했고 세 사람은 산을 내려갔다. 다음 날 오 학구는 송강, 이응, 주동, 호연작, 화영, 진명, 서녕 등 7명과 500여 군사를 이끌고 은밀하게 산을 내려갔다. 위하 나루에 이르니 이준, 장순, 양춘이 이미 10여 척의 큰 배를 빼앗아 그곳에 있었다. 오용은 다시 화영, 진명, 서녕, 호연작 4명을 불러 물가에 숨게 하고 송강, 오용, 주동, 이응은 배 안에 남았다. 이준, 장순, 양춘은 각기 배를 나누어 타고 모두 모래사장에 숨어 하룻밤을 기다렸다.

다음 날 날이 밝자 멀리서 징 소리와 북소리가 들리더니, 세 척의 관선官船이 물길을 따라 내려왔다. 배 위에 황색 깃발 하나를 꽂았는데 '흠봉성지欽奉聖旨 서악강향西岳降香 태위숙太尉宿(천자의 뜻을 받들어 서악으로 향을 사르러 가는 태위 숙씨)'이란 글자가 쓰여 있었다. 주동과 이응은 각자 긴 창을 잡고 송강의 뒤에 서고 오용은 뱃머리에 서 있었다. 태위의 배가 이르자 나루에서 가로막았다. 배 안에서 자줏빛 적삼을 입고 은색 요대를 두른 우후 20여 명이 달려나와 소리질렀다.

"네놈들의 배가 어떤 배이기에 나루에서 감히 대신의 배를 가로막느냐!"

송강이 골타를 잡고 몸을 굽혀 인사했다. 뱃머리에 있던 오 학구가 말했다.

"양산박 의사 송강이 삼가 문안드리옵니다."

배 위에서 객장사客帳司[4]가 나와 대답했다.

"이 배에는 태위께서 계시느니라. 천자의 명을 받들어 서악으로 향을 사르러 가는 길인데 너희 양산박 도적 떼가 무슨 까닭으로 길을 막느냐?"

---

[4]_ 객장사客帳司: 관청에서 접대와 윗사람을 봉양하는 일을 관장하는 관리.

송강은 여전히 몸을 굽혀 허리를 펴지 않았고, 오용이 뱃머리에서 다시 말했다.

"저희는 의사로서 태위님의 존안을 뵙고 드릴 말씀이 있사옵니다."

"네놈들이 어떤 놈들이기에 감히 경솔하게 태위님을 뵙고자 하느냐!"

양쪽에 있던 우후들이 고함을 질렀다.

"네 이놈, 목소리를 낮추거라!"

송강은 여전히 몸을 굽혀 일으키지 않았고, 뱃머리에서 오용이 또 말했다.

"태위께서는 잠시 물가로 오르시지요. 상의드릴 일이 있사옵니다."

객장사가 말했다.

"허튼소리 마라! 태위께서는 조정의 대신이시다. 어떻게 네놈과 상의할 수 있단 말인가?"

그때 송강이 몸을 일으켜 나오며 말했다.

"태위께서 만나주시지 않는다면 우리 애들이 태위님을 놀라게 할까 두렵사옵니다."

주동이 창끝에 묶은 작은 깃발을 흔들자 물가에서 화영, 진명, 서녕, 호연작이 마군을 이끌고 나와 일제히 활시위에 화살을 얹고, 모두 강어귀에 와 물가에 배열했다. 관선의 사공들이 모두 놀라 앞다퉈 선실로 들어갔다.

객장사가 놀라 쫓겨 들어가 태위에게 보고했다. 숙 태위는 하는 수 없이 뱃머리로 나와 앉았다. 송강이 다시 몸을 굽혀 인사했다.

"저희가 이렇게 나서서 황송합니다."

숙 태위가 물었다.

"의사들은 무슨 까닭으로 이렇게 배를 가로막는가?"

"저희가 어찌 감히 태위님을 가로막겠습니까! 단지 태위께서 잠시 물가에 오르시면 아뢸 말씀이 있어서 그런 것뿐이옵니다."

"나는 지금 특별히 천자의 뜻을 받들어 서악으로 향을 사르러 가는데 의사와 무슨 상의할 일이 있겠는가? 그리고 조정 대신이 어찌 경솔하게 물가에 오를 수 있단 말인가!"

뱃머리에 있던 오용이 말했다.

"태위께서 들어주시지 않으면 물가에 있는 저희 동료들이 받아들이지 않을까 두렵사옵니다."

이번에는 이응이 창을 들어 신호로 한 번 흔드니 이준, 장순, 양춘이 일제히 배를 저어 다가왔다. 숙 태위가 바라보고 깜짝 놀랐다. 이준과 장순은 손에 시퍼렇게 날선 칼을 잡고 관선에 뛰어올라 두 명의 우후를 순식간에 잡아채 물속으로 던져버렸다. 송강이 서둘러 말렸다.

"제멋대로 행동하지 마라. 귀인께서 놀라시겠다!"

이준, 장순이 첨벙 하고 물속에 뛰어들어가 두 우후를 배 위로 올리고 자신들의 배로 훌쩍 뛰어 돌아왔다. 자지러지게 놀란 태위는 혼이 몸에 붙어 있지 않은 것처럼 넋이 나갔다. 송강과 오용이 일제히 고함쳤다.

"애들은 물러나거라. 귀인을 더 이상 놀라게 하지 마라! 우리가 천천히 태위께 물가에 오르시기를 청하겠다."

숙 태위가 말했다.

"의사님들, 무슨 일인지 여기에서 말씀하셔도 상관없습니다."

송강과 오용이 함께 말했다.

"여기는 이야기를 나눌 장소가 아닙니다. 태위께 청하건대 저희 산채로 모신 뒤 말씀드리겠습니다. 해칠 마음은 결코 없사옵니다. 만약 해할 마음을 품었다면 서악 신령께서 저희를 죽여 없앨 것입니다!"

이쯤 되자 태위도 물가에 오르지 않을 수 없었다. 숙 태위가 배에서 내려 물가로 올랐다. 숲에서 기다리고 있던 사람들이 말 한 필을 끌고 와 태위를 부축하여 말에 오르게 하니, 태위는 어쩔 수 없이 따라 갔다. 송강과 오용이 화영, 진명을 불러 태위를 모시고 산에 오르게 했다. 송강과 오용도 말에 오르고 배에 타고 있던 사람들과 어향, 제물, 금령조괘도 가지런히 수습해 산에 오르게 했다. 이준과 장순등 100여 명은 남아 관선을 지키게 했다. 일행과 두령들이 산에 오르자 송강, 오용이 말에서 내려 산채에 들어가 숙 태위를 부축하여 취의청 상좌에 앉히고 양쪽으로 여러 두령이 칼을 빼들고 시립했다. 송강이 홀로 숙 태위 앞에서 네 번 절한 뒤 무릎 꿇고 아뢰었다.

"송강은 본래 운성현의 하급 관리였으나 관가에게 핍박을 받아 어쩔 수 없이 산속에 숨어 무리를 모았습니다. 지금은 양산박에 잠시 몸을 피하고 있으나 조정에 귀순하여 국가를 위해 있는 힘을 다할 기회를 기다리고 있습니다. 그런데 이번에 저의 두 형제가 죄 없이 하 태수의 모함에 빠져 감옥에 갇혔습니다. 그래서 태위님의 어향, 의종儀從[5]과 금령조괘를 잠시 빌려 화주 태수를 속일 생각인데 일이 무사히 끝나면 돌려드릴 터이고 또한 태위님의 신상에 아무런 해가 없도록 하겠습니다.

태위께서 너그럽게 살펴주시옵소서."

"그대에게 어향 등 물건을 잠시 빌려준다 해도 훗날 사실이 드러날 텐데, 그렇게 되면 내가 연루되는 게 아니오!"

"태위께서 동경으로 돌아가신 뒤 모든 잘못을 송강에게 돌리시면 됩니다."

숙 태위는 송강과 양산박 두령들의 위협적인 모습을 보고 더 이상 핑계를 대 거절하지 못하고 어쩔 수 없이 허락했다. 송강은 잔을 들어 숙 태위에게 감사하고 연회를 열어 대접했다. 태위가 수행하고 온 사람들의 의복을 모두 빌려 입고, 졸개 중에서 용모가 준수한 사람을 뽑아 콧수염을 깎고 태위의 옷을 입혀 숙원경宿元景으로 가장하게 했으며 송강과 오용은 객장사로 꾸몄다. 해진, 해보, 양웅, 석수는 우후로 변장했다. 졸개들은 모두 자색 적삼에 은빛 요대를 차고, 정절旌節6, 깃발, 의장, 제기祭器를 들고 어향, 제례, 금령조괘를 받쳐 들었다. 화영, 서녕, 주동, 이응은 각각 네 위병으로 가장했고 주무, 진달, 양춘은 태위와 따르던 수행인 등을 정성스럽게 모시고 술자리를 마련해 대접하게 했다. 진명, 호연작이 한 부대를 이끌고 임충, 양지가 다른 한 부대를 이끌어 양쪽 길로 나누어 성을 취하게 했다. 무송은 먼저 서악문 아래에서 기다리다가 신호를 보내면 즉시 움직이기로 했다.

5_ 의종儀從: 의장儀仗과 호위병 등 수행원.
6_ 정절旌節: 고대 사자使者가 소지했던 신표(위임장)로 신임의 증빙이었는데, 후대에는 신부信符라 했다.

양산박 군사들은 산채를 떠나 강 어귀에 이르러 배를 타고 화주 태수에게 알리지 않고 곧바로 서악묘로 향했다. 대종이 먼저 운대관雲臺觀7으로 가서 관주觀主와 사당 안의 일하는 사람들에게 알리고 배가 도착하자 나와서 가짜 태위 일행을 물가에서 맞이했다. 향과 꽃과 등불과 촛불, 당번幢幡8과 보개寶蓋9들이 앞에 배열되어 있었다. 먼저 어향을 향정香亭10에 모시게 하고, 사당의 인부들이 금령조괘를 받들고 인도했다. 관주가 태위를 알현했다. 오 학구가 말했다.

"태위께서 오시는 도중에 병에 걸려 몸이 불편하시니 난교暖轎11를 대령하시오."

좌우 사람들이 태위를 부축해 가마에 오르게 하고 서악묘 안 관아에서 쉬게 했다. 객장사 오 학구가 관주에게 말했다.

"우리는 황제의 뜻을 받들어 어향과 금령조괘를 모시고 성제聖帝께 공양하러 왔소이다. 화주 관원들은 무슨 까닭으로 오만을 부리며 영접하러 오지 않는가?"

7_ 운대관雲臺觀: 도교 사원의 명칭. 지금의 산시성陝西省 화산華山산 운대봉雲臺峰 위에 위치함. 북주北周 도사 초도광焦道廣이 세운 것과 송宋 건륭建隆 2년에 진단陳摶이 세운 것이 있다.
8_ 당번幢幡: 불교, 도교에서 사용한 깃발. 머리에 진귀한 진주가 달려 있는 높고 큰 깃발 장대가 아래로 드리워져 있고, 불사佛寺 혹은 도장道場 앞에 세워져 있음. 당은 장대 기둥, 번은 길게 드리워진 견직물을 가리킨다.
9_ 보개寶蓋: 불교 혹은 제왕帝王 의장儀仗 등의 산개傘蓋.
10_ 향정香亭: 향로가 설치된, 화려하게 장식한 작은 정자.
11_ 난교暖轎: 휘장으로 가려진 가마.

"이미 사람을 보내 알렸으니 곧 올 것입니다."

말이 미처 끝나기 전에 화주에서 먼저 보낸 추관推官12 하나가 50~70명의 공인을 데리고 술과 안주를 바친 뒤 태위를 뵙고자 청했다.

원래 태위로 가장한 그 졸개는 비록 외모는 비슷했으나 말주변이 없었기 때문에 병에 걸렸다는 핑계로 이불을 두르고 침상에 앉아만 있었다. 추관이 살펴보니 정절, 깃발, 의장 등의 물건이 모두 궁궐 안에서 만들어 나온 것들이라 어찌 믿지 않겠는가? 객장사가 급히 두 차례나 들락거리며 아뢰자 겨우 추관을 안으로 들이고 멀리 계단 아래에서 참배했다. 태위가 손가락질하며 이야기했으나 무슨 소리인지 들을 수가 없었다. 객장사가 바로 내려오더니 추관에게 불만을 터뜨렸다.

"태위께서는 천자를 가까이 모시는 대신이신데 천릿길 여정을 마다하지 않고 성지를 받들어 이곳에 향을 사르러 오셨다. 그러나 뜻하지 않게 도중에 병이 나서 아직 치유되지 않았다. 그런데 이곳 관리들은 어찌하여 멀리 나와 영접하지 않느냐?"

"지나오신 관아에서 저희 주부에 비록 문서를 보냈으나 근래에 보고가 없었기 때문에 마중 나가지 못했고, 예기치 않게 태위께서 먼저 사당으로 오셔서 그렇습니다. 본래 태수가 당장 와야 하지만 소화산 도적들이 양산박 강도들과 규합해 성지를 치려 하고 있어 매일 방비하느라 멋대로 이탈할 수 없사옵니다. 할 수 없이 소관을 먼저 보내 주례酒禮를

12_ 추관推官: 송대에 주마다 절도추관과 관찰추관을 1명씩 두어 사법 사무를 주관했다.

바치도록 했고 태수도 뒤따라 배알하러 올 것입니다."

객장사가 말했다.

"태위께서는 지금 술을 한 방울도 마시지 못하시니 태수를 빨리 불러 제례의식이나 논하자."

추관이 즉시 술을 가지고 객장사 수행원에게 잔을 바쳤다. 객장사가 다시 들어가 아뢰고 열쇠를 받아 다시 나온 뒤 추관을 이끌고 궤짝의 자물쇠를 열었다. 비단 자루에서 천자가 하사한 금령조괘를 꺼내 대나무 장대에 걸고 추관을 불러 자세히 보게 했다. 과연 훌륭한 금령조괘였다! 금령조괘는 금방울 한 쌍이 매달려 있고, 동경 궁궐 안 황실 물품을 만드는 공방 최고 장인이 7색 진주를 끼워 박아 만들었으며, 중간에 붉은 실로 장식한 등롱을 켜서 성제전聖帝殿 정중앙에 매다는 것이다. 황궁 공방에서 가져온 것이 아니라면 민간에서 어떻게 만들 수 있겠는가? 객장사가 추관을 불러 보여주고 다시 궤짝에 넣은 뒤 자물쇠를 채웠다. 또한 중서성에서 내린 허다한 공문을 추관에게 교부하고 태수를 빨리 불러 날을 잡아 제사지내는 문제를 상의하라 했다. 추관과 여러 공인이 모두 많은 물건과 공문서를 보았기에 객장사와 작별하고 화주부로 돌아와 하 태수에게 보고했다.

송강이 속으로 쾌재를 부르며 말했다.

'이놈이 아무리 교활해도 눈이 어지럽고 정신이 아찔해서 속아 넘어가지 않을 도리가 없으렷다!'

이때 무송은 이미 사당 문 아래에 서 있었다. 오 학구가 또 석수로 하여금 예리한 칼을 감추고 사당 문 아래에서 무송의 일을 돕도록 했으며 대종도 우후로 변장하도록 했다. 운대 관주가 들어가 소재素齋13를 바치고 다른 한편으로는 일꾼들에게 악묘에 의장을 늘어놓게 했다. 송강이 한가하게 걸으며 서악묘를 구경하니 정말 잘 지은 건물이었다. 전당도 평범하지 않고 진실로 인간이 만들어낸 천상天上이었다. 송강이 한 바퀴 둘러보고 관청 앞으로 돌아오는데 문 앞에서 보고했다.

"하 태수가 옵니다."

송강이 즉시 화영, 서녕, 주동, 이응 등 4명의 위병을 불러 각기 병기를 잡고 양쪽에 늘어서게 했다. 해진, 해보, 양웅, 대종도 각자 무기를 감추고 좌우에 시립했다.

하 태수가 300여 명을 이끌고 사당 앞에 도착하여 말에서 내려 사람들에게 둘러싸여 들어왔다. 객장사 오 학구와 송강이 살펴보니 하 태수가 300여 명의 공인을 데리고 들어오는데 모두 칼을 들고 있었다. 객장사가 고함을 질렀다.

"조정의 귀인이 이곳에 계시니 관계없는 잡다한 사람들은 물러나라!"

다른 사람들은 모두 발걸음을 멈추고 하 태수 혼자 앞으로 나와 태위를 알현했다. 객장사가 말했다.

"태위께서 태수는 들라 하시오."

하 태수가 관청 앞으로 들어와 태수로 가장한 졸개에게 절을 했다.

13_ 소재素齋: 불교, 도교 등의 종교인이 먹는 소식素食.

객장사가 다시 말했다.

"태수, 너는 네 죄를 알겠느냐?"

"하 아무개가 태위께서 오신 것을 몰랐습니다. 너그럽게 죄를 용서해 주십시오."

"태위께서 천자의 조서를 받들고 여기 서악에 향을 사르러 오셨는데 어찌하여 나와 영접하지 않았느냐?"

"화주에 도착하실 때까지 오신다는 연락을 받지 못해 마중 나가지 못했습니다."

태수가 변명하자 오 학구가 고함을 질렀다.

"여봐라, 저놈을 잡아라!"

해진, 해보 두 형제가 순식간에 발길질을 해서 쓰러뜨리고 휙 하고 단도를 뽑아 목을 잘라버렸다. 그때 송강이 고함쳤다.

"얘들아, 모두 해치워라!"

하 태수를 따라왔던 300여 명이 모두 놀라 멍하니 바라만 보고 도망가지 못했다. 화영 등이 일제히 달려들어 남은 사람들을 허수아비 자르듯 베어 땅바닥에 쓰러뜨렸다. 살아남은 절반 정도가 사당 문밖으로 뛰쳐나갔으나 무송과 석수가 칼을 휘두르며 죽이고 졸개들이 사방에서 달려들어 베니 300여 명 중에 살아남은 자가 단 한 명도 없었다. 이어서 나중에 사당에 도착한 자들은 장순과 이준이 모두 죽였다.

송강은 급히 어향과 조괘를 수습하여 배를 타고 화주로 달려갔다. 화주성에 도착하여 보니 이미 성안 두 군데에서 불길이 일어나고 있자 일제히 성안으로 밀고 들어갔다. 우선 감옥으로 가서 사진과 노지심을 구하고 창고를 열어 돈과 재물을 털어 수레에 실었다. 노지심은 후당으로 달려가 계도와 선장을 되찾았다. 옥교지는 이미 우물에 투신하여 죽은 지 오래였다. 양산박 군사들은 화주를 떠나 배를 타고 소화산으로 돌아와 숙 태위를 찾아보고 어향, 금령조괘, 정절, 문기, 의장 등의 물건을 모두 돌려주고 절하며 감사했다. 또한 금은 한 접시를 선사했고 수행한 모든 사람에게 지위의 높고 낮음을 막론하고 금은을 나눠주었다. 산채에서 송별 연회를 열어 다시 한번 태위에게 감사했다. 여러 두령이 산 아래까지 전송하고 하구에서 관선을 인계했고 잡아두었던 사람들을 하나도 빠짐없이 원래대로 돌려주었다. 송강은 숙 태위와 작별하고 소화산으로 돌아와 4명의 호걸과 상의하여 산채의 돈과 식량을 수습하고 소화산의 방책을 태워버렸다. 일행은 군마, 군량과 마초를 모두 끌고 양산박으로 돌아왔다. 양산박 일행과 동행하지 않으려는 왕의에게는 여비를 주어 다른 곳으로 떠나게 했다.

한편 숙 태위는 배를 타고 화주성으로 들어왔다. 이때 화주성은 군사들이 이미 양산박 도적들에게 죽임을 당했고, 창고의 돈과 식량을 강탈당했으며, 군교 100명이 넘게 죽고 말들은 모두 빼앗겼다. 또한 서악묘에서도 많은 사람이 목숨을 잃은 터였다. 태위는 이 사실을 이미 알고 추관을 불러 중서성에 올릴 문서를 작성하게 했다. '송강이 도중에 어향, 조괘를 강탈하여 이것으로 하 태수를 속여 사당에 오게 하여 죽였다'는 내용이었다. 숙 태위는 사당에서 어향을 사르고 금령조괘를 운대관 관주에게 넘기고 밤새 급히 경사로 돌아와 있었던 일을 모두 아뢰었다.

송강은 사진과 노지심을 구하고 소화산 네 두령을 데리고, 이전처럼 세 부대로 군사를 나누어 양산박으로 돌아왔다. 여러 주와 현을 지날 때마다 백성을 해치는 일은 추호도 없었다. 먼저 대종으로 하여금 산채에 올라 보고하게 했고, 조개와 여러 두령이 산을 내려와 송강 등을 맞이했다. 함께 산채 취의청에 모여 인사를 마치고 축하 연회를 열었다. 다음 날 사진, 주무, 진달, 양춘 등은 각기 자신들의 재물로 연회를 열어 다시 한번 조개와 송강 두 사람에게 감사했다. 술자리가 한창일 때 조개가 말했다.

"내게 한 가지 일이 있는데, 공명 아우가 계속해서 산채에 있지 않아 잠시 내버려두었다네. 어제 또 네 명의 형제가 새로 와서 바로 말하기가 좋지 않았네. 사실 사흘 전에 주귀가 산채에 보고를 했네. '서주徐州 패현沛縣 망탕산芒碭山'에 새로운 도적 떼 3000여 명이 생겼다네. 우두머리는 도사인데 이름은 번서樊瑞로 별명이 '혼세마왕混世魔王'이라고 하며 비바람을 불러일으키고 병사를 부리는 것이 귀신같다고 하네. 수하에 두 명의 부장이 있는데, 하나는 이름이 항충項充이고 별명은 '팔비나타八臂哪吒'라 한다네. 둥근 방패를 사용하고 방패에 24개의 비도飛刀가 꽂혀 있는데 백 걸음 안에 사람이 들어오면 맞히지 못하는 것이 없다고 하며 철표창을 사용한다 하네. 또 다른 부장의 이름은 이곤李袞이고 별명이 '비천대성飛天大聖'이라 하는데 그 또한 둥근 방패를 사용하며 방패에 표창 24개가 꽂혀 있고 역시 백 걸음 안에 있는 사람을 명중시킬 수 있으며 보검을 사용한다고 하더군. 이 세 사람이 의형제를 맺고 망탕산을 차지하여 인근 마을을 약탈질하고 있다고 하네. 더군다나 세 놈이 우리 양산박 산채를 삼키려고 일을 꾸미고 있다고 했네. 내가 이 말을 들었는데 어찌 화가 나지 않겠는가."

송강이 듣고서 크게 성을 냈다.

"이런 무례한 도적놈들! 소인이 다시 산을 내려가봐야겠습니다."

구문룡 사진이 듣고 있다가 벌떡 일어서며 말했다.

"저희 네 사람은 이제 막 산채에 왔으므로 쌀 반 톨의 공도 없사옵니다. 약간의 인마를 주시면 바로 가서 이 도적놈들을 사로잡아오겠습니다!"

송강이 크게 기뻐하며 즉시 사진에게 군사를 내어주고 주무, 진달, 양춘 모두 무장을 하고 송강과 작별한 뒤 산을 내려와 금사탄을 건너 망탕산으로 길을 잡았다. 사흘도 안 되어 멀리 망탕산이 눈에 들어왔다. 사진은 탄식을 하며 주무에게 물었다.

"여기가 옛날 한 고조께서 뱀을 죽이고 봉기를 일으킨 곳이라는데 어디인지 알 수가 없소!"

주무 등 세 사람 또한 탄식했다. 이윽고 산 아래에 도달하자 길에 숨어 있던 졸개가 산 위로 알리러 올라갔다.

사진은 소화산에서 데리고 온 군사를 일자로 배열하고, 갑옷을 입고 벌겋게 타고 있는 숯처럼 붉은 말을 타고 진 앞으로 나갔다. 손에는 삼첨양인도三尖兩刃刀를 비껴들었고 등 뒤에는 세 두령인 주무, 진달, 양춘이 서 있었다. 네 명의 호걸이 말고삐를 당겨 진 앞에 서자 얼마 안 되어 망탕산에서 나는 듯이 군사들이 내려오는 것이 보였는데, 두 사내가 앞장서 오고 있었다. 그중 우두머리는 서주 패현 사람 항충이었다.

과연 듣던 대로 둥근 방패를 사용하는데 비도 24개가 꽂혀 있었다. 오른손에는 여러 개의 표창을 들고 있고 뒤에 군기가 펄럭였는데 '팔비나타'라는 네 글자가 쓰여 있었다. 그다음은 비현邳縣 사람인 이곤이었다. 그도 둥근 방패를 들고 24개의 표창이 꽂혀 있는데 왼손에는 방패를 들고 오른손에 보검을 들었다. 또한 등 뒤 깃발에 '비천대성'이라는 네 글자가 쓰여 있었다. 산에서 걸어 내려온 두 사람은 사진, 주무, 진달, 양춘이 타고 있는 네 기의 말이 진 앞에 서 있는 것을 보고 아무 말도 하지 않았다. 졸개들이 징을 울리자 두 사내가 둥근 방패를 휘두르며 일제히 진으로 밀고 들어왔다. 사진 등이 막으려 했으나 막지 못하자 후군이 먼저 달아나기 시작했고 사진의 전군이 적을 막으려 저항했으나 주무 등의 중군이 함성을 지르며 30~40리를 물러났다.

사진은 비도에 맞을 뻔했고 양춘은 몸을 돌려 피했으나 늦어 말이 비도에 맞아 다쳐 버리고 달아났다. 사진이 군사를 점검하니 절반이 꺾였기에 주무와 상의하여 사람을 양산박으로 보내 구원 요청을 하려고 했다. 근심하고 있는 사이에 군사가 다급하게 알렸다.

"북쪽 큰길에 먼지가 일어나는데 대략 2000군마가 오고 있습니다."

사진 등이 놀라 말에 올라 바라보니, 양산박 깃발이 보이고 말 탄 두 장수가 오는데 하나는 소이광 화영이었고 다른 사람은 금창수 서녕이었다. 사진이 반갑게 맞이하고 항충과 이곤이 방패를 돌리는데 군마가 막아내지 못했던 상황을 자세히 설명했다. 화영이 말했다.

"송 공명 형님이 사진 형을 보내고 마음을 놓지 못해 보낸 것을 후회하다가 특별히 우리 두 사람을 도와주라고 보냈소이다."

사진 등이 크게 기뻐하며 병사를 합쳐 진지를 세웠다.

다음 날 날이 밝자 병사를 일으켜 싸우려 준비하는데 군사가 또 보고했다.

"북쪽 큰길에 또 군마가 오고 있습니다."

화영, 서녕, 사진이 일제히 말에 올라 보니 송 공명이 직접 군사 오학구, 공손승, 시진, 주동, 호연작, 목홍, 손립, 황신, 여방, 곽성을 데리고 3000여 인마를 인솔하여 오고 있었다. 사진은 항충, 이곤의 비도, 표창, 곤패滾牌 때문에 접근하기 어려워 싸움에 진 것을 상세하게 보고했다. 송강이 크게 놀라자 오용이 말했다.

"일단 군마를 멈추고 진채를 세우게 한 다음 따로 상의해보시지요."

그렇지만 송강은 성질이 급해 바로 군사를 일으켜 소탕하고자 산 아래로 달려갔다. 날은 이미 어두워졌고 망탕산 위에는 푸른 등롱으로 가득 차 있었다. 공손승이 보고서 말했다.

"이 산채에 푸른 등롱이 있는 것을 보니 요술을 부리는 사람이 있는 듯합니다. 잠시 군마를 뒤로 물리고 내일 제가 두 사람을 사로잡을 진법을 바치겠습니다."

송강이 크게 기뻐하며 군마를 20리 뒤로 물리라고 군령을 내려 군영을 세우고 주둔시켰다. 다음 날 이른 아침에 공손승은 진법을 송강에게 올렸다.

제 5 9 회

조개의 최후[1]

공손승이 송강과 오용에게 진도陣圖 한 장을 보여주며 말했다.

"이것은 한나라 말 천하를 삼분하던 제갈공명이 돌로 펼쳐 보인 진법입니다. 사면팔방 각 8개 방면에 8개 부대를 두니 총 64부대를 배치하는 것으로 중간에 대장이 자리잡고 있습니다. 네 개의 머리와 여덟 개의 꼬리를 가진 형상인데 좌우로 돌면서 하늘과 땅, 바람과 구름의 작용에 따라 용, 호랑이, 새, 뱀의 형태로 움직입니다. 적이 산을 내려와 진 안으로 밀려들어오면 군사들을 양쪽으로 일제히 열어 진 안으로 들

1_ 제59장 공손승이 망탕산에서 요술을 부려 적을 깨뜨리다公孫勝芒碭山降魔. 조개가 증두시에서 화살을 맞다晁天王曾頭市中箭.

어오기를 기다립니다. 칠성기가 올라가면 진을 긴 뱀처럼 변형시킵니다. 이때 빈도가 도술을 일으키면 진 가운데 있는 이 세 사람은 앞뒤로 길이 없고 좌우에도 나갈 문이 없습니다. 북쪽에 땅을 파 함정을 만들어놓고 세 사람을 몰아넣습니다. 그리고 양쪽에 갈고리를 든 병사를 매복시켜 사로잡을 준비만 하면 됩니다."

송강이 듣고서 크게 기뻐하며 즉시 군령을 내려 크고 작은 장교들에게 영을 따르도록 했다. 별도로 8명의 맹장에게는 진을 지키게 했다. 그 8명은 호연작, 주동, 화영, 서녕, 목홍, 손립, 사진, 황신이었다. 시진, 여방, 곽성에게 중군의 지휘 권한을 대신하게 하고 송강, 오용, 공손승은 진달을 데리고 깃발을 지휘하기로 했다. 또한 주무를 불러 5명의 군사를 이끌고 근처 높은 산비탈에 올라 진의 움직임에 대해 보고하게 했다.

그날 사시에 양산박 군사들이 산 근처에 진을 펼친 뒤 깃발을 흔들고 북을 두드리며 싸움을 걸었다. 망탕산 위에서는 20~30개의 징 소리를 울려 화답하더니, 세 명의 두령이 일제히 산을 내려와 군사 3000여 명으로 진을 벌였다. 항충과 이곤이 양측에 섰고 혼세마왕 번서는 중간에서 검은 말을 타고 진 앞에 나와 섰다. 번서가 비록 요술을 부릴 수는 있어도 진법은 알지 못했다. 송강의 군마들이 사면팔방으로 둥그렇게 조밀하게 모여 있는 것을 보고 속으로 기뻐하며 말했다.

"네놈들이 진을 펼치면 내 계책에 걸려드는 것이다!"

항충, 이곤에게 분부했다.

"만약 바람이 일어나는 것이 보이면 자네 두 사람은 곤도를 든

500여 군사를 이끌고 진 안으로 돌격하라."

항충과 이곤이 영을 받고 각기 등나무로 만든 방패를 들고 표창, 비검을 잡고 번서가 요술을 부리기를 기다렸다. 번서가 말 위에서 왼손으로 유성동추流星銅錘를 끌고 오른손으로는 혼세마왕의 보검을 잡고 입 속으로 중얼거리더니 고함을 질렀다.

"가라!"

광풍이 사방에서 일어나더니 모래가 날리고 돌이 뒹굴면서 흙먼지가 휘몰아쳐 햇빛이 광채를 잃어버리면서 온 천지가 어두컴컴해졌다. 항충과 이곤이 고함치며 곤도를 든 500여 군사를 이끌고 돌격해 들어오자 송강의 군마가 양쪽으로 갈라졌다. 항충과 이곤이 진 안으로 들어오자 양쪽으로 갈라선 양산박 군사들이 강한 활과 쇠뇌를 쏘아대니 40~50명 군사만이 진 안으로 들어오고 나머지는 모두 자기 본진으로 달아났다. 송강은 항충과 이곤이 이미 진 안에 들어온 것을 보고 진달로 하여금 칠성기를 흔들게 하니 진세가 어지럽게 변하면서 순식간에 긴 뱀 모양의 진으로 바뀌었다. 항충과 이곤이 진 안에서 동으로 서로 달아나며 좌로 돌다가 우측으로 돌아도 빠져나갈 길이 보이지 않았다. 높은 산비탈에서 주무가 작은 깃발을 들고 지시했는데, 그 두 사람이 동쪽으로 달리면 동쪽을 가리키고 서쪽으로 달아나면 서쪽을 향했다. 높은 곳에서 보고 있던 공손승이 송문고정검松文古定劍을 뽑아들고 속으로 주문을 외우다가 소리질렀다.

"가라!"

그러자 번서가 일으킨 바람이 항충과 이곤의 발 옆에서 어지럽게 휘말려 일어났다. 진 한가운데서 두 사람이 바라보니 하늘이 어두워지면서 해가 빛을 잃어가고 사방에 군마 한 마리도 보이지 않았으며 보이는 것 모두가 검은 기운만 일어나 뒤따라오던 군사들도 전혀 보이지 않았다. 항충과 이곤은 당황하여 진에서 벗어나려고 백방으로 빠져나갈 길을 찾았으나 돌아가는 길을 찾지 못했다. 한참 이리저리 달리는데 어디선가 천둥소리가 들리자 두 사람은 '아이고' 하며 끊임없이 비명을 지르다가 두 다리가 공중에 뜨더니 몸이 공중에서 한 바퀴 돌아 구덩이에 떨어지고 말았다. 양쪽에서 양산박 군사들이 갈고리 창으로 들어올려 밧줄로 묶고 산비탈로 끌고 올라가 공을 청했다. 송강이 채찍의 끝으로 신호를 보내자 삼군이 일제히 들이치기 시작했다. 놀란 번서는 군사를 이끌고 산으로 도망갔으나, 그의 3000군사 대부분을 잃고 말았다.

송강이 군사를 수습하고 여러 두령이 모두 군막 앞에 앉았다. 군사들이 항충과 이곤을 끌고 오자, 송강은 밧줄을 풀라고 소리치고 직접 술잔을 올리며 달랬다.

"두 분 장사께서는 나무라지 마십시오. 적으로 맞선 상황이라 이럴 수밖에 없었습니다. 소생 송강은 오래전부터 세 분 장사의 명성을 듣고 있었기 때문에 예로써 산에 오르시기를 청하고 대의를 위해 함께하고자 했습니다. 서로 때가 어그러져 일이 이 지경에 이른 것 같습니다. 저를 버리시지 않고 함께 저희 산채로 갈 수 있다면 대단한 행운이라 생각됩니다!"

두 사람이 듣고서 땅바닥에 엎드려 절하며 말했다.

"급시우 형님의 크신 이름을 오래전부터 들었으나 저희가 인연이 없어 아직까지 교분을 맺지 못했습니다. 형님은 과연 큰 뜻을 지닌 분이십니다! 우리 두 사람이 호걸을 알아보지 못하고 천지의 뜻을 어기려 했습니다. 오늘 이렇게 사로잡혀 만 번 죽어도 가볍다 할 수 있는데 오히려 이렇게 예로써 대해주셨습니다. 혹여 살려만 주신다면 맹세코 죽음으로 은혜에 보답하겠습니다. 번서 그 사람이 우리 둘 없이 무엇을 할 수 있겠습니까? 의사 두령께서 한 사람만 풀어주시면 산채로 돌아가 번서에게 투항을 권해보겠습니다. 두령님의 뜻은 어떠신지 모르겠습니다."

"장사들께서는 한 분도 여기에 남아 있을 필요가 없습니다. 두 분께서는 함께 산채로 돌아가십시오. 송강은 내일 좋은 소식을 기다리겠습니다."

두 사람이 감동하여 절하며 말했다.

"진정한 대장부이십니다! 만일 번서가 투항하지 않으면 저희가 사로잡아서 두령님께 바치겠습니다."

송강이 크게 기뻐하며 중군으로 청해 술과 음식을 대접하고, 두 벌의 새 옷으로 갈아입혔으며 좋은 말 두 필에 졸개들에게 창과 등나무 방패를 들게 하고, 직접 두 사람을 산비탈 아래까지 전송하여 산채로 돌려보냈다.

두 사람이 돌아오는 길에서도 말 위에서 송강의 은혜에 감사하며 칭송하는 사이 망탕산 아래에 도달했다. 졸개가 크게 놀라면서 산채로 맞이했다. 번서도 두 사람이 어떻게 살아 돌아왔는지 물었다. 항충과 이곤이 말했다.

"우리는 하늘의 뜻을 거스른 사람들입니다. 만 번 죽어도 할 말이 없습니다!"

"형제들은 갑자기 왜 그런 말을 하는가?"

두 사람이 송강에 대해 얼마나 의로운 사람인지 입에 침이 마르도록 칭찬하자 번서도 말했다.

"송 공명이 그토록 의로운 사람이라면 우리가 감히 하늘의 뜻을 거스를 수 없지. 일찌감치 모두 산을 내려가 투항하도록 하세."

두 사람이 말했다.

"저희가 그래서 온 것입니다."

그날 밤 산채를 수습하고 다음 날 해가 뜨자마자 세 사람은 모두 산을 내려가 송강의 진 앞으로 가서 땅에 엎드려 인사했다. 송강이 세 사람을 부축하여 군막 안으로 청하고 자리에 앉았다. 세 사람은 송강이 조금도 의심하는 기색이 없음을 보고 서로 마음을 열고 평생 살아오며 겪은 일들을 이야기했다. 세 사람은 양산박 두령들을 모두 망탕산 산채로 청했다. 소와 말을 잡아 송 공명 등 두령들을 대접하고, 다른 한편으로는 삼군에게 상을 내려 노고에 감사했다. 주연이 끝나자 번서는 공손승에게 절을 올리고 스승으로 삼았다. 송강은 즉시 공손승에게 오뢰천심정법五雷天心正法을 번서에게 전수하게 했고 번서는 크게 기뻐했다. 며칠 사이에 모든 준비를 마치고 소, 말은 끌고 산채의 남은 돈과 식량도 모두 걷어 재물과 함께 싣고 군사들을 모아 산채를 불사르고 송강 등과 함께 양산박으로 돌아왔다.

송강과 함께 여러 두령의 군마들이 양산박에 이르러 건너려고 하는데 갈대숲 옆 큰길에서 한 사내가 송강을 보자 절을 했다. 송강이 황망히 말에서 내려 그를 부축하며 물었다.

"그대는 누구신가? 어디서 오셨소?"

"소인은 단경주段景住라 합니다. 머리카락이 붉고 수염이 누렇기 때문에 사람들이 소인을 '금모견金毛犬'이라고도 부릅니다. 조상 때부터 탁주涿州에 살았는데 저는 평생을 북쪽 지방에서 말 도둑질 하며 살고 있습니다. 그러다 올해 봄에 창간령槍竿嶺 북쪽 지방에서 좋은 말 한 필을 훔쳤는데 잡털 한 올도 섞이지 않고 눈처럼 하얀 명주 같은 좋은 말입니다. 머리에서 꼬리까지 길이가 한 장丈이고, 발굽에서 등까지 높이가 8척입니다. 하루에 천 리를 달릴 수 있다 하여 북방에서는 '조야옥사자마照夜玉獅子馬'라 불리는 유명한 말입니다. 대금大金 왕자가 타던 말로 창간령 아래에 풀어놓았기에 소인이 훔쳤습니다. 강호에서 급시우님의 크신 이름을 듣고 달리 뵐 방도가 없어 이 말을 바쳐 두령님을 뵙는 예물로 삼고자 했습니다. 예기치 않게 능주淩州 서남쪽에 있는 증두시曾頭市를 지나다가 '증가오호曾家五虎'란 놈들한테 빼앗기고 말았습니다. 소인이 양산박의 송 공명 형님의 말이라고 했으나 그놈이 어찌나 더러운 욕지거리를 하는지 소인이 차마 입에 담기 어렵습니다. 겨우 몸을 피해 달아났으나, 몹시 억울하여 이렇게 와서 알려드리는 것입니다."

송강이 단경주를 살펴보니 비록 머리털은 누렇고 수염은 곱슬했으나 속됨이 없어 보여 속으로 기뻐하며 말했다.

"이렇게 된 이상 일단 산채에 같이 가서 상의해봅시다."

단경주를 데리고 함께 배를 타고 건너 금사탄 물가에 올랐다. 조 천왕과 여러 두령이 맞이했고 취의청에 올랐다. 송강이 번서, 항충, 이곤을 여러 두령에게 인사시켰으며 단경주도 함께 인사했다. 인사가 끝나고 취의청에서 떠들썩하게 북을 두드리며 축하 연회를 거행했다.

송강은 산채에 인마가 늘어나고 사방에서 호걸들이 몰려들었기 때문에 이운과 도종왕에게 추가로 집을 짓게 하고, 사방에 방책을 축조하는 공사를 감독하게 했다. 단경주가 다시 그 말의 좋은 점을 이야기하자 송강은 신행태보 대종을 불러 증두시에 가서 말의 행방을 알아보게 했다. 대종이 떠난 지 4~5일 뒤에 돌아와 여러 두령에게 소식을 전했다.

"증두시에는 모두 3000여 호가 사는데 안에 증가부曾家府라는 가문이 있습니다. 그곳 주인 놈은 대금국大金國 사람인데 증장자2라 하고 아들이 다섯 있어 증가오호라 한답니다. 맏아들 놈은 증도曾塗라 하고 둘째는 증밀曾密, 셋째는 증삭曾索, 넷째는 증괴曾魁라 하며, 막내는 증승曾升이라고 합니다. 또 사문공史文恭이라는 사범이 있고 부사범으로 소정蘇定이라는 자가 있습니다. 제가 증두시에 가서 살펴보니 양산박과는 원수라 양립할 수 없기 때문에 5000~7000여 군사를 모아 방책을 세우고 죄인을 압송하는 수레 50여 개를 만들어 저희 산채의 두령들을 반드시 사로잡겠다고 맹세했다고 합니다. 그 천리옥사자마千里玉獅子馬는 무예 사범인 사문공이 타고 있었습니다. 그보다 더 참을 수 없는 것은 그

2_ 장자長者: 덕이 높고 나이 많은 사람을 장자라 부름. 송원 시기의 사람들이 대관大官과 돈이 있으면서 약간 나이 먹은 사람을 장자라 일컫기도 했다.

놈들이 터무니없는 시구를 날조하여 증두시 아이들에게 부르도록 한 것입니다."

말방울 소리가 울리면	搖動鐵環鈴
귀신들도 모두 놀라네.	神鬼盡皆驚
쇠수레에 쇠자물통	鐵車并鐵鎖
위아래로 뾰족한 못이 박혀 있네.	上下有尖釘
양산 도적을 소탕하여 호수를 청소하고	掃蕩梁山淸水泊
조개를 잡아 동경으로 보내세!	剿除晁蓋上東京
급시우를 생포하고	生擒及時雨
지다성도 사로잡으세.	活捉智多星
증가에 다섯 호랑이가 태어나	曾家生五虎
천하에 그 이름 떨치세!	天下盡聞名

"이 노래를 부르지 않는 아이들이 하나도 없으니 정말로 참을 수 없습니다!"

조개가 듣고서 크게 성내며 소리질렀다.

"이 짐승만도 못한 놈들이 어찌 이렇게 무례한가! 내가 직접 출전하여 이 짐승 같은 놈들을 사로잡지 못하면 맹세코 산채로 돌아오지 않겠다! 군사 5000명과 두령 20명을 데리고 갈 테니 나머지는 송 공명과 함께 산채를 지키도록 하시오."

그날로 조개는 임충, 호연작, 서녕, 목홍, 장횡, 양웅, 석수, 손립, 황신, 연순, 등비, 구붕, 양림, 유당, 완소이, 완소오, 완소칠, 백승, 두천, 송만 등 20명의 두령을 준비시키고 삼군으로 나누어 산을 내려갔다. 송강과 오용, 공손승은 산을 내려가 금사탄에서 송별연을 열었다. 그런데 술자리가 한창일 때 갑자기 광풍이 일더니 새로 만든 조개의 군기가 부러졌다. 이를 본 두령들이 놀라 얼굴이 새파랗게 변했으며 송강이 아니라 오 학구가 나서서 말렸다.

"형님께서 막 군사를 이끌고 출정하려는데 바람에 군기가 부러진 것은 불길한 징조입니다. 좀 더 기다렸다가 그놈을 치러 가시는 게 좋겠습니다."

조개가 말했다.

"천지에 바람 불고 구름이 일어나는 게 무엇이 이상한가! 마침 지금 날씨가 따뜻한 이 봄에 제압해버리지 않고 그놈들 기세를 세워주었다가 나중에 군사를 일으키면 때가 늦어버리네. 자네는 나를 막지 말게! 무슨 일이 있어도 가만히 있을 수 없네."

오용이 어떻게 그 고집을 꺾을 수 있겠는가? 조개는 군사를 이끌고 물을 건넜다. 송강은 산채로 돌아와 은밀하게 대종을 불러 산을 내려가 소식을 알아보게 했다.

한편 조개는 군사 5000여 명과 두령 20명을 이끌고 증두시 근처에 이르러 맞은편에 진채를 세웠다. 다음 날 먼저 여러 두령을 데리고 말에 올라 증두시를 살펴보았다. 여러 호걸이 말을 세우고 살펴보는데 버드나무 숲에서 군사들이 나는 듯이 달려나왔다. 700~800명으로 앞장선 이는 증가의 넷째 아들 증괴였다. 증괴가 달려나오며 소리질렀다.

"너희 양산박에서 도적질하는 역적 놈들아. 그러잖아도 내가 네놈들을 붙잡아 관아로 끌고 가 상을 타려고 했는데, 스스로 알아서 찾아오다니 하늘이 내려준 선물이구나! 어서 말에서 내려 밧줄을 받지 않고 무얼 기다리느냐!"

조개가 화가 잔뜩 치밀어 양산박 두령들을 돌아보는데 이미 한 장수가 말을 몰아 증괴와 싸우러 나갔다. 다름 아닌 양산박에서 처음으로 결의한 호걸 표자두 임충이었다. 두 사람이 말을 맞대고 싸우기를 20합쯤 되었을 때 증괴가 도두 임충을 당해낼 수 없음을 알고 창을 끌고 말 머리를 돌려 버드나무 숲으로 달아났다. 임충은 굳이 달아나는 증괴를 더 이상 쫓지 않았다. 조개는 군마를 이끌고 진채로 돌아와 증두시를 쳐부술 계책을 의논했다. 임충이 말했다.

"내일 곧바로 증두시로 밀고 가서 싸움을 걸어 상황이 어떤지 살펴본 다음에 다시 상의하시지요."

다음 날 새벽에 5000여 군사를 이끌고 증두시 어귀 넓은 들판에 진을 펼치고 북을 두드리며 고함을 질렀다. 증두시에서 포성이 울리더니 호걸 7명이 대부대를 이끌고 달려나와 진 앞에 벌려 섰다. 중간에는 사범 사문공이고, 위쪽에 부사범 소정이 있었다. 아래쪽에는 증가의 장남 증도, 왼쪽에는 증밀과 증괴가 서 있고, 오른쪽에는 증승과 증삭이 있는데 모두 온몸에 갑옷을 두르고 있었다. 사범 사문공이 활시위를 당겨 화살을 얹고 천리옥사자마에 앉아 손에는 방천화극을 들고 있었다. 북을 세 번 두드리자 증가쪽 진에서 죄수를 압송하는 수레 몇 대를 밀고 나와 진 앞에 세웠다. 증도가 수레를 가리키며 양산박 진을 향해 욕을 퍼부었다.

"나라를 배반한 도적놈들아, 이 수레가 보이느냐! 우리 증가부 안에서 너희를 죽이지 못한다면 사나이가 아니다. 내가 한 놈씩 산채로 잡아 저 수레에 실어 동경으로 보내 오호五虎의 솜씨를 만천하에 보여주겠노라. 만약 너희가 일찌감치 항복한다면 달리 상의해볼 수 있노라!"

조개가 듣고서 크게 화를 내며 창을 들고 곧바로 증도에게 달려갔다. 곁에 있던 양산박 여러 장수가 조개를 따라 한꺼번에 들이치니 양군 사이에 혼전이 벌어졌다. 증가 군사들이 한 발 한 발 물러나면서 자기들 마을로 달아났다. 임충과 호연작이 동서로 뒤쫓으며 죽였으나 길이 좋지 않음을 보고 급히 군사를 거두고 물러났다. 그날 양쪽 모두 군사를 약간 잃었을 뿐이었다. 진채로 돌아온 조개가 크게 걱정하자 여러 장수가 위로했다.

"형님, 마음을 편안하게 먹고 걱정하지 마십시오. 혹여 몸이라도 상할까 염려됩니다. 평소에 송 공명 형님도 출정했을 때 싸움에 패배한 적이 있었지만 결국 승리하고 산채로 돌아갔습니다. 오늘 혼전이 있어 군마를 약간 잃었지만 그들한테 싸움에 진 것도 아닌데 무슨 걱정을 하십니까!"

그래도 조개는 의기소침하여 유쾌하지 않았다. 사흘 동안 연이어 싸움을 걸었으나 증두시 군사들은 한 명도 보이지 않았다.

나흘째 되는 날 갑자기 중 두 명이 진채로 찾아와 항복했다. 병졸이 중군 군막 앞으로 인도하자 두 중이 무릎을 꿇고 말했다.

"저희는 증두시 동쪽에 있는 법화사法華寺 감사監寺로 있는 중인데, 증가 오호가 항상 저희 절에 와서 모욕하고 금은과 재물을 요구하며 못하는 짓이 없사옵니다. 소승들이 그놈들이 나타나는 곳을 상세히 알고 있으므로 오늘 두령께서 그곳에 쳐들어가 놈들을 없애주시기를 청합니다. 그놈들을 쳐부수어주신다면 우리 절에 행운이 깃들 것입니다!"

조개가 크게 기뻐하며 두 중을 청하여 앉히고 술을 대접했다. 오직 임충만이 걱정되어 조심스럽게 말했다.

"형님, 그들의 말을 믿지 마십시오. 그 말 중에 속임수가 있을지 누가 알겠습니까?"

조개가 말했다.

"그 두 사람은 출가인인데 어찌 터무니없는 말을 하겠는가? 그리고 나는 양산박에서 오랫동안 인의를 행했고 가는 곳마다 백성을 해치지 않았는데 그 두 사람이 나와 무슨 원한이 있다고 속이겠는가? 또한 중가 놈들이 우리 대군을 이길 수 없는데 무슨 까닭으로 의심을 하겠는가? 동생은 쓸데없이 의심하여 큰일을 그르치지 말게나. 오늘 저녁 내가 가보겠네."

임충이 간절히 타이르며 말했다.

"형님께서 반드시 가야겠다고 하시면 제가 절반의 군사를 이끌고 적의 진채를 칠 터이니, 형님께서는 밖에서 호응해주십시오."

"내가 가지 않으며 누가 앞으로 나가겠는가! 자네는 절반의 군사를 이끌고 밖에서 지원이나 하게."

"그럼 형님께서는 누구를 데리고 가시렵니까?"

"10명의 두령으로 절반인 2500명의 군사를 이끌고 가겠네."

조개가 고른 10명의 두령은 유당, 호연작, 완소이, 구붕, 완소오, 연순, 완소칠, 두천, 백승, 송만이었다.

그날 밤 밥을 지어 먹고 말은 방울을 떼고 군사들은 발각되지 않기 위해 나무 막대기를 입에 물고 칠흑같이 어두워지자 두 중과 함께 조심스레 법화사로 향했다. 조개의 눈에 오래된 사찰이 눈에 들어왔다. 조개가 말에서 내려 사찰 안으로 들어갔는데 중이 하나도 보이지 않자 두 중에게 물었다.

"이렇게 큰 사찰에 어찌하여 단 한 명의 스님도 보이지 않소?"

"증가 그 짐승 같은 놈들이 괴롭히고 소란을 피워 견딜 수 없어 각자 속세로 돌아가 지금은 장로와 시자 몇 명만 탑원塔院[3] 안에 살고 있습니다. 두령께서는 잠시 군사를 멈추시고 밤이 더 깊어지기를 기다리십시오. 소승들이 그놈들 진채 안까지 안내하겠습니다."

"그들의 진채는 어디에 있소?"

"네 개의 진채가 있는데, 북쪽 진채에 증가 형제들이 주둔해 있습니다. 만일 그 진채를 공격하면 나머지 진 세 개는 바로 무너질 겁니다."

"언제 공격하면 좋겠소?"

"지금이 이경이니 삼경이 되기를 기다렸다가 치면 저들은 아무런 준비 없이 무너질 겁니다."

3_ 탑원塔院: 불탑佛塔이 있는 정원.

증두시에서 경을 알리는 북소리가 들리고 다시 반경을 알리는 소리가 들리자 더 이상 어떠한 소리도 들리지 않고 고요해졌다. 중이 말했다.

"이놈들이 모두 잠들었으니 지금이 나설 때입니다."

중들이 앞서 길을 안내하자 조개는 여러 두령과 함께 말에 올라 군사들을 이끌고 법화사를 나와 뒤를 따랐다. 5리도 채 못 가서 두 중이 어둠 속에서 사라졌다. 그러자 전군은 감히 앞으로 나가지 못하고 사방을 둘러보는데 길 또한 매우 복잡한 데다 인가도 보이지 않았다. 당황한 군사들이 조개에게 알리자 호연작은 급히 말을 돌려 돌아가려 했다. 백 걸음도 못 가서 사방에서 징과 북이 일제히 울리고 함성 소리가 땅을 진동하니 사방이 횃불로 가득했다. 조개와 여러 장수가 군사를 이끌고 길을 찾아 달아났다. 겨우 두 개의 굽은 길을 도는데 한 떼의 군마와 맞닥뜨렸고 머리 위로 어지럽게 화살이 날아왔다. 그중 화살 하나가 날아와 조개의 얼굴에 정통으로 꽂히면서 말 아래로 굴러떨어졌다. 완씨 삼형제와, 유당, 백승 다섯 두령이 죽음을 무릅쓰고 달려가 조개를 구해 말에 태우고 마을로 뚫고 달렸다. 마을 입구에서 임충이 군사를 이끌고 달려와 호응하자 비로소 적들에게 대적할 수 있었다. 양군이 서로 어지럽게 싸우다가 날이 밝아서야 각기 진채로 돌아갔다.

임충이 돌아오자마자 군사를 점검해보니 연순, 구붕, 송만, 두천은 간신히 목숨을 구해 도망왔으나 2500여 군사 중에 1200~1300명만 남았고 다행히 호연작을 따라 본진으로 돌아왔다. 여러 두령이 조개를 살펴보니 화살이 뺨에 꽂혀 있었다. 급히 화살을 뽑았으나 출혈이 심해 실신했다. 그 화살에는 '사문공'이라는 글자가 쓰여 있었다. 임충이 금창약을 발랐으나 독이 묻은 화살이라 화살독이 오른 조개는 말도 제대로 못했다. 임충이 부축해 수레에 태우고 유당, 완씨 삼형제, 두천, 송만에게 먼저 양산박으로 돌아가게 했다. 나머지 14명의 두령은 진채에서 심각하게 상의했다.

"지금 조 천왕 형님이 산을 내려와 뜻하지 않게 이런 상황에 처하게 되었소. 떠날 때 바람에 깃발이 부러진 징조가 들어맞은 것 같소. 우리는 군사를 거두고 모두 돌아가는 게 좋을 듯하오. 그러나 송 공명 형님의 군령이 있어야 회군할 수 있으니 어찌 도중에 우리 마음대로 증두시를 버리고 떠날 수 있겠소?"

그날 이경쯤 날이 어둑어둑해질 무렵 14명의 두령이 진채에서 불안해하면서 이러지도 저러지도 못하고 있는데 갑자기 길에 숨어서 살피던 사병이 황급히 달려와 보고했다.

"앞에 4~5개의 길로 군마가 밀려오는데 얼마나 많은지 횃불의 수를 헤아릴 수 없을 정도입니다!"

임충이 듣고서 일제히 말에 올라 살펴보니 삼면의 산 위에서 횃불이 오르는데 대낮같이 밝았고, 사방에서 함성을 지르며 진채 앞으로 밀려왔다. 임충은 여러 두령을 이끌고 적과 맞서지 않고 진채를 모두 뽑아 말을 돌려 달아났다. 증가의 군마가 뒤에서 쫓아오는데 양군이 싸우면서 달아나기를 반복하여 50~60리를 도망간 뒤에야 겨우 빠져나올 수 있었다. 점검해보니 잃은 군사가 500~700명이었다. 참패한 군사들은 급히 오던 길을 찾아 양산박으로 돌아왔다.

두령들이 양산박 산채로 돌아왔고, 산채에서 소식을 듣고 모두 조개를 보러 몰려왔다. 조개는 이미 물은커녕 아무것도 먹지 못했고 온몸이 퉁퉁 부어올랐다. 송강이 침상 앞에서 돌보며 울고 있었고 여러 두령도 모두 휘장 앞에서 지키며 살펴보았다. 그날 밤 삼경, 조개가 더욱 악화되자 고개를 돌려 송강을 바라보며 유언을 남겼다.

"동생 내 말을 이상하게 생각하지 말게. 나를 쏴 죽인 자를 잡는 이를 양산박의 주인으로 삼아주게."

송강에게 난제를 내고는 눈을 감고 숨을 거두었다. 두령들이 모두 조개의 유언을 들었다. 송강은 조개가 이미 죽은 것을 보고 목 놓아 울기를 마치 부모가 죽은 듯이 슬퍼했다. 여러 두령이 송강을 부축해 나와 장례를 주관하게 했다. 오용과 공손승이 슬퍼하는 송강을 달래며 말했다.

"형님, 그만 슬퍼하십시오. 죽고 사는 것은 사람에게 정해진 것을 어찌하여 이토록 슬퍼하여 몸을 상하게 합니까? 우선 큰일이나 치릅시다."

그제야 송강이 울음을 멈추고 시신을 향기 나는 물로 씻어내고 의복과 두건을 입혀 염을 하고 취의청에 모셨다. 여러 두령이 모두 애도하며 제사를 지내고, 한편으로는 내관內棺과 외곽外槨을 짜고 길일을 정하며 대청 한가운데에 모셨다. 또한 장막을 치고 중간에 신주를 세웠다. 거기에는 '양산박 주인 천왕天王 조공晁公 신주神主'라 쓰여 있었다. 송 공명 이하 산채의 모든 두령은 참최斬衰[4]를 입고 소두목과 졸개들 또한 상례두건을 썼다. 임충은 그 화살을 영전에 바치고 맹세했다. 산채 안에 긴 조기를 세우고 부근 사원의 승려들을 산채로 청하여 공덕을 기리고 조 천왕의 명복을 빌었다. 송강이 매일 여러 두령과 애도하며 산채를 관리하는 일에 관심을 두지 않자 임충과 오용, 공손승 등 여러 두령이 상의하여 송 공명을 양산박 주인으로 세우기로 했다.

다음 날 이른 아침 향을 피우고 등을 밝힌 뒤 임충이 앞장서서 여러 두령과 함께 송 공명을 취의청으로 청해 윗자리에 앉혔다. 임충이 입을 열었다.

"형님, 아뢰올 말씀이 있습니다. 나라國와 가정家에는 하루라도 우두머리가 없어서는 안 됩니다. 조 두령께서 돌아가셨는데 산채에 어찌 주인 없이 일이 되겠습니까? 형님의 크신 이름이 온 천하에 퍼져 있으니 좋은 날을 잡아 형님께서 산채의 주인이 되시기를 청하옵니다. 모든 이가 명령을 따를 것입니다."

"조 천왕께서 임종하실 때 당부하시기를 사문공을 사로잡는 사람을 양산박의 주인으로 세우라 하셨네. 여기 있는 두령들이 모두 들어 알고 있고 맹세의 화살이 있는데 어찌 잊을 수 있소! 또한 아직 원수도 갚지 못했고 원한도 씻지 못했는데 어떻게 이 자리에 앉는단 말인가?"

오 학구가 말했다.

"조 천왕께서 비록 말씀은 그렇게 하셨지만, 아직 그놈을 사로잡지 못했어도 산채 주인 자리는 하루라도 비워둘 수 없습니다. 만약 형님께

4_ 참최斬衰: 오복五服의 하나. 거친 베로 짓되 아랫단을 꿰매지 않고 접는 상복이다. 아버지나 할아버지의 상에 입는다.

서 그 자리에 앉지 않으시면 나머지 저희도 모두 형님의 손아래 사람들인데, 누가 감히 그 자리를 감당하겠습니까? 하물며 여기 있는 모든 사람이 형님의 심복들인데 감히 다른 소리 할 사람은 아무도 없습니다. 형님께서 잠시 이 자리에 앉으시고 훗날 따로 상의하시지요."

"군사의 말이 지극히 합당하오. 오늘 소인이 잠시 이 자리를 맡아 훗날 원수를 갚고 원한을 씻은 뒤 누구든 사문공을 잡은 이가 이 자리를 맡을 거요."

흑선풍 이규가 옆에 있다가 소리질렀다.

"형님, 양산박 주인이 되는 것은 말할 것도 없고 대송 황제가 되어도 괜찮겠소!"

송강이 크게 화내며 꾸짖었다.

"이 시커먼 놈이 또 함부로 지껄이는구나. 또 한번 그 따위 소리를 하면 먼저 네놈의 혓바닥부터 잘라버리겠다!"

"내가 뭐 형한테 하지 말라고 시킨 것도 아니고 형보고 황제를 하라는데 내 혀는 왜 잘라!"

오 학구가 말했다.

"이놈은 당면한 문제를 모르는 놈인데 보통 사람처럼 취급하려 하십니까? 화내지 마시고 중요한 일부터 진행하십시오."

송강은 분향을 마치고 임충과 오용에게 부축받아 상석으로 가서 정면에 있는 첫 번째 두령 교의에 앉았다. 윗자리에 군사 오용, 아랫자리에 공손승이 앉았다. 왼쪽으로는 임충이 우두머리가 되고, 오른쪽으로는 호연작이 우두머리로 앉았다. 여러 두령이 절하며 양쪽으로 앉았다.

송강이 말했다.

"소생이 오늘 잠시 이 자리를 빌렸으나, 여러 형제의 도움에 전적으로 의지해야 하고, 모두 한마음으로 뜻을 같이하여 팔다리처럼 함께하고 천자를 대신하여 도를 행하도록 합시다. 지금 산채에는 이전과는 비교할 수 없을 정도로 인마가 늘었으니, 여러 형제에게 산채를 여섯으로 나누어 군사를 주둔시키도록 한다. 취의청을 충의당忠義堂으로 이름을 바꾸고 전후좌우로 뭍에 산채 네 개를 세운다. 뒷산에는 소채 두 개, 앞산에 관문 3개, 산 아래에는 수채, 금사탄과 압취탄 소채는 오늘부터 각 형제가 나누어 관리하도록 하겠다. 충의당의 두령 자리는 내가 잠시 앉도록 하고 두 번째 자리는 군사 오 학구, 세 번째는 법사 공손승, 네 번째는 화영, 다섯째는 진명, 여섯째는 여방, 일곱째는 곽성이 앉도록 한다. 좌군 산채 첫째 자리는 임충, 둘째는 유당, 셋째는 사진, 넷째는 양웅, 다섯째는 석수, 여섯째는 두천, 일곱째는 송만이 맡는다. 우군 산채는 첫째가 호연작, 둘째는 주동, 셋째는 대종, 넷째는 목홍, 다섯째는 이규, 여섯째는 구붕, 일곱째는 목춘이 맡는다. 전군前軍 산채는 첫째가 이응, 그다음으로 서녕, 노지심, 무송, 양지, 마린, 시은이 맡고, 후군 산채는 시진을 첫째로 하고 그다음으로 손립, 황신, 한도, 팽기, 등비, 설영이 맡는다. 그리고 수군 산채는 이준을 첫째로 하여 완소이, 완소오, 완소칠, 장횡, 장순, 동위, 동맹이 맡는다. 이렇게 산채 여섯에 두령은 모두 43명이다."

"그다음으로 산 앞의 제1관문은 뇌횡과 번서가 지키고 제2관문은 해진, 해보 형제가 맡으며 제3관문은 항충과 이곤이 맡아 방비하라. 금사탄의 소채는 연순, 정천수, 공명, 공량 네 형제가 맡고, 압취탄의 소채는 이충, 주통, 추연, 추윤 네 두령이 맡아 지킨다. 산 뒤 소채 두 개중 왼쪽은 왕왜호, 일장청, 조정이 맡고, 오른쪽은 주무, 진달, 양춘 여섯 두령이 맡아 지킨다. 충의당 안에서도 왼쪽에 있는 방들은 다음과 같다. 소양이 모든 공문 서류를 맡아보고, 배선이 상과 벌을, 김대견이 모든 공사公私 인장을, 장경이 돈과 식량을 관장한다. 오른쪽에 있는 방들에서는 능진이 포를 관장하고, 맹강이 배 만드는 일을 맡고, 후건은 갑옷 만드는 일, 도종왕이 성벽과 담을 쌓는 일을 담당한다. 충의당 뒤의 두 사랑채에서 일을 맡을 사람은 다음과 같다. 이운은 집 짓는 일을 감독하며, 대장간은 탕륭이 모두 관리하고, 술과 식초 만드는 일은 주부, 산채에서의 연회 준비와 감독은 송청이 맡고, 일상 집기와 기물은 두흥과 백승이 맡는다. 그리고 산 아래 네 군데 주점은 원래대로 주귀, 악화, 시천, 이립, 손신, 고대수, 장청, 손이랑이 맡아보고, 북쪽 지방에서 말을 사오는 일은 양림, 석용, 단경주가 맡는다. 배정이 끝났으니, 각자 맡은 바를 준수하고 어김이 없도록 당부한다."

양산박의 크고 작은 두령들은 송 공명을 산채의 주인으로 받들고, 모두 한마음으로 명령을 따랐다.

다음 날 송강은 두령들을 모아놓고 의논했다.

"조 천왕의 원수를 갚으려면 군사를 일으켜 증두시를 쳐야 할 텐데 일반 백성들도 상중에는 가볍게 움직이지 않으니 우리 또한 100일을 기다린 뒤에 군사를 일으키는 것이 어떻겠소?"

여러 두령이 송강의 말에 따라 산채만 지키며 매일 불공을 드리고 염불하면서 승려와 도사를 청하여 경문을 읽고 조개를 추모했다.

어느 날 법명이 대원大圓이라 불리는 중이 찾아왔는데 북경 대명부 성에 있는 용화사 법주法主라는 중이었다. 여기저기 떠돌아다니며 제령濟寧까지 왔다가 양산박을 지나는 길에 산채로 끌려와 불사를 하게 되었다. 공양을 마치고 한담을 나누다가 송강이 북경의 인물 풍토를 물었다.

"두령께서는 하북의 옥기린玉麒麟이란 이름을 들어보지 못하셨습니까?"

송강이 듣고서 문득 떠오르는 것이 있어서 물었다.

"내가 아직 늙지 않았는데 이렇게 까맣게 잊었구려! 북경성 안에 노대원외盧大員外가 있는데 이름은 준의俊義라 하고 별명은 '옥기린'이라 한다지요. 하북의 삼절三絶 중 하나이며 조상 때부터 북경에 살지요. 무예를 좋아하여 곤봉으로는 천하에 적수가 없다고 합디다. 양산박 산채에 이런 사람이 있다면 소생에게 무슨 고민이 있겠소?"

오용이 웃으며 말했다.

"형님께서는 무엇 때문에 그토록 의기소침하십니까? 이 사람을 산채로 들이는 일이 무에 그리 어렵다고!"

"그는 북경 대명부에서 제일가는 장자長子인데 설마 그가 이곳으로 와서 산적이 되겠는가?"

"제가 오래전에 마음속에 두고 있었으나 잠시 잊고 있었습니다. 그러나 소생이 작은 계책을 사용하여 산으로 끌어들이겠습니다."

"사람들이 자네를 '지다성'이라고 부르는데 과연 그 명성이 헛된 것이 아니구먼! 군사는 어떤 계책을 써서 그 사람을 산채로 끌어들이겠는가?"

 오용이 차분하게 계책을 들려주었다.

十三 북경성

제 6 0 회

북경 옥기린[1]

용화사 화상이 송강에게 삼절의 하나인 옥기린 노준의의 이름을 이야기하자 오용이 말했다.

"소생이 북경에 가서 말재주만으로 노준의를 산채에 오게 하는 것은 주머니에서 손으로 물건을 꺼내는 것과 같이 식은 죽 먹기입니다. 단지 못생기고 괴상망측하게 생긴 사람과 같이 갔으면 합니다."

말이 미처 끝나기도 전에 흑선풍 이규가 소리질렀다.

"군사 형님 나랑 갑시다!"

1_ 제60장 오용이 계책을 써서 옥기린을 속이다吳用智賺玉麒麟. 장순이 밤에 금사도에서 소란을 피우다張順夜鬧金沙渡.

송강이 소리질렀다.

"너는 가만히 있기나 해! 불 지르고 사람을 죽이거나 마을을 위협해 강탈하고 주부 관청을 때려 부수는 데는 네놈이 적당하나 이렇게 조심스레 염탐하는 일에는 네 성질로 어쩌겠다는 거냐?"

"빙 돌려 이야기하지 마소. 내가 몰골사납게 생겼다고 싫어해서 못 가게 하는 거잖아!"

"내가 너를 싫어해서가 아니다. 지금 대명부에 공인이 얼마나 많은데 혹여 사람들이 알아보기라도 해서 네놈이 목숨을 잃을까봐 그런 거야."

이규가 소리질렀다.

"상관없소. 여기에서 나 빼고 군사 마음에 드는 사람이 없을걸!"

오용이 말했다.

"자네가 만약 내가 이야기하는 세 가지 조건을 따른다면 데리고 가겠네. 그렇지 못하면 산채에 남아 있게나."

어떤 어려운 조건으로도 북경에 가려고 안달난 이규를 막을 순 없었다.

"세 가지가 아니라 서른 가지라도 형님을 따르겠소!"

"첫째는 네 술주정이 불같으니 오늘 이후로는 술을 끊고 돌아온 뒤 마시게. 둘째는 가는 도중에 도동道童[2]으로 꾸미고 나를 따라야 하는데 내가 시키는 것을 절대 어겨서는 안 되네. 셋째가 가장 어려운데, 너는

2_ 도동道童: 도사에게 시중을 드는 아이.

내일부터 시작해서 절대로 말을 해서는 안 되고 벙어리가 되어야 하네. 이 세 가지를 따른다면 내가 데려가지."

"술 안 마시고 도동 행세하는 것은 따를 수 있는데 이 주둥이를 닫고 말을 하지 말라니 나를 숨 막혀 죽게 할 작정이오!"

오용이 말했다.

"자네가 입을 열면 꼭 문제가 생기니까 그렇지."

"그러면 좋소. 내가 입에다 동전 한 닢을 물고 있겠소!"

여러 두령이 모두 웃었다. 누가 이규를 말릴 수 있겠는가? 그날로 충의당에서 송별 술자리가 벌어졌다. 다음 날 아침 일찍 오용은 떠날 채비를 하고 이규를 도동 행색으로 꾸며 짐을 지게 하고 산을 내려갔다. 송강과 여러 두령이 모두 금사탄까지 내려와 전송하면서 재삼 오용에게 조심하라 당부하고 이규에게는 실수가 없도록 단단히 타일렀다. 오용과 이규가 두령들과 작별하고 송강은 산채로 돌아갔다.

오용과 이규 두 사람이 북경으로 가는데 4~5일 동안 매일 밤이 되어서야 객점에 들어가 쉬고 새벽에 일어나 밥 지어 먹고 길에 올랐다. 가는 도중에도 오용은 이규로 인하여 끓어오르는 화를 참느라 고통을 받았다. 며칠을 부지런히 걸어서 북경성 밖 객점에 이르러 쉬었다. 결국 그날 밤 이규가 부엌에서 밥을 짓다가 점원을 때려 피를 토했다. 점원이 달아나 오용에게 쫓아와 말했다.

"손님, 벙어리 도동이 몹시 지독합니다. 소인이 불을 조금 늦게 붙였다고 피를 토하도록 맞았습니다."

오용이 놀라 점원에게 사과하고 돈을 수십 관 주어 겨우 달랬다. 이규가 원망스러웠지만 어떻게 할 수가 없었다.

하룻밤 지나고 다음 날 동이 트자 일어나 아침밥을 먹은 후 오용은 이규를 방으로 불러 단단히 당부했다.

"이놈이 죽자고 따라오더니 나를 속 터져 죽이려고 작정했구나. 오늘 성안에 들어가면 어린애들 장난이 아니니 네가 나를 사지로 모는 일이 없도록 하여라!"

"내가 설마 그것도 모르겠소?"

"아무래도 나랑 너는 신호로 해야겠다. 만약 내가 머리를 흔들면 너는 절대로 움직여서는 안 된다."

이규가 알아듣고 따르기로 했다. 두 사람이 객점에서 복장을 새로이 꾸미고 성으로 들어갔다. 오용은 머리에 사모紗帽3를 썼는데 윗부분이 눈썹 높이로 드리웠고 몸에는 흰 명주로 만들고 깃이 검은 도복을 입었다. 허리에 여러 색이 섞인 여공조呂公縧4를 묶고 신발코가 사각인 푸른 헝겊 신발을 신었으며 손에는 금이 섞인 구리를 두드려 만든 영저鈴杵5를 들었다. 이규는 머리카락을 헝클어 드리우고 머리 양쪽에는 작은

3_ 사모紗帽: 오사모. 검은색 마포나 면으로 만든 관모官帽.
4_ 여공조呂公縧: 요대. 양 머리에 5색 명주실 끈이 있으며, 전설의 8신선(한종리漢鍾離, 장과로張果老, 여동빈呂洞賓, 이철괴李鐵拐, 한상자韓湘子, 조국구曹國舅, 남채화藍采和, 하선고何仙姑) 가운데 여동빈이 사용했다고 한다.
5_ 영저鈴杵: 중이나 도사가 떠돌아다닐 때 손에 들고 다니던 타악기.

둥근 마늘 모양의 쪽을 묶고 광목의 짧은 도포를 입었다. 여러 색이 섞인 짧은 끈을 허리에 묶고 산에 오를 때 흙이 들어오는 신발을 신었으며 머리 위로 구부러진 나무 막대기를 메고 종이 표지를 걸었는데 '관상 보는 데 복채 한 냥講命談天掛金一兩'이라고 쓰여 있었다.

두 사람이 이렇게 꾸미고 방문을 잠그고 객점을 떠나 북경성 남문으로 왔다. 이 당시는 천하 각처에 도적들이 일어나던 때라 각 주부와 현을 군사들이 지켰다. 이곳 북경은 하북에서 첫째가는 성인 데다 양중서가 대군을 주둔시키고 통솔하는 곳이라 어찌 질서 정연하지 않겠는가?

오용과 이규 두 사람은 여유롭고 한가롭게 성문 아래로 왔다. 남문을 지키는 군사 40~50명이 성문 앞에 앉아 있는 관리 한 명을 둘러싸고 있었다. 오용이 앞으로 향해 인사하니 군사가 물었다.

"수재는 어디서 오시오?"

"소생은 장용張用이라 하고 이 도동은 이李가요. 강호에서 점괘를 팔아 생계를 꾸리고 있는데, 이번에는 큰 군郡에서 사람들에게 점을 쳐주고 돈을 벌고자 왔습니다."

몸에서 가짜 통행문서를 꺼내 군사에게 보여줬다. 다른 군사들이 이규를 가리키며 말했다.

"이 도동의 눈초리가 살벌해서 꼭 도적놈이 사람을 째려보는 것 같네!"

이규가 듣고서 성질을 내려는데 오용이 황급히 머리를 흔드니 바로 머리를 숙였다. 오용이 문을 지키는 군사에게 다가가 사과하며 말했다.

"소생이 이놈 때문에 겪는 고초는 이루 다 말할 수 없습니다. 이 도동은 귀머거리에다 벙어리인데 힘만 무지막지하게 셉니다. 팔아버린 노비가 낳은 자식인데 버릴 수도 없는 노릇이라 어쩔 수 없이 데리고 왔습니다. 이놈이 세상 물정을 전혀 모르니 용서해주십시오!"

오용이 성문 안으로 들어오자, 이규가 삐딱한 걸음걸이로 뒤를 따라 저잣거리를 향하여 걸었다. 오용은 영저를 흔들면서 중얼거렸다.

감라甘羅는 겨우 열두 살에 승상이 되고 강 태공은 여든 살에야 간신히 대관이 되었고
팽조彭祖는 수백 년을 살았으나 안회顔回는 고생 고생하다 요절했도다!
범단范丹은 몰락하여 거지가 되었으나 석숭石崇은 황족과 부를 다투었으니
사람은 태어나면서부터 팔자가 정해져 있는 것이로다!

甘羅發早子牙遲
彭祖顔回壽不齊
範丹貧窮石崇富
八字生來各有時

오용이 이어서 소리질렀다.
"이것이 바로 시時이고, 운運이며, 명命이니라. 생사와 귀천을 알고 앞일을 점치는 데 복채가 은자 한 냥이요!"

말을 마치자 또 영저를 흔들었다. 북경성 안 아이 50~60명이 보고 웃으며 따라다녔다. 때마침 노 원외 전당포 대문 앞에 이르러 고개를 좌우로 저으며 노래를 불렀고 떠났다가 다시 돌아오니 아이들이 따라다니며 갈수록 떠들썩하게 소란을 떨었다.

노 원외가 전당포 대청 앞에 앉아 전당 업무를 지켜보다가 거리에서 떠들썩한 소리를 듣고 일꾼을 불러 물었다.

"밖이 왜 이리 시끄러우냐?"

"원외님, 정말 어이가 없어서 웃음밖에 안 나와요! 거리에 다른 곳에서 온 점쟁이가 겨우 점괘 하나 봐주는데 은자 한 냥이랍니다. 누가 그렇게 많은 돈을 내고 점을 보겠습니까? 게다가 뒤에 따라다니는 도동이 생긴 것이 무시무시한 데다 걷는 꼬락서니가 우스꽝스러워 아이들이 따라다니며 웃고 있습니다."

"큰 소리 치는 걸 보니 뭔가 아는 것이 있겠지. 너 나가서 그를 모셔 오너라."

당직이 황급히 나가 소리질렀다.

"선생, 원외님이 오라 하십니다."

"어느 원외가 나를 청하오?"

"노 원외께서 청하십니다."

오용은 바로 도동과 함께 돌아와 발을 걷고 대청 앞에 이르러 이규를 등받이 의자에 앉아 기다리게 하고 노 원외에게 다가가 인사를 했다. 노준의가 몸을 숙여 답례하고 물었다.

"선생께서는 고향이 어디고 존함이 어떻게 되시오?"

"소생은 장용張用이라 하고 별호는 천구天口6라 합니다. 조상 때부터 산동에 살았는데 황극선천신수皇極先天神數7를 써서 사람의 생사와 귀천을 알 수 있습니다. 은자 한 냥만 내시면 점괘를 계산해드리겠습니다."

노준의가 후원 작은방으로 안내해 자리를 청하여 앉았다. 차를 마신 후 일꾼을 불러 은 한 냥을 가져오게 하여 복채를 주었다.

"제 사주팔자가 어떤지 좀 봐주시오."

"나이와 태어난 연월일시 여덟 자를 말씀해주시면 셈해보겠습니다."

"선생, 군자는 재앙은 물어도 복은 묻지 않는다 했소. 권세나 재산에 대해서는 필요 없으니 벼슬할 수 있을지 없을지나 봐주시오. 올해 서른두 살이고 갑자년甲子年 을축월乙丑月 병인일丙寅日 정묘시丁卯時에 태어났소이다."

오용이 철산자鐵算子8를 꺼내서 탁자 위에 배열하고 셈하더니 산가지를 들어 탁자 위에 내리치며 말했다.

"참으로 괴상하구나!"

노준의가 놀라 물었다.

"어떤 길흉이 나왔습니까?"

6_ 천구天口는 오용의 성 '吳'를 파자한 것이다.
7_ 황극선천신수皇極先天神數: 과거와 미래를 알 수 있는 술법이다. 선천신수는 북송 이학자 소옹이 만든 것인데 후에 강호 술사들이 점복과 접목시켰다.
8_ 철산자鐵算子: 쇠로 만들어 수를 세거나 계산하는 데 쓰이는 산가지로, 위에는 문자 부호가 있고 점칠 때 사용했다.

"원외께서 언짢아하실 텐데 어찌 솔직하게 말씀드릴꼬!"

"어리석은 사람에게 길을 일러주는 것이라 여기시고 말씀해주십시오."

"원외님의 운명은 지금 100일 안에 반드시 피를 볼 화가 있습니다. 재산이 있어도 막지 못하고 형장의 칼날에 생을 마감하겠군요."

노준의가 웃으며 말했다.

"그럴 리가 없습니다! 이 노 아무개는 북경에서 태어나 부유하게 자랐습니다. 조상 중에는 죄를 지은 사람이 없을 뿐만 아니라 친족 중에 재가한 여자조차 없습니다. 더욱이 제가 무슨 일을 하더라도 신중하게 하고 이치에 맞지 않는 일은 하지 않으며 정당한 재물이 아니면 취하지 않는데 형장의 이슬이 된다는 게 말이 된다고 생각하시오?"

그러자 오용의 얼굴색이 바뀌더니 급히 받았던 복채를 돌려주고 몸을 일으켜 나가면서 탄식했다.

"세상 사람들은 원래 모두 아첨하는 말 듣기를 바라는구나! 그만, 그만두자. 넓고 평탄한 길을 분명히 가르쳐주고 충언을 해주었건만 악담으로 받아들이다니! 소생은 이만 물러나겠습니다."

노준의가 말했다.

"선생께서는 화내지 마시오. 노 아무개가 공교롭게 농담을 했소이다. 가르침을 끝까지 들려주십시오."

"원래 바른말은 믿기가 어렵다 하오."

"노 아무개에게 숨기지 말고 말씀해주십시오."

"원외께서는 모든 사주팔자가 아주 좋습니다만, 다만 올해 세군歲君9이 그대의 별자리를 범하므로 액운이 있습니다. 100일 내에 머리와 몸통이 각기 다른 곳에 놓이게 될 것입니다. 태어날 때부터 정해진 것이라 피할 수 없습니다."

"도저히 비껴갈 수 없는 것입니까?"

오용이 다시 철산자를 한번 놓더니 혼자 중얼거렸다.

"동남 방향 1000리 밖으로 피난가야만 이 재난을 피할 수 있습니다. 그리고 소스라치게 놀라긴 하지만 몸에 상처를 입는 일은 없을 것이오."

"만약 이 재난을 피할 수 있다면 후하게 보답하겠습니다."

"운세를 4구 시가로 지어드릴 터이니 원외께서는 벽에 친히 적어두십시오. 나중에 점괘가 들어맞으면 얼마나 절묘한지 아시게 될 것입니다."

노준의가 붓과 벼루를 가져오게 하여 흰 벽에 오용이 부르는 4구의 시를 직접 써내렸다.

갈대꽃 무성한 모래사장 위에 조각배 한 척
해질 무렵 호걸이 홀로 여기 찾아왔네.
혹시라도 여기에 이르는 것이 운명임을 안다면
돌이켜보고 재난을 피한다면 근심이 사라지리라.

9_ 세군歲君: 목성木星의 별칭인 태세성太歲星과 전설 속의 흉신인 태세신太歲神을 가리킴. 땅에는 태세신이 있고 하늘에는 태세성(목성)이 있어 상응하며 운행했기 때문에 건축 공사를 할 경우 태세의 방위를 피했고 그렇지 않으면 불길하여 이롭지 않다고 했다.

蘆花灘上有扁舟
俊傑黃昏獨自遊
義到盡頭原是命
反躬逃難必無憂

노준의가 받아쓰기를 마치자 오용이 산자를 챙기고 인사하며 떠나려 했다. 노준의가 만류했다.
"선생께서는 잠시 앉아 계셨다가 오후에 가시지요."
"원외님의 호의는 감사하나 소생 생업에 지장이 있으므로 나중에 다른 곳에서 뵙겠습니다."
오용이 붙잡는 노준의를 뿌리치고 일어났다. 노준의는 하는 수 없이 문 앞까지 나와 전송했고, 이규도 구부러진 막대기를 들고 문밖으로 나갔다. 오 학구는 노준의와 작별하고 이규를 데리고 성 밖으로 나왔다. 객점에 와서 숙박비와 밥값을 치르고 짐과 보따리를 꾸렸고 이규는 점괘 팻말을 짊어졌다. 객점을 떠나면서 이규에게 말했다.
"큰일을 치렀다! 우리는 서둘러 산채로 돌아가 노 원외를 맞이할 준비를 해야겠다. 그가 결국에는 오게 될 것이네."

오용과 이규는 산채로 무사히 돌아왔다. 한편 노준의는 오용을 문밖까지 전송한 뒤 마음이 공허하고 울적하여 매일 저녁 무렵에 대청 앞에 서서 홀로 멍하니 하늘만 쳐다보았다. 또한 가끔 혼자 중얼거렸는데 옆에서 들어도 무슨 소리인지 알 수 없었다. 어느 날 도저히 참지 못하고 점원을 시켜 모든 일꾼을 불러오도록 했다. 일꾼들이 도착했는데, 이고는 집안일을 도맡아 관리하는 우두머리 집사였다. 이고는 원래 동경 사람으로 아는 이에게 의지하고자 북경에 왔다가 찾지 못하고 추위에 떨다가 노 원외 집 문 앞에 쓰러졌다. 노 원외가 목숨을 구해주고 집에서 요양하게 해주었다. 그가 근면하고 글씨도 잘 쓰며 셈도 잘해 집안일을 주관하게 배려해줬다. 그러다가 5년이 안 되어 그를 도관都管(집사)으로 발탁하여 집 안팎의 재산 관리를 맡겼고 수하에 금전 출납을 담당하는 일꾼 40~50명을 두었다. 그리하여 집 안팎의 모든 사람이 그를 이 도관이라 불렀다. 그날 크고 작은 관리 담당자들이 모두 이고를 따라 대청 앞에 와서 인사를 했다. 노 원외가 한번 둘러보다가 말했다.

"어찌하여 그는 보이지 않느냐?"

말이 미처 끝나기 전에 계단 앞으로 한 사람이 달려왔다. 6척의 키에 나이는 24~25세가량으로 입 주위에 수염이 세 갈래로 자랐으며 허리가 가늘고 어깨가 쩍 벌어진 체구였다. 머리에는 모과 알맹이같이 뾰족하게 튀어나온 두건을 쓰고 옷깃을 은실로 두른 하얀 적삼을 입었으며, 거미 같은 알록달록한 붉은 실로 만든 끈으로 허리를 꽉 묶고, 황토색 가죽 신발을 신었다. 머리 뒤로는 한 쌍의 짐승 모양을 한 금 고리를 붙이고, 귓가에는 사계절 꽃잎으로 치장한 비녀를 비스듬히 꽂았다. 이 사람은 원래 북경 토박이로 어려서 부모를 모두 잃고 노준의 집에서 장성했다. 하얀 명주처럼 깨끗한 연청의 피부를 본 노 원외가 솜씨가 뛰어난 장인을 불러 몸에 꽃 문신을 새기니 우아한 기둥에 연한 비취를 장식해놓은 것 같았다. 사람들과 몸에 새긴 문신을 비교한다면 어느 누구도 따라올 자가 없었다. 문신 말고도 관악기를 불며 현악기를 뜯고 노래 부르고 춤추는 것에 능숙했으며, 탁백도자拆白道字10와 정진속마頂眞續麻11 같은 유희에도 능숙하여 할 줄 모르는 것도, 할 수 없는 것도 없었다. 또한 이것저것 시장에서 사용하는 여러 은어와 속어뿐만 아니라 여러 지방의 사투리도 구사할 수 있어 그의 재주를 따라올 사람이 없었다. 손에 석궁을 들고 다녔는데 3개의 짧은 화살을 사용했다. 교외로 사냥을 나가면 결코 허공으로 화살을 날리는 법 없이 날아가는 화살마다 무엇이든 맞춰 떨어뜨렸다. 사냥이 끝나고 저녁 때 성안으로 들어오면 적어도 새 같은 작은 짐승 100여 마리는 가지고 왔다. 금표사錦標社12와 시합을 해도 걸린 상금은 모두 그의 차지였다. 게다가 매우 총명하고 영리하여 처음을 말하면 결과까지 알았다. 본래 이름은 연청燕靑으로 항렬은 첫째였는데 북경 사람들이 모두 '낭자연청浪子燕靑'이라 불렀다. 그는 원래 노 원외의 심복으로 대청에 올라 인사를 했다. 모든 사람이 두 줄로 늘어섰는데 이고가 왼쪽에 서고 연청이 오른쪽에 섰다.

10_ 탁백도자拆白道字: 한자의 자획을 풀어 한마디를 만드는 문자 유희.
11_ 정진속마頂眞續麻: 송원宋元 시기에 일종의 유희성 문체임. 앞 문장의 끝 단어(글자)를 그다음 문장의 첫머리 단어(글자)로 삼아 어기를 일관되게 유지하는 수사 방법. 당시 일반 문인, 관기 등이 대부분 이것에 능숙했다.
12_ 금표사錦標社: 일종의 활쏘기 시합활동을 하는 민간 단체.

노준의가 말문을 열었다.

"내가 얼마 전 점을 쳤는데 100일 안에 살해될 재액이 있으니 동남쪽 1000리 밖으로 도망가 몸을 피하는 것 외에는 벗어날 방법이 없다고 나왔다. 동남 방향이라면 태안주泰安州로 그곳에는 동악태산東嶽泰山 천제인성제天齊仁聖帝의 금전金殿이 있어 천하 백성의 생사와 재액을 돌보는 곳이다. 내가 그곳에 가는 것은 첫째, 향을 사르고 재앙과 죄를 없애며, 두 번째는 그리함으로써 이번 재난을 피하고, 세 번째는 장사도 하고 바깥 경치를 구경하기 위함이다. 이고, 너는 태평거太平車13 10량을 준비하여 산동에서 장사할 화물을 싣고 짐을 꾸려 나와 함께 가야겠다. 연청은 집 안의 창고와 열쇠를 관리하고 오늘 당장 이고로부터 인계받거라. 사흘 안에 출발하겠다."

이고가 말했다.

"주인께서는 착오가 있으신 것 같습니다. 속담에 '점괘를 팔 때는 거꾸로 말한다'고 했습니다. 점쟁이의 허튼소리는 듣지 마십시오. 집 안에 계시는데 무엇이 두렵습니까?"

"내게 정해진 운명이니 거스르게 하지 말거라. 만약 재난이 온다면 후회해도 이미 늦을 것이다."

연청이 말했다.

13_ 태평거太平車: 무거운 것을 싣는 큰 수레. 수레 옆에 가로막이 판이 있고 앞에 여러 마리의 가축이 끌어서 당김.

"주인께서는 소인의 어리석은 말을 들어주십시오. 산동 태안주로 가시려면 양산박을 지나야 합니다. 근래에 송강이라는 강도가 그곳에서 재물을 약탈하고 있는데 관군도 잡으려 했으나 그놈 근처에도 못 간다고 합니다. 주인께서 향을 사르러 가신다면 태평해지기를 기다렸다가 가십시오. 지난번 그 점쟁이가 한 헛소리를 믿지 마십시오. 양산박의 강도가 점쟁이로 가장하여 주인어른을 부추겨 꾀었을 수도 있습니다. 소인이 그때 집에 없었던 것이 애석할 뿐입니다. 만약 집에 있었다면 낱낱이 따지고 까발려 그 선생을 웃음거리로 만들었을 겁니다."

"너희는 함부로 지껄이지 말거라. 누가 감히 나를 속인단 말이냐! 양산박 도적 떼가 뭐가 그리 대단하냐? 내가 보기에는 지푸라기 같은 하찮은 것들이다. 일부러라도 가서 그놈들을 잡아 지난날 배운 무예를 천하에 드날린다면 이것이 진정한 대장부가 아니겠느냐!"

말이 미처 끝나기도 전에 병풍 뒤에서 그의 아내 가씨賈氏가 나와 말렸다.

"당신이 한 말을 모두 들었습니다. 예로부터 이르기를 '1리만 밖으로 나가도 집에 있는 것만 못하다'고 했습니다. 점쟁이의 허튼소리는 듣지 마십시오. 바다같이 넓은 가업을 버리시고 불안하게 그토록 위험한 곳에 가서 장사를 하려 하십니까? 차라리 집 안의 첩들을 내쫓아 욕망을 줄인 다음 집 안에서 조용히 앉아 안정하고 쉬신다면 저절로 무사하실 겁니다."

"부인 같은 여편네가 뭘 알아! 내가 이미 뜻을 정했으니 모두 더 이상 아무 말을 말라!"

연청이 다시 말했다.

"소인이 주인 덕분에 봉술을 조금이나마 배웠습니다. 소인이 허세를 부리는 것이 아니라 주인어른을 모시고 가다가 도중에 도적이라도 나타나면 30~50명쯤은 처치할 수 있습니다. 이 도관이 집에 남고, 제가 주인님을 모시고 함께 가겠습니다."

"내가 장사하는 데 부족한 점이 있어서 이고를 데려가려고 하는 것이다. 그는 나를 대신할 수 있어서 데려가고, 너는 집에 머물며 관리하라고 한 것이다. 장부를 관리하는 것은 다른 사람이 하지만 총체적인 관리는 네가 하도록 하여라."

이고가 말했다.

"소인은 요즘 무좀 증상이 심해져서 많이 걷기가 어렵습니다."

노준의가 크게 화를 내며 야단쳤다.

"1000일 동안 군사를 양성하는 것은 하루에 쓰기 위함이다. 내가 너와 같이 가고자 하는데 무슨 핑계가 그렇게 많은가! 만약 누구든 다시 나를 막는다면 내 주먹 맛을 보여주겠다!"

이고가 놀라 벌벌 떨면서 노준의의 아내를 바라보니 그녀도 재빨리 피해 들어가고 연청 또한 더 이상 아무 말 하지 않고 모두 흩어졌다. 이고는 끓어오르는 화를 억누르고 감히 아무 말도 못하고 가지고 갈 짐을 준비했다. 10량의 태평거를 구하고 10명의 몰이꾼과 수레를 끌 가축 40~50마리를 끌어오고 짐을 수레에 실어 가지고 갈 상품을 동여매고 준비를 마치자 노준의가 직접 점검했다. 3일째 되는 날 신복神福14을 사르고 집안 모든 사람을 불러 한 사람씩 할 일을 분부하여 처리하고,

그날 저녁에 이고를 불러 일꾼 둘을 데리고 먼저 성을 나가게 했다. 이고가 떠나고 부인이 수레와 병장기를 보고 눈물을 흘리며 들어왔다.

다음 날 오경에 일어난 노준의는 목욕을 마치고 새 옷으로 갈아입고 조반을 먹은 뒤 무기를 들고 후당으로 가서 조상에게 향을 사르고 하직을 고했다. 집을 나와 길에 오르며 아내에게 당부했다.

"집안을 잘 보살피시오. 길어야 3개월이고 짧으면 40~50일 안에 돌아오리다."

"가는 길에 조심하시고 서신이나 자주 보내주세요."

말을 마치자 연청이 눈물을 흘리며 삼가 작별을 고했다. 노준의가 분부했다.

"너는 집에 있으면서 모든 일을 직접 나가서 살피고 삼와양사三瓦兩舍15에 놀러 가서는 안 된다."

"주인어른께서 길을 떠나시는데 제가 어찌 감히 태만하겠습니까?"

노준의가 곤봉을 들고 성 밖으로 나가니 이고가 맞이했다. 노준의가 말했다.

"너는 하인 두 명을 데리고 먼저 가거라. 깨끗한 객점이 나오면 수레 끄는 몰이꾼들이 도착하여 바로 먹을 수 있게 먼저 밥을 차려놓고 기다리거라. 그래야만 노정이 지체되는 것을 덜 수 있다."

14_ 신복神福: 신을 제사지낼 때 사용하는, 신의 화상이 그려진 종이.
15_ 삼와양사三瓦兩舍: 송원 시기에 기생집과 오락장을 가리킴. 옛날 부유한 집안 자식들이 놀이판을 벌이는 장소.

이고 또한 간봉杆棒16을 들고 먼저 하인 두 명을 데리고 떠났다. 노준의와 여러 일꾼이 수레를 몰고 뒤따라갔다. 가는 길이 산수가 아름답고 길은 넓으며 언덕은 평탄하여 노준의는 속으로 기뻐하며 말했다.

"내가 만약 집에 있었으면 어디에서 이런 경치를 볼 수 있었겠느냐!"

40여 리를 가니 이고가 주인을 맞이했다. 점심을 먹고 이고는 또 먼저 떠났다. 다시 40~50리를 가서 투숙할 객점에 도착했고 이고가 수레와 인마를 맞이했다. 노준의는 객점 방 안으로 들어와 곤봉을 기대어두고 삿갓을 걸며 요도를 풀고 신발과 버선을 바꾸고 숙식했다. 다음 날 아침 일찍 불을 지펴 아침밥을 해먹고 수레를 짐승이 끌게 하여 다시 길에 올랐다.

이때부터 길에서 밤에는 자고 새벽에 떠나기를 며칠을 한 뒤 한 객점에서 숙식했다. 날이 밝자 떠나려 하는데 점원이 노준의에게 말했다.

"나리, 저희 객점에서 20리 못 가서 양산박 입구를 지나게 됩니다. 산에 송 공명 대왕이 있는데, 비록 지나다니는 손님을 해치지는 않지만 나리께서는 조용히 지나가시고 별것 아닌 일에 크게 놀라지 마십시오."

"그렇구먼."

바로 일꾼을 불러 옷상자를 열어 보따리 하나를 꺼내게 했다. 보따리 안에서 하얀 명주 깃발 네 개를 꺼냈다. 점원에게 대나무 장대 4개

16_ 간봉杆棒: 병기를 만들 때 사용하는 나무 몽둥이.

를 가져오게 하여 깃발을 하나씩 묶었는데 깃발마다 버들고리만 한 크기로 일곱 글자가 쓰여 있었다.

소탈하고 시원시원한 북경 노준의	慷慨北京盧俊義
금으로 장식한 상자를 싣고 멀리 찾아왔네.	金裝玉匣來深地
끌고 온 태평거 빈 수레로 돌아가지 않고	太平車子不空回
이 산 호걸들을 붙잡아 태우고 돌아가리라.	收取此山奇貨去

이고, 일꾼, 몰이꾼, 점원이 보고 모두 '아이고' 하며 우는 소리를 냈다. 점원이 물었다.

"나리께서는 산 위 송 대왕과 친분이 있으신가요?"

"나는 북경의 부자인데 이런 도적놈들과 무슨 친분이 있겠는가! 내가 특별히 송강 이놈을 잡으러 왔노라!"

"나리께서는 소리를 좀 낮추십시오. 제발 소인까지 연루시키지 마십시오. 장난하지 마세요! 나리께서 군사 1만을 데리고 가더라도 가까이 가지도 못해요."

"헛소리 말아라. 네 이놈들이 모두 저 도적들과 한패로구나!"

점원은 서둘러 못 들은 척 외면했고 여러 몰이꾼은 어처구니없어 했다. 이고와 일꾼들은 땅바닥에 무릎 꿇고 고했다.

"주인어른, 저희를 불쌍하게 여기신다면 목숨을 살려 고향에 돌아가게 하는 것이 나천대초羅天大醮를 하는 것보다 낫습니다."

노준의가 소리질렀다.

"너희가 뭘 아느냐? 너희 같은 참새들이 어찌 감히 나 같은 백조에게 대드느냐! 내가 평생 온몸에 무예를 익혔건만 지금까지 마땅한 적수를 만나지 못했다. 오늘 다행히 이런 기회를 얻었으니 이번에 솜씨를 발휘하지 못한다면 또 언제까지 기다려야 한단 말이냐? 저 수레 위에 있는 포대 안에 든 것은 장사할 물건이 아니라 삼베로 꼰 밧줄이다. 혹시 죽어 마땅한 저 도적놈들이 내 손에 걸리면 박도로 쳐 쓰러뜨릴 것이니, 너희는 붙잡아 꽁꽁 묶어라. 물건들은 버려도 상관없으니 수레를 정돈하여 도적놈들을 잡아 가두어라. 도적의 우두머리는 동경으로 끌고 가서 공을 청하고 상을 받아 내 평생의 뜻을 온 사방에 알리겠다. 만약 너희 중에 한 놈이라도 가지 않겠다면, 먼저 네놈들부터 죽이겠다!"

앞쪽 수레 4대에 깃발을 꽂았고 뒤쪽에는 6량의 수레가 따라 갔다. 이고와 사람들은 하염없이 눈물을 흘리면서도 노준의를 따를 수밖에 없었다. 노준의가 박도를 꺼내 간봉 끝 세 갈래로 갈라진 아귀에 끼워 단단하게 고정시켜 들고 수레 뒤를 따라 양산박 가는 길로 몰았다. 사람들이 울퉁불퉁한 산길을 보고 한 걸음 내디딜 때마다 무서워 덜덜 떨었으나 노준의는 개의치 않고 다그치며 앞으로 나아갔다. 이른 아침부터 일어나 사시가 되도록 걸으니 멀리 커다란 숲이 눈에 들어왔다. 수백 수천 그루 아름드리나무가 빽빽하게 들어찬 큰 숲이었다. 숲 옆을 지나가는데, 어디선가 호루라기 소리가 들리자 이고와 두 당직은 자지러지게 놀랐으나 몸을 숨길 곳이 없었다. 노준의는 수레를 한쪽으로 몰아놓았고, 마부와 사람들은 모두 수레 아래에 숨어 '아이고' 소리만 외쳤다. 노준의는 전혀 개의치 않고 소리질렀다.

"내가 쓰러뜨리거든, 너희는 즉시 묶어라!"

갑자기 숲속에서 졸개 400~500명이 뛰쳐나오고, 뒤쪽 징 소리가 울리는 곳에서 또 400~500명의 졸개가 퇴로를 막았다. 숲속에서 포성이 들리더니 한 사내가 손에 쌍도끼를 들고 불쑥 나타나 크게 외쳤다.

"노 원외! 벙어리 도동을 알아보겠소?"

노준의가 문득 생각이 나서 소리질렀다.

"내가 늘 너희 도적놈들을 찾아와 잡으려고 생각하다가 오늘 특별히 이곳으로 왔다. 어서 그 송강 놈한테 산에서 내려와 항복하라고 이르거라! 만일 고집을 부린다면 내가 단번에 너희 놈들 한 놈도 남기지 않고 모두 죽여버리겠다!"

이규가 껄껄 웃으며 말했다.

"원외, 당신이 오늘 오용 군사가 정해준 운명처럼 되었으니 빨리 와서 두령 자리에나 앉으시오!"

노준의는 크게 화가 나 손에 박도를 쥐고 이규에게 달려들었고, 이규도 쌍도끼를 휘두르며 맞아 싸웠다. 두 사람이 3합도 싸우기 전에 이규가 사정거리 밖으로 풀썩 뛰어나가더니 몸을 돌려 숲속으로 달아났다. 노준의가 박도를 들고 정신없이 뒤쫓았다. 이규가 숲속 덤불 속에서 이리저리 사방으로 피해 다니며 노준의의 약을 바짝 올리더니 한달음에 숲속으로 뛰어들었다. 이규가 나는 듯이 어지럽게 자란 소나무 숲으로 달아났다.

노준의도 쫓아갔으나 아무도 보이지 않았다. 하는 수 없이 몸을 돌리려 할 때 소나무 숲 옆에서 사람들이 한 무리 나타났는데, 앞장선 사내가 큰 소리로 고함을 질렀다.

"원외는 달아나지 마라. 어렵게 여기까지 왔으니 나랑 얼굴이나 익히러 가자!"

노준의가 살펴보니 뚱뚱한 화상으로 검은 장삼을 입고 쇠 선장을 들었다. 노준의도 맞받아쳤다.

"너는 어디서 온 중이냐?"

노지심이 크게 웃으며 말했다.

"내가 바로 화화상 노지심이다. 이번에 군사의 군령을 받들어 원외를 맞이하여 피난시키러 왔다!"

노준의가 초조해하며 욕을 퍼부었다.

"이 까까중 놈이 어찌 이리 무례하냐!"

박도를 들고 노지심에게 달려들었다. 노지심이 쇠 선장을 돌리며 3합도 채 싸우기 전에 박도를 밀어젖히고 몸을 돌려 달아났다. 노준의는 또 쫓기 시작했다. 한참 쫓고 있는데 졸개들 속에서 행자 무송이 계도 두 자루를 돌리며 뛰쳐나와 소리질렀.

"원외, 나를 따라온다면 죽을 팔자는 없을 것이오!"

노준의가 노지심을 버리고 무송에게 달려들었다. 다시 3합도 못 싸워 무송이 발길을 돌려 달아났다.

노준의가 하하 크게 웃으며 말했다.

"네놈을 쫓지 않겠다. 너희 이 가소로운 놈들 같으니!"

미처 말이 끝나기도 전에 산비탈 아래에서 한 사람이 소리질렀다.

"노 원외, 허풍떨지 마시오. '사람은 시궁창에 빠지는 것을 두려워하고, 쇠는 용광로에 던져져 녹는 것을 두려워한다'는 말을 못 들었소? 군사가 계책을 이미 정했으니 거기에 떨어질 팔자로 정해진 것이오. 당신이 가긴 어딜 가겠소?"

노준의가 소리질렀다.

"이놈, 너는 누구냐?"

그 사람이 실실 웃으며 말했다.

"소생은 적발귀 유당입니다."

노준의가 욕을 퍼부었다.

"산적 놈아 달아나지 마라!"

박도를 들고 유당에게 달려들었으나 겨우 3합을 싸웠는데 비탈진 곳에서 한 사람이 소리를 질렀다.

"원외, 몰차란 목홍이 여기에 있다!"

유당과 목홍 두 사람이 박도를 들고 함께 노준의와 싸웠다. 다시 싸운 지 3합도 되지 않아 뒤에서 다가오는 발걸음 소리가 들렸다. 노준의가 "받아라!" 소리지르니 유당과 목홍이 몇 걸음 뒤로 물러났다. 노준의가 급히 몸을 돌려 뒤에 나타난 사람을 보니 박천조 이응이었다. 세 두령이 정자丁字 모양으로 에워쌌으나 노준의는 전혀 당황하지 않고 싸울수록 더욱 강해졌다. 막 보두步斗17 자세를 취하는데 산꼭대기에서 징 소리가 울리니 세 두령이 각자 자세를 풀고 발길을 돌려 달아났.

이때쯤 되니 노준의도 온몸에 땀 냄새가 밸 정도로 지쳐 더 이상 쫓지 않았다. 숲에서 밖으로 나와 수레와 부하들을 찾았으나 수레 10량,

수행한 사람들, 수레 끌던 가축이 모두 보이지 않았다. 노준의가 높은 언덕에 올라 사방을 둘러보니 멀리 산비탈 아래에 졸개들이 수레와 가축들을 앞으로 몰아 끌고 가고 있었다. 이고 일행은 뒤쪽에 줄줄이 묶여 징을 울리고 북을 두드리며 소나무 있는 그곳으로 끌려가고 있었다. 노준의가 멀리 바라보다가 분노가 가슴속에서 불처럼 이글이글 타오르고 코에서 연기가 솟아나 박도를 들고 곧장 쫓아갔다. 산비탈에서 멀리 떨어지지 않은 곳에 두 사내가 나타나 소리질렀다.

"어딜 가느냐!"

한 사람은 미염공 주동이었고 다른 하나는 삽시호 뇌횡이었다. 노준의가 고래고래 소리지르며 욕했다.

"너 이 천한 도적놈들아! 좋은 말 할 때 수레하고 일꾼들을 내놔라!"

주동이 손으로 긴 수염을 쓰다듬으며 크게 웃었다.

"노 원외, 아직도 일이 어떻게 돌아가는지 모르겠소! 우리 군사가 항상 '정해진 별자리에 날아오는 것은 있어도, 날아가는 것은 없다'고 말했소. 이왕 이렇게 되었으니 두령 자리에 앉으시지요."

노준의가 듣고서 크게 화를 내며 박도를 들고 두 사람에게 곧장 달려갔다. 주동과 뇌횡은 각자 병기로 맞대응했으나 역시 3합도 싸우지

17_ 보두步斗: 도사가 별자리를 예배하고 신령을 부르는 동작. 보행의 방향이 바뀌면서 마치 강罡(북두칠성의 자루)과 두斗(북두성) 위를 밟는 듯한 동작.

않고 몸을 돌려 달아났다.

노준의가 속으로 생각했다.

'한 놈을 쫓아 잡아서 수레와 바꿔야겠다.'

목숨 걸고 산비탈을 돌아 쫓았지만 두 사내 모두 보이지 않고 산꼭대기에서 북 치고 피리 부는 소리만 들렸다. 고개를 들어 바라보니 살굿빛 깃발이 바람에 펄럭이는데 위에 '천자를 대신하여 도를 행하다替天行道'라는 네 글자가 수놓여 있었다. 다시 몸을 돌려 바라보니 붉은 비단 위에 금색 실을 박아넣은 우산이 송강을 덮고 있었고, 왼쪽에는 오용, 오른쪽에는 공손승이 있었다. 60~70명의 일행이 일제히 인사를 했다.

"원외, 별 탈 없어 다행이오!"

노준의는 더욱 화가 치밀어올라 이름까지 거론하며 욕을 퍼부었다. 산 위에서 오용이 권했다.

"원외는 노여워 마시오. 송 공명께서 오래전부터 그대의 명성을 사모하여 특별히 오 아무개에게 명하여 찾아 뵙고 모시라 했으니 원외는 남이라 여겨 거부하지 마시고 산에 올라 함께 천자를 대신하여 도를 행하시지요."

노준의는 더욱 성을 내며 욕했다.

"천한 도적놈들아, 어찌 이렇게 터무니없이 나를 속였단 말이냐!"

송강 뒤에서 소이광 화영이 돌아 나오며 활을 집어 화살을 얹고 노준의를 겨냥하며 소리질렀다.

"노 원외, 잘난 척하지 마시오. 먼저 그대에게 화영의 활 솜씨를 보여주겠소!"

 말이 끝나기도 전에 화살 하나가 '씨잉' 날아가더니 노준의 머리 위 전모의 붉은 술을 명중시켜 떨어뜨리자 깜짝 놀라 날 살려라 달아났다. 산 위에서 북소리가 진동하자 벽력화 진명, 표자두 임충이 군마를 이끌고 깃발을 흔들며 함성을 지르고 동쪽 산 곁에서 쏟아져 나왔다. 쌍편 호연작, 금창수 서녕 또한 군마를 이끌고 깃발을 흔들고 고함을 지르며 서쪽 산 옆에서 달려나왔다. 놀란 노준의는 그제야 달아나려 했으나 길이 없었다. 날은 점점 어두워지고 다리도 아프고 배도 고픈데 당황하여 대로를 택하지 못하고 산 후미진 오솔길로 무턱대고 달아났다. 해질 무렵 연무가 물처럼 가득히 일어나고 짙은 안개가 산에 가라앉았으며 달은 작고 별들만 많아 수풀을 구분할 수 없었다. 앞만 보고 걷는데 지극히 먼 하늘 끝도 아니고 땅 끝 어딘가에 이르렀다. 머리를 들어 둘러보니 갈대꽃만 가득 찬 한없이 넓은 호수가 눈에 들어왔다. 노준의는 발길을 멈추고 하늘을 우러러보며 길게 탄식했다.

 '내가 다른 사람 말을 듣지 않았더니 오늘 정말로 이런 화를 당하는구나!'

 한참 근심하며 걱정하고 있는데, 갈대 속에서 한 어부가 작은 배 한 척을 저어오는 게 보였다. 그 어부가 작은 배를 기울여 세우고 소리질렀다.

 "나리, 참 간도 크시오. 이곳은 양산박 도적들이 출몰하는 곳인데, 삼경 한밤중에 어찌하여 이곳에 오셨소!"

 "내가 헷갈려 길을 잃었는데 하룻밤 묵을 곳을 찾지 못했소. 나 좀 구해주시오."

"여기에서 크게 돌아가면 마을이 하나 있는데 30여 리나 가야 합니다. 길도 복잡해 찾아내기가 아주 어렵지요. 물길로 가시면 3~5리 거리인데 10관만 주시면 제가 배에 태워 건네드리지요."

"나를 건네게 해주고 마을 객점을 찾아주면 내가 은자를 조금 더 드리리다."

그 어부가 옆 물가로 노를 저어 배를 대고 노준의를 부축해 태운 뒤 철 삿대를 펼쳐 저어갔다. 3~5리 저어갔을 때 앞쪽 갈대숲에서 '쏴아' 소리가 들리더니 작은 배가 나는 듯이 저어왔다. 배 위에는 두 사람이 있었는데 앞에 있는 사람은 벌거벗은 채 상앗대를 들고 있었고 뒤에 있는 사내는 노를 젓고 있었다. 앞쪽에 있는 사람이 상앗대를 가로로 고정시키고 노래를 부르기 시작했다.

영웅은 시서詩書는 읽을 줄조차 모르고	英雄不會讀詩書
다만 양산박에 모여 살 뿐이네.	只合梁山泊里居
활과 덫을 준비해 사나운 호랑이 잡고	準備窩弓收猛虎
미끼를 놓아 자라와 물고기 낚는다네!	安排香餌釣鰲魚

노준의가 듣고 깜짝 놀라 아무 소리 못했다. 또 왼쪽 갈대 수풀 속에서 두 사람이 작은 배 한 척을 저어왔다. 뒤쪽의 노를 젓는 사람은 '끼이' 하고 노 젓는 소리를 내고 있었고 앞에 있는 사람은 삿대를 가로로 세우고 노래를 불렀다.

비록 내가 태어나자마자 무뢰한이지만	雖然我是潑皮身
도적은 죽여도 사람은 죽이지 않는다네.	殺賊原來不殺人
가슴에 새겨진 표범 문신을 두드리며	手拍胸前靑豹子
배 안의 옥기린玉麒麟을 어찌 잡을까 흘겨보네.	眠睃船里玉麒麟

노준의가 듣고서 '아이고' 소리만 낼 뿐이었다. 물 한가운데에서 다시 작은 배 한 척이 쏜살같이 저으며 다가왔다. 뱃머리에 한 사람이 서 있는데, 쇠송곳과 나무 삿대를 거꾸로 쳐들고 역시 노래를 불렀다.

갈대꽃 무성한 모래사장 위에 조각배 한 척	蘆花灘上有扁舟
해질 무렵 호걸이 홀로 여기 찾아왔네.	俊傑黃昏獨自遊
혹시라도 여기에 이르는 것이 운명임을 안다면	義到盡頭原是命
돌이켜보고 재난을 피하면 근심이 사라지리라.	反躬逃難必無憂

노래가 끝나자 세 척의 배에 탄 사람들이 일제히 인사했다. 중간은 완소이, 왼쪽은 완소오, 오른쪽은 완소칠이었다. 그 배 세 척이 한꺼번에 돌진해왔다. 노준의는 속으로 당황했으나 수영을 할 줄 몰라서 어부에게 소리만 질렀다.

"빨리 배를 물가에 대시오!"

그 어부가 하하 웃으며 노준의에게 말했다.

"위로는 푸른 하늘이오, 아래는 맑고 깊은 물이로다. 나는 심양강에서 태어나 양산박에 온 사람이오. 이름을 바꾸지 않고, 성도 바꾸지 않으니 혼강룡 이준이란 사람이 바로 나다. 원외가 항복하지 않으면 목숨을 헛되이 잃을 것이오!"

노준의가 크게 놀라 소리질렀다.

"네놈을 죽이지 않았다간 내가 죽겠다!"

박도를 들고 이준의 명치를 향해 찔렀으나 이준이 노를 잡은 채 공중제비를 돌아 풍덩 하고 물속으로 뛰어들었다. 배를 물 위에서 빙글빙글 돌리자 노준의는 박도로 물속을 찔러댔다. 그때 고물에서 한 사람이 물속에서 솟아오르며 소리질렀다.

"나는 낭리백조 장순이오!"

겨드랑이에 고물을 끼고 두 발로 물장구를 치며 힘을 써서 배를 한쪽으로 누르니 배 바닥은 하늘을 향해 뒤집히고 영웅은 물속에 빠져버렸다.

제 6 1 회

사지에 빠진 노준의[1]

  노준의가 설령 대단하다 하더라도 물은 어떻게 할 수 없었다. 낭리백조 장순이 작은 배를 뒤집어버리자 물에 빠져 허우적거렸다. 장순이 물속에서 허리를 껴안아 꽉 잡고 물가로 끌고 왔다. 물가에 불이 밝혀지고 50~60명의 사람이 기다리고 있었다. 물가로 올라오자마자 사람들이 달려들어 에워싸고 요도를 풀고 젖은 옷을 모두 벗겨 밧줄로 묶으려 했다. 신행태보 대종이 달려와 큰 소리로 명령을 전달했다.

  "노 원외의 몸을 상하게 하지 마라!"

1_ 제61장 연청이 화살을 쏘아 주인의 생명을 구하다放冷箭燕靑救主. 석수가 이층에서 뛰어내려 사형장을 급습하다劫法場石秀跳樓.

한 사람이 비단에 수놓은 도포 한 보자기를 두 손으로 받쳐 들고 와서 노준의에게 입히고 8명의 졸개가 노준의를 가마에 태우고 갔다. 멀리서 20~30개의 붉은 망사 등롱이 인마를 비추고 있는데 요란하게 연주하면서 맞이하러 왔다. 송강, 오용, 공손승이 앞서고 두령들이 뒤따랐다. 일제히 말에서 내리자 노준의도 황망히 가마에서 내렸다. 송강이 먼저 무릎을 꿇자 뒤에 있던 모든 두령도 배열하여 꿇었다. 노준의도 땅바닥에 무릎 꿇으며 말했다.

"이미 잡힌 몸이니 어서 죽이시오!"

송강이 웃으며 대답했다.

"원외께서는 가마에 오르시지요."

사람들이 일제히 말에 올라 관문 세 개를 하나씩 지날 때마다 풍악을 울리며 맞이했다. 충의당 앞에 도착하여 말에서 내리고 노준의를 등촉이 환하게 밝혀진 대청에 오르도록 청했다. 송강이 앞으로 나와 사과했다.

"소인이 오래전부터 원외의 대단한 명성을 들었습니다. 오늘 다행히 뵙게 되어 평생의 영광입니다! 방금 여러 형제가 지나치게 모욕했으나 너그럽게 용서해주기를 간절하게 바랍니다."

오용도 앞으로 나와 말했다.

"지난번 형님이 제게 친히 찾아 뵙고 모시라고 명령해서 점괘를 판다는 핑계로 원외를 속여 산에 오르게 한 것은, 함께 대의를 모아 천자를 대신해 도를 행하고자 함입니다."

송강이 노 원외에게 첫 번째 두령 자리에 앉기를 청하자 노준의가

'하하' 크게 웃으며 말했다.

"노 아무개는 이전에 집에서는 죽을지 모르고 날뛰었지만 오늘 여기에서 절대 살기를 바라지 않소. 사람 놀리지 말고 죽이려면 어서 죽이시오!"

송강이 웃는 낯으로 말했다.

"어찌 감히 놀리겠습니까? 진실로 원외의 크신 덕을 사모하여 애타게 갈망한 것이 하루 이틀이 아니었습니다. 그래서 분수에 넘치게 계책을 꾸몄던 것이니 원외께서 산채의 주인이 되시면 우리 모두 아침저녁으로 엄명을 받들 것입니다."

"닥치시오! 노 아무개를 죽이기는 쉬우나 굴종시키는 것은 실로 어려울 것이오!"

오용이 끼어들어 말했다.

"그 일이라면 내일 다시 상의하시지요."

그날 술과 음식을 차려 대접했다. 노준의가 어떻게 해볼 방법이 없어서 묵묵히 술만 몇 잔 받아 마셨고, 연회가 끝나고 졸개가 후당으로 청하여 쉬게 했다.

다음 날 송강이 소와 말을 잡고 연회를 크게 열었다. 노준의를 연회에 불러 가운데 빈자리에 앉기를 몇 번씩이나 권했다. 술잔이 몇 차례 돌자 송강이 몸을 일으켜 잔을 들어 사과하며 말했다.

"어젯밤 큰 무례를 범했으니 관대히 용서해주십시오. 비록 산채가 협소하여 머무시기에 적당하지 않으나 원외께서 '충의忠義' 두 글자를 살펴주신다면, 송강이 두령 자리를 양보할 테니 사양하지 말고 받아주십시오!"

"뭐라고? 무슨 그런 당치 않은 소리요! 노 아무개는 당신들과 달리 지은 죄도 없을 뿐만 아니라 재산도 적지 않게 가지고 있소. 내가 대송 大宋 사람으로 태어났으니 죽어서도 대송의 귀신이 되겠소. '충의'라는 말로 강요한다면 노 아무개는 이 자리에서 목을 찔러 죽어버리고 말겠소!"

오용이 말했다.

"원외께서 원치 않으시니 어찌 강요할 수 있겠습니까? 원외의 몸을 붙들 수는 있지만 마음까지 잡아둘 수 있겠습니까? 다만 원외께서 어렵게 오셨으니 도적이 되지 않더라도 소채에 며칠 머무시기를 여러 형제가 청하옵니다. 나중에 댁으로 돌려 보내드리겠습니다."

"두령께서는 노 아무개를 여기에 머물게 하지 않겠다고 하시면서 어찌하여 하산을 허락하지 않습니까? 집안 식구들이 소식을 몰라 궁금해할 텐데 실로 걱정됩니다."

"그건 어렵지 않습니다. 먼저 이고를 시켜 수레를 돌려보내고 원외께서는 며칠 늦게 가셔도 아무 상관없지 않습니까?"

오용이 이 도관에게 물었다.

"이 도관, 당신네 수레와 화물들은 모두 있소?"

"하나도 빠짐없이 그대로 있습니다."

송강이 두 개의 커다란 은덩이를 가져오게 하여 이고에게 주고, 작은 것 두 개는 일꾼에게 나누어주었으며, 마부 10명에게도 백은 白銀 10냥씩을 골고루 주었다. 그들은 모두 송강에게 감사 인사를 했다. 노준의가 이고에게 분부했다.

"내 어려움은 너도 잘 알 터이니 너는 집에 돌아가 부인에게 잘 말해 걱정하지 않도록 하여라. 내가 죽지 않는다면 돌아갈 수 있을 것이다."

"두령이 이렇게 보살펴주시니 주인어른께서는 두어 달 머무셔도 상관없을 겁니다."

이고가 작별하고 충의당을 떠났다. 오용도 따라서 몸을 일으키며 말했다.

"원외께서는 안심하시고 잠시 앉아 계십시오. 소생은 이 도관이 산을 내려가는 것을 배웅하고 바로 돌아오겠습니다."

오용이 말을 타고 금사탄에 먼저 도착하여 이고를 기다렸다. 잠시 뒤 이고와 일꾼 두 명, 그리고 수레와 가축들, 수행하던 무리가 모두 산을 내려왔다. 오용이 500여 졸개를 이끌고 양쪽을 에워싸고 버드나무 그늘에 앉아 이고를 가까이 불러 말했다.

"너희 주인은 이미 우리와 상의하여 둘째 두령 자리에 앉기로 결정했다. 산에 오르기 전에 이미 집안 벽에 4구 반시反詩를 써놓았다. 내가 너에게 어떻게 된 것인지 가르쳐주마. 벽에 쓰인 28자 중에 시구의 머리글자를 뽑아 읽어보거라. '노화탄상유편주蘆花灘上有扁舟(갈대꽃 무성한 모래사장 위에 조각배 한 척)'의 머리글자는 '노盧'자이고, '준걸황혼독자유俊傑黃昏獨自遊(해질 무렵 호걸이 홀로 여기 찾아왔네)'는 '준俊', '의사수제삼척검義士手提三尺劍(의사 손에 든 세 척의 칼로)'의 글자는 '의義'이며, '반시수참역신두反時須斬逆臣頭(반란을 일으켜 반드시 역신의 목을 베리라)'의 '반反'자를 합쳐보아라. 이 4구시는 바로 '노준의가 반역하다盧俊義反'라는 의미를 숨기고 있다.

오늘 산에 올라 도적이 된 것을 너희가 어떻게 알겠느냐? 본래는 너희를 죽이고 내가 양산박의 행실이 더러움을 보여주려 했다. 오늘 잠시 너희를 돌아가도록 풀어줄 테니 곧바로 북경으로 돌아가 주인이 절대 돌아오지 않을 것이라고 널리 알리거라!"

이고 무리는 두려움에 떨며 오로지 무릎 꿇고 절할 따름이었다. 오용이 배로 나루터까지 건네주자 길을 찾아 서둘러 북경으로 달아났다.

오용이 충의당으로 돌아와 다시 술자리에 들어갔으나, 각자 아무 말 없이 술만 마시고 밤이 되어서야 흩어졌다.

다음 날 산채 안에서 다시 축하 연회가 열렸다. 노준의가 말했다.

"여러 두령이 살려준 것에 감사합니다. 그러나 노 아무개를 죽였으면 끝났을 텐데 살아 있자니 하루를 보내는 것이 1년 같습니다. 오늘 작별하고 돌아가겠습니다."

송강이 말했다.

"아무런 재주도 없는 소생이 원외를 알게 된 것은 보통 행운이 아닙니다. 내일 제가 사비를 털어 조촐한 술자리를 마련하여 마주앉아 잠시 터놓고 이야기나 나누고 싶으니 물리치지 말아주십시오."

또 하루가 지났다. 다음 날 송강이 청하고 그다음 날은 오용이, 또 다음 날은 공손승이 청했다. 이런 식으로 상급 두령 30여 명과 매일 번갈아가며 술자리를 가졌다. 세월은 덧없이 흘러 해와 달이 번갈아 뜨고 지는가 싶더니 어느새 한 달여가 지나버렸다. 노준의는 더 이상 참을 수 없어 다시 떠나고자 했다. 그러자 송강이 말했다.

"부당하게 원외를 붙잡으려는 것도 아닌데 어찌 그리 서둘러 돌아가려 하시오. 내일 충의당에서 변변찮은 술자리나 마련해 송별연을 열지요."

다음 날 송강이 다시 사비를 털어 송별연을 열자 두령들이 모두 말했다.

"형님이 원외를 존경하는 것이 10점이면 우리는 12점입니다. 어찌 형님 송별연만 받아 마신단 말이오! 누구는 대접해주고, 우리는 무시하는 거요!"

그 가운데서 이규가 큰 소리로 말했다.

"내가 벙어리 노릇 하느라 속 터지며 북경에 가서 고생 끝에 당신을 데려왔더니 내가 차려주는 송별연은 받지 않고 간다고? 내가 당신이랑 눈꼬리 치켜세우고 목숨 걸고 죽기 살기로 붙어야겠다!"

오 학구가 크게 웃으며 말했다.

"이렇게 사람을 청하는 것은 보다보다 처음이네. 내가 원외께 여러분 정성을 보아 며칠 더 머무시라고 청하겠네!"

또 생각지도 않게 4~5일이 지났다. 노준의가 뜻을 단단히 굳혀 떠나려 했다. 그런데 신기군사 주무가 일반 두령들을 이끌고 충의당에 올라 요청했다.

"저희가 비록 하급 두령이지만 형님을 위해 노고를 아끼지 않았는데 공교롭게 우리 술만 독약이라도 탔단 말이오? 노 원외께서 꺼리고 우리 술을 마시지 않는다면 나야 상관없소이다. 동생들이 뭔 일이라도 일으킨다면 후회해도 늦을 것이오!"

오용이 몸을 일으키며 말했다.

"자네들 걱정하지 마라. 내가 자네들을 대신하여 원외께 며칠 더 계시라고 간청하면 안 될 게 뭐가 있겠는가? 속담에 '사람에게 술을 권하는 것은 본래 악의가 없다'고 하지 않던가?"

노준의가 그런 사람들을 거절할 수 없어 또다시 며칠을 지냈다. 그럭저럭 30~50일이 지났다. 북경을 떠났을 때가 5월이었는데 양산박에서 두 달여를 지냈으니, 가을바람이 솔솔 불고 이슬이 차게 느껴지는 것이 어느 결에 늦가을이 되었다. 노준의는 오로지 떠날 마음밖에 없으므로 송강에게 간곡하게 하소연했다. 송강이 웃으며 말했다.

"어렵지 않소이다. 내일 금사탄에서 송별연을 합시다."

노준의가 크게 기뻐했다. 다음 날 처음 왔을 때의 의복과 칼, 봉을 원외에게 돌려주고, 여러 두령이 모두 산 아래까지 내려와 전송했다. 송강이 쟁반에 금과 은을 담아 건네자 노준의가 웃으며 말했다.

"산채의 재물이 어디에서 나온 것인지 알면서 노 아무개가 좋다고 받겠습니까? 또한 노자가 없으면 돌아갈 수 없으니 노 아무개가 어찌 사양하겠습니까? 다만 북경까지만 가면 되니 제가 가지고 있는 것으로 충분합니다."

송강 등 두령들이 금사탄에서 배웅하고 작별한 뒤 돌아왔다.

노준의는 밤새 달리며 발걸음을 재촉해 열흘을 달려 북경에 도착했다. 날이 어두울 무렵이라 성안으로 들어가지 못하고 객점에서 하룻밤을 보냈다. 다음 날 새벽 노준의가 시골 주점을 떠나 서둘러 성으로 달려갔다. 1리 길도 못 가서 찢어진 두건에 너덜너덜한 옷차림을 한 사람과 마주쳤는데 노준의를 보자마자 바닥에 엎드려 통곡했다. 노준의가 자세히 살펴보니 다름 아닌 낭자 연청이었다. 깜짝 놀라 물었다.

"네가 어쩌다가 이 모양이 되었느냐?"

"이곳은 이야기를 나눌 만한 곳이 아닙니다."

노준의가 흙담 옆으로 돌아가 까닭을 물으니 연청이 대답했다.

"주인께서 떠나시고 보름도 되지 않아 이고가 돌아와 마님께 '주인께서는 양산박 송강에게 귀순하여 둘째 두령이 되셨습니다'라고 말하고, 바로 관아로 가서 고발했습니다. 그놈은 이미 마님과 한통속이 되더니 제가 따르지 않고 거스른다고 탓하며 온 집안의 재산을 모두 봉하고 결국은 저를 성 밖으로 쫓아냈습니다. 게다가 친척뿐만 아니라 아는 사람들에게도 분부하여 어떤 사람이라도 저를 집에 받아들이면 재산의 절반을 포기하더라도 그와 소송을 벌이겠다고 했습니다. 그러니 제가 성안에는 의지할 곳이 없어 성 밖으로 돌아다니면서 구걸하며 살고 있습니다. 제가 다른 곳으로 갈 수 없어서가 아니라 주인은 절대로 도적이 되지 않음을 잘 알기에, 이 얼마 남지 않은 목숨을 견디며 이곳에서 주인어른을 만나기 위해 기다리고 있었습니다. 만일 주인께서 정말로 양산박에서 오셨다면 제 말을 들어주십시오. 다시 양산박으로 돌아가셔서 상의하여 다른 방법을 찾으시는 게 좋을 듯합니다. 성안으로 들어 가셨다가는 반드시 계략에 빠지실 겁니다."

노준의가 소리질렀다.

"내 아내는 그런 사람이 아니다. 네 이놈, 헛소리 말아라!"

"주인께서 뒷머리에 눈이 없으신데 어찌 이곳의 일을 알겠습니까? 주인께서는 평소에 근력 연마에만 몰두하시고 여색을 가까이하지 않으셨습니다. 마님께서는 오래전부터 이고와 정을 통했던 것 같습니다. 오늘 문을 밀고 들어가 살펴보시면 이미 부부 관계가 되었을 터이니, 주인께서 돌아가시면 반드시 악랄한 수법에 걸리실 겁니다!"

노준의가 크게 성내며 연청에게 욕하고 꾸짖었다.

"우리 집안이 북경에서 5대째 살고 있어 모르는 사람이 없다. 이고 그놈이 머리가 몇 개거늘 감히 그런 짓을 한단 말이냐! 혹시 네가 나쁜 짓을 하여 오늘 도리어 반대로 말하는 것은 아니냐. 내가 집에 가서 사정을 알아볼 터이니 사실이 아니라면 네놈을 가만두지 않겠다!"

연청이 통곡하고 땅바닥을 기어가 원외의 옷자락을 붙잡고 말렸다. 노준의가 한 발로 연청을 차버리고 성큼성큼 성안으로 들어갔다.

성안으로 달려가 곧장 집 안으로 들어가자 크고 작은 집사들이 모두 놀랐다. 이고가 황망히 나와 맞이하고 대청 위에 오르기를 청하고 머리 숙여 절했다. 노준의가 물었다.

"연청은 어디 있느냐?"

"주인께서는 묻지 마십시오. 한마디로 말씀드리기 어렵습니다! 모진 고초로 고생하셨으니, 일단 휴식을 취하시고 다음에 말씀드리겠습니다."

그때 부인 가賈씨가 병풍 뒤에서 울면서 나왔다. 노준의가 말했다.

"부인은 봤을 테니 연청이 어떻게 된 거요?"

"묻지 마십시오. 한마디로 말씀드리기 어렵습니다! 고생 많이 하셨는데 일단 쉬시고 안정이 되면 말씀드리겠습니다."

아내도 이고와 같은 소리를 해 속으로 의심이 들어 계속 연청의 일을 묻자 그제야 이고가 대답했다.

"어르신께서는 일단 옷을 갈아입으시고 사당에 예배하시고 조반을 드신 뒤에 들으셔도 늦지 않을 겁니다."

아침상을 차려오자 노준의가 막 젓가락을 드는데, 앞뒷문에서 일제히 함성 소리가 들리더니 200~300명의 공인이 밀려 들어왔다. 노준의가 깜짝 놀라 어리둥절해하는 사이 꽁꽁 묶여 한 걸음 뗄 때마다 몽둥이질을 당하면서 곧바로 유수사에 끌려왔다.

그때 마침 북경 유수 양중서가 관아에 있었는데 난폭한 공인 70~80명이 좌우 양쪽으로 도열하고 있었다. 노준의를 양중서 앞으로 끌고 오고 이고와 가씨 또한 옆에 무릎 꿇고 앉았다. 대청 위에서 양중서가 크게 꾸짖었다.

"네놈은 북경 양민으로 어찌하여 양산박 도적들에게 투항하고 둘째 두령 자리에 앉았느냐? 지금 이곳에 온 것은 안팎에서 서로 호응하여 북경을 치고자 함이 아니더냐! 잡혀왔으니 어디 변명해보거라."

"소인이 한때 어리석었던 것은 맞습니다. 양산박 오용이 점괘를 파는 도사로 가장하여 집에 찾아왔습니다. 선량한 마음을 부추기고 꾀는 거짓말에 그만 속아 양산박까지 가서 두 달 가까이 연금된 것도 사실입니다. 다행히 벗어나 오늘 집에 돌아올 수 있었고, 결코 나쁜 생각은 없으니 은상께서는 밝게 살펴주시기 바랍니다."

양중서가 소리질렀다.

"그게 어떻게 말이 되느냐! 네가 그놈들과 한패가 되지 않고서야 어떻게 그토록 오래 있을 수 있느냐? 여기 네 아내와 이고의 고발장을 보거라. 이것이 거짓말이더냐?"

이고가 말했다.

"주인, 이미 이렇게 되었으니 그만 자백하십시오. 집 안 벽에 써놓은 장두반시藏頭反詩2가 명백한 증거라 더 이상 변명할 필요가 없습니다."

부인 가씨도 말했다.

"우리가 당신을 해치려는 것이 아니라 당신 때문에 우리까지 연루될까 두려워서 이러는 겁니다. 속담에 '한 사람이 반역을 하면 구족이 모두 처형된다'는 말을 모르세요?"

노준의가 대청 아래에서 무릎 꿇고 억울함을 부르짖으며 호소했다. 이고가 말했다.

"주인, 하소연할 필요 없습니다. 진실은 없애기 어렵고 거짓은 지우기 쉽다고 했습니다. 어서 빨리 다 말씀하시고 고통이나 면하시지요."

가씨가 말했다.

"여보, 거짓은 관아에 들어오기 어렵고, 진실은 대항하기 어려운 법이에요. 당신이 일을 벌이려 했더라면 제 목숨도 끝장났을 거예요. 육체에는 정이 있어도 몽둥이질에는 정이 없어요. 당신이 다 털어놓으면 약간의 송사만 있을 거예요."

2_ 장두반시藏頭反詩: 하고자 하는 말을 시구의 첫 글자에 나누어 쓴 시. 오용이 노준의를 시켜 쓰게 한 시에 '노준의반盧俊義反'이라는 의미를 감추고 있다.

이고가 이미 위아래로 돈을 썼기에 장張 공목이 대청에 올라 아뢰었다.

"이놈은 품행이 불량한 데다 간사하고 막돼먹은 놈이니, 어떻게 때리지 않고 자백을 받겠습니까!"

"네 말이 맞다!"

양중서가 고개를 끄덕이고 좌우에 소리쳤다.

"여봐라, 매우 쳐라!"

좌우 공인들이 달려들어 노준의를 땅바닥에 엎어놓고 변명의 여지도 주지 않고 피부가 찢기고 살이 터지도록 흠씬 두들겨 패니 선혈이 쏟아져 나오고 서너 차례나 혼절했다. 노준의는 매질을 견딜 수 없어 결국 엎드려 탄식하며 말했다.

"비명횡사할 운명이라더니 과연 그렇군! 내가 오늘 모두 불겠소."

장 공목이 즉시 자백을 받는 문서를 가져오는 한편 100근짜리 사형수 칼을 씌우고 사형수 감옥에 감금했다. 지부 앞뒤로 참관하던 사람들이 모두 차마 볼 수 없을 지경이었다. 그날 옥문 안으로 끌고 들어가 대청 앞에 무릎 꿇렸다. 방구들 위에 양원兩院 압뢰押牢3 절급이며 사형 집행을 겸하는 망나니가 앉아 있었다. 그는 채복蔡福이라 하며 북경에서 대대로 살았는데, 솜씨가 뛰어나 사람들이 '철비박鐵臂膊'이라 불렀다. 채복 곁에 친동생인 옥졸이 서 있었는데, 꽃 한 송이를 꽂고 다니는 것을 좋아해 하북河北 사람들이 무심결에 '일지화一枝花' 채경蔡慶이라

3_ 압뢰押牢: 송원 시기 감옥을 관리하는 것을 가리킴.

불렀다. 그가 수화곤을 잡고 형 옆에 서 있었다. 채복이 말했다.

"너는 이 사형수를 감옥으로 데려가거라. 나는 집에 잠깐 갔다 와야겠다."

채경이 노준의를 끌고 갔다.

채복이 몸을 일으켜 옥문을 나가는데 관아 앞 담장 아래에서 온 얼굴이 눈물에 젖은 연청이 손에 밥그릇을 들고 들어오는 게 보였다. 채복은 연청을 알고 있었다.

"연청, 어쩐 일인가?"

연청이 땅바닥에 무릎을 꿇고 구슬 같은 눈물을 흘리며 말했다.

"절급 형님, 소인의 주인 노 원외를 가엽게 보아주십시오. 억울한 송사를 당하고 있어도 밥 보내줄 돈도 없소이다! 소인이 성 밖에서 이 반밖에 차지 않은 밥그릇이라도 구걸해왔으니 주인의 허기라도 채워주려 합니다. 절급 형님, 제발 편의 좀……"

말도 끝내지 못하고 목이 메어 바닥에 엎드렸다. 채복이 말했다.

"나도 이 일을 아네. 자네가 가서 직접 먹여드리게나."

연청이 감사의 절을 하고 감옥 안으로 들어가 노준의에게 밥을 먹었다.

채복이 주교州橋를 건너는데 차박사茶博士 한 명이 인사하며 말했다.

"절급 나리, 어떤 손님이 소인의 찻집 이층 내실에서 절급 나리를 기다리고 계십니다."

채복이 누각 위에 와서 보니 바로 집사 이고였다. 서로 인사를 마치자 채복이 물었다.

"집사께서 무슨 일로 보자고 하셨소?"

"'진실하고 미더운 사람 앞에서 거짓말하지 않는다'고 했소. 소인의 일은 모두 절급 나리 마음먹기에 달려 있습니다. 오늘 밤 깔끔하게 흔적 없이 처리해주십시오. 따로 드릴 만한 대단한 것은 없지만 금 가지 50냥을 드리겠습니다. 관아의 관리들은 소인이 알아서 처리하겠습니다."

채복이 웃으면서 말했다.

"당신은 관아의 계석戒石4 위에 '아래 백성은 학대하기 쉬우나 푸른 하늘은 속이기 어렵다'고 쓰여 있는 것을 모르오? 당신이 양심을 저버리고 자기 자신을 속이는 짓을 한 것을 내가 모를 줄 아시오? 당신이 또 그의 재산을 가로채고 그의 아내까지 도모하더니 지금 50냥 금덩이를 나한테 줘서 그의 목숨마저 끝내려 한단 말이오. 이후에 제형관提刑官5이 이곳에 오기라도 한다면 나는 이 송사를 감당할 수 없소이다!"

이고가 말했다.

"절급께서 적다고 불만이시면 소인이 다시 50냥을 더 드리겠습니다."

"이 집사, 당신은 지금 노 원외의 돈으로 노 원외를 죽이려는 것 아니오! 북경에서 유명한 노 원외가 겨우 금덩이 100냥 가치밖에 안 된단 말이오? 당신이 만약 나로 하여금 그를 죽이고자 한다면 나 또한 당신

4_ 계석戒石: 송나라 때 지방 관아에 비석을 세워 관리가 되는 계율을 새겼는데, 그것을 계석이라 한다.

5_ 제형관提刑官: 송나라 때 황제가 각지에 파견하여 사법 상황을 조사하게 한 관리로 '제점형옥관提點刑獄官'이라 하며, 줄여서 '제형관'이라 한다.

을 속이지 않겠소. 500냥의 금덩이를 주시오!"

이고가 전혀 망설임 없이 대답했다.

"50냥은 여기 있고, 나머지도 절급께 곧 드리겠소. 다만 오늘 밤 일을 끝내주십시오."

채복이 금덩이를 거두고 몸에 감추면서 일어나며 말했다.

"내일 아침에 시신이나 들고 가시오."

이고가 감사하며 기쁜 마음으로 돌아갔다.

채복이 집에 돌아와 막 문으로 들어가려는데 한 사람이 갈대 주렴을 올리며 들어와 말했다.

"채 절급을 만나러 왔소."

채복이 살펴보니 그 사람은 생김새가 상당히 준수하고 차림새도 단정했다. 몸에는 까마귀 날개의 푸른 원령을 입고 허리에는 새하얗게 빛나는 옥으로 장식된 요대를 찼으며 머리에는 준의관䤵䤘冠6을 쓰고 진주 장식이 달린 신발을 신고 있었다. 그 사람이 문으로 들어와 채복을 보자 절을 올렸다. 채복이 황망히 답례하며 물었다.

"관인께서는 성함이 어떻게 되십니까? 무슨 하실 말씀이 있으십니까?"

"안에 들어가서 말씀드리지요."

채복이 손님을 상의각商議閣으로 안내하여 주빈이 자리를 잡고 앉

6_ 준의관䤵䤘冠: 꿩의 깃털로 장식한 화려하고 진귀한 모자.

다. 그가 입을 열었다.

"절급께서는 놀라지 마십시오. 저는 창주 횡해군 사람으로 시진이라 하며 대주大周 황제의 직계 자손으로 소선풍이 바로 접니다. 의를 좋아하고 재물을 가벼이 여겨 천하의 호걸들과 사귀기를 좋아했으나 불행하게도 죄를 지어 지금은 양산박에서 지내고 있습니다. 이번에 송 공명 형님의 명을 받아 노 원외의 소식을 알아보러 왔다가 탐관과 오리, 음부와 이고가 함께 모함하여 사형수 옥에 수감된 것을 알게 되었습니다. 실낱같은 생명이 당신에게 달려 있습니다. 죽음을 무릅쓰고 특별히 알리러 왔습니다. 만약 노 원외의 목숨을 살려준다면 부처님의 자비로써 대하고 크신 덕을 잊지 않겠습니다. 그러나 쌀 반 톨만큼이라도 착오가 생기면 성 아래까지 쳐들어와 북경성을 함락시키고 어질건 어리석건 늙건 젊건 아무것도 가리지 않고 모두 참수할 것이오! 당신이 의리를 중시하고 충성스럽다는 것을 오래전부터 들어왔기에 재물을 보내서는 안 되겠지만 그래도 오늘 황금 1000냥을 변변찮은 선물로 가지고 왔소이다. 만일 시진을 체포하고자 한다면 지금 당장 밧줄로 묶으시오. 맹세컨대 눈살 찌푸리지 않을 것이오."

채복이 벌벌 떨면서 온몸에 식은땀을 흘리며 한참 동안 대답을 못했다. 시진이 몸을 일으키며 말했다.

"호걸이 일을 할 때는 망설이지 않는다 했소. 어서 결정하시오!"

"장사께서는 일단 돌아가십시오. 소인이 알아서 조치하겠습니다."

시진이 다시 절하며 말했다.

"이미 승낙하셨으니 큰 은혜에 보답하리다."

문을 나가 데리고 온 사람을 불러 황금을 가져와 채복에게 넘겨주고 인사한 뒤 떠났다. 바깥에 있던 같이 온 사람은 바로 신행태보 대종이었다.

채복은 시진의 말을 듣고 어떻게 해야 할지 몰라 망설였다. 한참 생각한 뒤 감옥으로 돌아가 있었던 일을 동생에게 이야기하자 채경이 말했다.

"형님은 평생 가장 결단력 있게 일을 하셨는데 이런 작은 일로 어찌하여 어려워하십니까! 속담에 이르기를 '사람을 죽이려면 모름지기 피를 봐야 하고, 구하려면 반드시 끝까지 구해야 한다'고 했습니다. 이미 1000냥의 금덩이가 여기 있으니 형님과 제가 그를 대신해 위아래로 뇌물로 사용하면 됩니다. 양중서, 장 공목이 모두 재물을 좋아하는 무리인지라 뇌물을 받고 틀림없이 얼렁뚱땅 넘어가서 노준의의 목숨을 살려줄 것입니다. 구하고 구해내지 못하는 것은 그들 양산박 호걸의 일이지 우리가 해야 할 일은 이것으로 끝나는 겁니다."

"동생의 말이 바로 내 뜻과 같다. 자네는 노 원외를 편안한 곳에서 지내도록 하고 아침저녁으로 좋은 술과 밥을 갖다줘 쉬게 해라. 그리고 양산박에서 온 소식도 그에게 전해주어라."

채복, 채경 두 사람이 상의하여 결정하고 은밀하게 받은 금덩이를 상사에게는 뇌물을 주고 아랫사람들에게는 간청하니 청탁이 먹혀들었다.

다음 날 이고가 아무런 낌새가 보이지 않자 채복의 집에 와서 재촉했다. 채경이 대답했다.

"우리가 손을 써 그를 끝장내려고 하는데 상공이 허락하지 않고, 이미 사람을 시켜 그의 목숨을 살리라고 분부했소이다. 그러니 당신이 직접 돈을 써서 부탁하시오. 우리 여기야 무엇이 어렵겠소?"

이고는 채경의 말대로 또 사람을 시켜 위에 돈을 썼다. 중간에 돈을 바치는 사람이 부탁하자, 양중서가 말했다.

"이 일은 압뢰 절급의 일이니 내가 어떻게 직접 손을 쓰겠는가? 하루 이틀 지나 스스로 죽게 해야지."

양쪽이 서로 미루는 데다 장 공목 또한 금덩이를 받은지라 문건을 갖고 시간만 질질 끌었다. 채복이 또 청탁을 하여 일찌감치 결정토록 했다. 장 공목이 문건을 가지고 오자 양중서가 물었다.

"이 사건을 어떻게 처리해야 좋은가?"

"제가 보기에 노준의가 비록 원고이나 정확한 흔적은 없습니다. 그리고 양산박에 오래 있었다고는 하나, 남의 말을 따르다가 말려들어 일이 잘못된 것이지 진짜 죄를 지은 것이라 보기 어렵습니다. 기껏해야 척장 40대를 때려 자자한 뒤 3000리 밖으로 유배 보내시는 것이 마땅합니다. 상공의 뜻은 어떠하십니까?"

"공목의 의견이 지극히 명쾌하여 내 뜻과 부합하네."

채복을 불러 감옥에 있는 노준의를 끌고 오게 하여 칼을 벗기고 자백 문건을 읽었다. 척장 40대를 판결하여 20근짜리 철판 칼을 씌우고 대청 앞에서 못을 박았다. 동초와 설패로 하여금 압송하여 사문도沙門島로 귀양보내게 했다. 원래 동초와 설패는 개봉부의 공인으로 임충을 창주로 압송하다가 길에서 임충을 죽이지 못하고 돌아갔다가 고 태위로부터 트집잡혀 북경에 유배온 터였다. 양중서는 그 두 사람의 능력을 보고 유수사에 남아 일을 담당하게 했다. 오늘 또 그 두 사람이 노준의를 압송하게 된 것이다.

동초와 설패는 즉시 공문을 수령하고 노준의를 주 관아 밖으로 끌고 와 사신방에 가두고, 각자 집으로 돌아와 짐을 챙기고 보따리를 싸서 바로 출발할 준비를 했다. 이고는 그 사실을 알고서 '아이고' 하고 비명 소리만 낼 뿐이었다. 서둘러 사람을 시켜 범인을 압송하는 두 사람을 청했다. 동초, 설패가 주점으로 오자 이고가 맞이하며 누각 내실에 앉기를 청하고 술과 음식을 차려 관대하게 대접했다. 술잔이 세 번 돌자 이고가 입을 열었다.

"숨기지 않고 솔직하게 말씀드리겠습니다. 노 원외는 나의 원수이고 지금 사문도로 귀양을 갑니다. 길이 아주 멀고 또한 그에게는 돈 한 푼 없어 두 분의 노자를 헛되이 낭비하게 할 것입니다. 아무리 서둘러도 빨리 돌아와야 3~4개월이니 내가 드릴 것은 없지만 큰 은덩이 두 개를 선금으로 드리겠소. 두 분이 멀리 갈 필요 없이 적당한 곳에서 끝장내주십시오. 얼굴에 새겨진 금인을 벗겨서 증거로 내게 보여주면 각자 50냥짜리 금 가지를 두 분께 더 드리겠소. 그리고 당신들이 적당히 문서 한 장을 꾸며서 유수사 방으로 가져오면 그다음은 내가 알아서 하겠소."

동초와 설패 두 사람이 서로 마주보다가 이윽고 동초가 말했다.

"아무래도 그렇게는 안 되겠소!"

설패가 받아 말했다.

"형님, 이 관인은 유명한 대장부이니 이번 일로 그와 알고 지내면 급하고 어려운 일이 있을 때 도와줄 거외다."

이고가 말했다.

"나는 은혜를 잊고 의를 저버리는 사람이 아니오. 오래도록 두 분의 은혜에 보답하리다."

동초와 설패가 은자를 받아들고 작별하고 집에 돌아와 짐을 꾸리고 그날 밤 길을 떠났다. 노준의가 말했다.

"소인은 오늘 형을 받아 매 맞은 상처가 아프니 내일 떠나게 해주십시오!"

설패가 욕을 퍼부었다.

"엿 같은 주둥이 닥쳐라! 어르신이 너 같은 가난뱅이를 만나다니 운수 더럽구나. 사문도까지 갔다가 오려면 6000리가 넘는데 그 많은 노자는 어떡하라고. 네놈이 한 푼도 없으니 우리보고 어쩌란 말이냐!"

노준의가 하소연했다.

"소인이 억울한 일을 당한 것을 생각하시고 제발 굽어 살펴주십시오."

동초가 욕설을 해댔다.

"너 같은 부자 놈들은 평상시에는 남을 위해 털 한 가닥도 안 뽑더니, 오늘 푸른 하늘이 눈을 떠 빨리 업보를 치르는구나! 네놈은 슬퍼하지 마라. 못 간다면 우리가 네놈이 가게 도와주마."

노준의는 울분을 억누르며 감히 아무 말도 못하고 걸어갈 뿐이었다.

동문을 나오자 동초와 설패가 옷 보따리와 우산을 모두 노 원외가 쓰고 있는 칼에 매달고 걷게 했다. 두 사람은 길에서 때론 잘해주다가 때론 막 대하면서 노 원외를 압송하며 걸었다. 14~15리를 걸으니 저녁 무렵이 되었다. 앞에 한 촌락이 나오자 객점을 찾아 쉬기로 했다. 점원이 뒷방으로 안내하자 짐을 풀면서 설패가 말했다.

"어르신들이 아무리 가난해도 공인이니 어떻게 죄인을 시중들겠느냐? 네가 밥을 먹고 싶다면 빨리 가서 불을 지피거라!"

노준의가 칼을 쓴 채 부뚜막에 와서 점원에게 장작을 얻어 한 덩어리로 묶어 부뚜막 앞에서 불을 지폈다. 점원이 불쌍하게 여겨 그를 대신해 쌀을 일어 밥을 지어주고 식기도 씻어줬다. 노준의는 부자 출신이라 이런 일들을 할 줄 몰랐고 장작이 젖어 불을 붙이면 금세 꺼져버렸다. 불을 붙인다고 힘껏 불면 재가 날려 눈을 제대로 뜰 수가 없었다. 동초가 그런 노 원외를 보고 구시렁구시렁 계속해서 욕을 퍼부었다. 밥이 익자 두 사람이 모두 담아가고 노준의는 감히 가서 얻어먹을 수가 없었다. 두 사람이 먹고 난 뒤 남은 찌꺼기 국과 식은 밥을 노준의에게 먹게 했다. 설패가 또 한 차례 욕지거리를 해댔다. 저녁밥을 먹은 뒤 다시 노준의를 불러 발 씻을 물을 데워오라 시켰다. 물이 끓어서야 비로소 노준의가 감히 방에 들어가 앉았다. 두 사람이 발을 씻은 뒤 노준의 발을 씻겨준다고 속이고 펄펄 끓는 물 한 대야를 들고 와 짚신을 벗기고, 설패가 양발을 잡아당겨 끓는 물속에 집어넣으니 고통이 아주 커 참아낼 수가 없었다.

설패가 말했다.

"어르신이 네놈을 시중들어주는데 오만상을 찌푸리고 지랄이야!"

두 공인은 방구들로 가서 잠이 들었고 노 원외를 쇠밧줄로 방문 뒤에 채웠다. 사경이 되자 두 공인은 일어나 점원을 불러 아침밥을 차리게 하여 자기들끼리만 배부르게 먹고 보따리를 챙겨 길을 떠났다. 노준의가 다리를 살펴보니 모두 화상으로 물집이 생겨 땅에 발을 디딜 수 없었다. 그날 가을비가 추적추적 내려 길도 미끄러워 노준의가 한 발 내디딜 때마다 비틀거리자 설패가 수화곤을 들어 허리를 때렸고 동초는 말리는 척만 하니 가는 길에서도 내내 억울함에 비명을 질렀다.

시골 주점을 떠나 10리쯤 갔을 때 커다란 숲이 나타났다. 노준의가 말했다.

"소인이 정말이지 더 이상 걸을 수 없으니 가엾게 여기시고 잠시만 쉬었다 가시지요."

두 공인이 노준의를 데리고 숲속으로 들어가니, 마침 동쪽 하늘은 점점 밝아지고 있었고 아무도 지나가는 사람이 없었다. 설패가 말했다.

"우리 두 사람이 아침 일찍 일어났더니 무척 피곤하구나. 숲에서 잠시 눈 좀 붙이고 싶지만 네놈이 달아날까 두렵구나."

"소인이 날개를 달아도 도망갈 수 없습니다."

설패가 말했다.

"그런 소리 말아라. 어르신이 아무래도 묶어야겠다!"

허리에서 삼베 밧줄을 풀어 노준의의 배를 싸서 소나무에 졸라매고 반대로 당겨 다리까지 나무에 묶었다. 설패가 동초에게 말했다.

"형님, 숲 밖에 서 계시오. 만약 오는 사람이 있으면 기침으로 신호를 보내시오."

"동생, 빨리 끝내게."

"안심하시고 밖이나 살펴보시오."

말이 끝나자마자 수화곤을 들어 노 원외를 보면서 말했다.

"우리 두 사람을 원망하지 말거라. 너희 집 집사 이고가 우리한테 길에서 너를 죽여달라고 했다. 사문도에 가서도 어차피 죽을 것이니 차라리 일찍 죽는 게 나을 거다! 저승에 가더라도 우리를 원망하지 말거라. 내년 오늘이 바로 네 제삿날이다!"

노준의는 듣고서 눈물을 비 오듯 쏟으며 고개를 숙여 죽음을 받아들였다.

설패가 양손으로 수화곤을 잡아들고 노 원외의 이마를 향해 내려쳤다. 동초가 밖에서 '퍽' 하는 소리를 듣고 일이 끝난 줄 알고 황망히 숲으로 들어와 살펴보니, 노 원외는 여전히 나무에 묶여 있었으나 설패는 나무 아래에 나자빠져 누워 있었고 수화곤은 한곁에 던져져 있었다. 동초가 중얼거렸다.

"거참, 이상하네! 힘을 너무 주고 휘둘러 도리어 자네가 맞았나?"

손으로 부축하여 일으키려 했으나 도저히 일으킬 수 없었다. 설패의 입에서 피가 흐르고 명치에서 3~4촌 길이의 작은 화살대가 드러나 있었다. 깜짝 놀란 동초가 막 소리를 지르려는데 동북쪽 구석 나무 위에 한 사람이 앉아 있는 게 보였다. '맞아라!' 하는 소리가 들리더니 그 사내가 손을 놓자 동초의 목에 화살 한 발이 명중했고, 동초는 두 다리를 공중으로 뻗더니 이내 고꾸라졌다.

그 사람이 나무 위에서 뛰어 내려와 날카로운 칼을 뽑아 노준의를 묶었던 밧줄을 끊고 머리에 쓰고 있던 칼을 쪼개 부숴버렸다. 나무 옆의 노 원외를 끌어안고 울음을 터뜨리며 통곡했다. 노준의가 부신 눈으로 살펴보니 낭자 연청이라 소리질렀다.

"연청아, 죽어서 내 혼백이 너와 만나는 것이냐?"

"제가 유수사 앞에서부터 줄곧 이 두 놈을 따라왔습니다. 뜻밖에 놈들이 이 숲에 오더니 손을 쓰려고 하더군요. 지금 제가 쇠뇌의 화살 두 발로 끝내버렸는데 주인어른께서는 보셨습니까?"

"비록 네가 나의 목숨을 구했다고는 하지만, 이 두 공인을 쏘아 죽였으니 죄가 더 무거워질 텐데 어디로 달아나야 한단 말이냐?"

"애초부터 모두 송 공명이 주인어른을 고통스럽게 했으니 오늘 양산박이 아니고서는 달리 갈 곳이 없습니다."

"그런데 내가 매 맞은 상처가 덧난 데다 다리 살갗마저 벗겨지고 다쳐 바닥을 디딜 수가 없구나."

"더 이상 지체할 수 없습니다. 제가 주인어른을 업고 가겠습니다."

가슴이 두근거리고 손은 떨려 어찌할 바를 몰랐으나 곧 두 시신을 차버리고, 쇠뇌를 잡으며 요도를 꽂고 수화곤은 쥐며 노준의를 업어 동쪽을 향해 달렸다. 그러나 10리도 못 가 등에 업고는 더 이상 갈 수 없었는데, 마침 작은 주점이 눈에 들어오자 안으로 들어가 방을 찾아 자리를 잡았다. 밥을 시켜 허기를 채우고 두 사람은 잠시 편안하게 쉬었다.

한편 길을 지나가던 사람이 숲에서 죽은 두 공인을 발견하고 근처 사장社長에게 보고했고 이정도 알게 되자 대명부에 고발했다. 즉시 관리를 파견하여 조사하니 유수사 공인 동초와 설패로 밝혀졌다. 양중서는 대명부 즙포 사신을 보내 살펴보게 하고 기한을 정해 살인범을 체포하라고 회신을 보냈다. 공인들이 모두 와서 보고 말했다.

"이 쇠뇌 화살은 낭자 연청의 것으로 보인다. 지체해서는 안 된다!"

100~200명의 공인이 나누어 각지에 포고문을 붙이는 한편 두 사람의 생김새를 알리고, 멀고 가까운 곳의 촌락과 길가 객점, 시진市鎭과 인가에 게시하여 명시하고 즉시 체포하도록 했다.

한편 노준의는 매 맞은 상처 때문에 걸을 수 없어 그곳 객점에서 쉬고 있었다. 객점 점소이가 살인사건의 일을 들은 데다 보는 이마다 이 일을 이야기하지 않는 사람이 없었다. 또한 두 사람의 생김새를 그림으로 본 터라 의심이 생겨 그곳 사장에게 알렸다.

"저희 주점에 두 사람이 묵고 있는데 어디에서 왔는지 분명하지 않은 것이 아무래도 범인이 아닌지 모르겠습니다."

사장이 공인에게 보고를 전달했다.

연청은 반찬거리가 없어 쇠뇌를 들고 근처에 가서 새와 작은 짐승 몇 마리를 잡았다. 돌아오다가 온 마을에 아우성치는 소리가 들렸다. 연청이 숲에 몸을 숨기고 살펴보니 100~200명의 공인이 창칼로 빽빽하게 둘러싸고 노준의를 수레 위에 묶고 밀고 가는 것이 보였다. 연청이 뛰쳐나가 구하려다가 무기도 없자 '아이고' 소리만 내며 괴로워하다가 속으로 생각했다.

'양산박에 가서 송 공명에게 알리고 와서 구해달라고 하지 않으면 주인의 목숨을 잃게 생겼구나.'

길을 찾아 양산박으로 달렸다. 한밤중에 가다가 배가 고팠지만 돈이 한 푼도 없었다. 어떤 흙언덕에 달려 오르니 덤불로 뒤섞여 있고 듬성듬성 나무가 있기에 숲 안에서 날이 밝을 때까지 잠을 자기로 했다. 마음속이 침울하여 한숨을 쉬고 있는데 나무 위에서 까치가 '깍깍' 지저귀는 소리가 들렸다. 속으로 생각했다.

'활로 쏘아 맞히기만 하면 마을에 가서 물에 삶아 익혀 허기라도 채울 수 있을 텐데.'

숲속 밖으로 나와 고개를 들어 보니 그 까치가 연청을 향해 지저귀고 있었다. 연청이 조용히 쇠뇌를 꺼내 혼자 하늘에 점괘를 묻고 하늘을 향해 빌며 말했다.

"제게는 화살이 한 대밖에 없습니다. 주인의 목숨을 구하시고자 한다면 화살이 저 까치를 맞혀 떨어뜨리게 해주시고, 만일 주인의 명운을 멈추게 하시고자 한다면 까치가 날아가게 하시옵소서!"

화살을 걸치고 소리질렀다.

"내 뜻대로 언제나 맞혀주었듯이 이번에도 실수 없이 맞아다오!"

쇠뇌가 울리더니 까치 꼬리를 맞혔으나 그 까치는 화살이 꽂힌 채 언덕 아래로 날아갔다.

연청이 큰 걸음으로 언덕 아래로 뛰어 내려갔으나, 까치는 보이지 않고 도리어 두 사람이 앞으로 달려오고 있었다. 앞선 사람은 돼지 주둥이 모양의 두건을 두르고, 뒷머리에 두 개의 금으로 싸맨 은고리가 달려 있고 항라 나삼을 입고 있었다. 허리에는 금색 선을 박아넣은 요대를 묶고 무릎 절반쯤 올라온 양말에 삼베를 엮어 만든 신을 신었으며 사람 키만 한 곤봉을 들었다. 뒤에 따르는 사람은 먼지를 막는 흰색의 범양 삿갓을 쓰고 다갈색의 줄을 모은 소매의 적삼을 입었다. 허리에는 선홍색의 전대를 묶고 흙길을 걷는 가죽신을 신었으며 옷 보따리를 메고 단봉을 들고 요도를 가로로 찼다. 두 사람이 달려오는데 연청의 어깨를 서로 치듯이 지나갔다. 연청이 몸을 돌려 쳐다보면서 생각했다.

'노자가 없으니 저 두 사람을 쳐서 쓰러뜨리고 보따리를 뺏어 양산박으로 가는 게 어떨까?'

쇠뇌를 옷 속에 감추고 몸을 돌려 그 두 사람의 뒤를 따라갔다. 두 사람은 고개를 숙이고 걷기만 했다. 연청이 쫓아가 뒤쪽의 삿갓을 쓴 사람의 등 복판을 한 대 갈기자 고꾸라졌다. 주먹을 끌어당겨 다시 앞쪽에 달리던 사내를 치려는데, 도리어 그 사내가 먼저 손으로 몽둥이를 들어 내려치니 연청의 왼쪽 넓적다리에 정통으로 맞아 땅바닥에 엎어졌다. 뒤의 사내가 일어나 연청을 밟고 요도를 빼들어 얼굴을 향해 내려치려 하자 연청이 크게 소리질렀다.

"호걸들! 나는 죽어도 상관없으나 애석하게도 소식을 전해줄 사람이 없소이다."

그 사내가 칼을 멈추더니 손을 거두고 연청을 일으키며 물었다.

"네 이놈 무슨 소식을 알린다는 거냐?"

"당신이 나한테 뭣하러 물으시오!"

앞에 있던 사내가 연청의 손을 끌어당기다 팔목의 꽃 문신이 드러나자 황망히 물었다.

"당신은 노 원외의 집에 무슨 낭자 연청이라는 사람 아니오?"

연청은 두 사람이 자기를 잡으려 쫓는 사람으로 생각하며 말했다.

"이래저래 죽는 것은 마찬가지이니 차라리 다 털어놓고 잡혀가 영혼이라도 주인과 함께 있어야겠구나!"

그러고는 말했다.

"그래, 내가 바로 노 원외 댁의 낭자 연청이다!"

두 사람이 연청이 말하는 것을 보고 함께 자세히 살펴보더니 말했다.

"당신을 죽이지 않은 게 다행이군. 바로 연청 형이군요! 우리 두 사람을 알아보겠소? 나는 양산박 두령 병관삭 양웅이오. 저 사람은 평명 삼랑 석수요."

양웅이 말했다.

"우리 두 사람은 형님의 군령을 받들어 북경으로 노 원외의 소식을 알아보러 가는 길이오. 군사와 대 원장 또한 뒤따라 산을 내려올 것이오. 모두 오로지 소식이 오기를 기다리고 있소이다."

그제야 연청이 양웅과 석수의 말을 듣고 있었던 일들을 두 사람에게 모두 이야기했다. 양웅이 말했다.

"일이 말한 대로 되었다면 나와 연청 형은 산채로 가서 형님께 알리고 다른 방법을 찾아야겠다. 너는 북경에 가서 소식을 알아보고 돌아와 보고하거라."

석수가 말했다.

"그게 좋겠습니다!"

먼저 몸에서 구운 떡과 말린 고기를 꺼내 연청에게 먹이고 보따리를 매게 했다. 연청은 양웅을 따라 밤새 달려 양산박으로 달려갔다. 송강을 보자 연청은 있었던 일들을 상세하게 모두 이야기했다. 송강이 크게 놀라 여러 두령을 모아 대책을 상의했다.

한편 석수는 자신의 의복만 들고 북경성 밖에 도착했다. 날이 이미 저물어 성으로 들어가지 못하고 성 밖에서 하룻밤을 보냈다. 다음 날 일찍 아침밥을 먹고 성안으로 들어왔으나, 사람들마다 여기저기에서 탄식하며 마음 아파했다. 석수가 의심이 생겨 시내 중심으로 들어와 상인들에게 물어보니 한 노인장이 알려줬다.

"손님은 모르겠지만, 여기 북경에 노 원외라는 부자가 있는데 양산박 도적들한테 노략질당하고 도망쳐 돌아왔소. 그런데 도리어 억울하게 송사에 걸려 사문도로 유배를 갔지요. 또 어떻게 된 일인지 모르지만 가는 길에 공인 둘을 죽였소이다. 어젯밤에 다시 잡혀왔는데 오늘 오시 삼각에 저잣거리에 끌어다가 참수한다고 하오! 손님도 와서 구경하시오."

석수가 듣고서 얼굴에 얼음물을 한 바가지 뒤집어쓴 것처럼 정신이 번쩍 들었다. 급히 저잣거리로 달려가니 주점 하나가 눈에 들어왔다. 석수는 주점 위로 올라가 거리가 보이는 작은방을 잡아 앉았다. 주보가 다가와 물었다.

"손님, 누구를 기다렸다 함께 드실 겁니까, 아니면 혼자 드실 겁니까?"

석수가 꾸짖는 듯한 눈빛으로 말했다.

"술은 커다란 사발로 가져오고 고기는 큼직하게 썰어오거라. 그냥 가져오면 되지 뭘 묻고 지랄이냐!"

주보가 놀라 술 두 각에 커다란 쟁반에 소고기를 썰어왔다. 석수는 술을 큰 사발에 따라 마시고 큰 고깃덩어리를 들고 뜯어먹었다. 얼마 앉아 있지 않았는데 누각 아래 거리에서 떠들썩한 소리가 들렸다. 석수가 나가 누각 창문을 통해 밖을 살펴보니 집집마다 문을 닫고 점포들도 장사를 접는 것이 보였다. 주보가 누각에 올라와 말했다.

"손님, 취하셨습니까? 누각 아래에 공무가 있는 듯합니다. 빨리 술값을 치르시고 다른 곳으로 피하시지요!"

석수가 말했다.

"나는 아무것도 무섭지 않다. 어르신한테 두들겨 맞기 싫으면 썩 꺼지거라!"

주보가 감히 말도 못하고 누각 아래로 내려갔다.

얼마 지나지 않아 거리에서 하늘을 진동하는 징과 북소리가 요란하게 들려왔다. 석수가 누각 창문에서 밖을 살펴보니 십자로 입구에 형장을 포함한 주변에 칼 봉을 든 망나니 10여 명이 앞뒤를 에워싸고 노준의를 묶어 누각 앞까지 끌고 와 무릎 꿇렸다. 철비박 채복이 법도法刀[7]를 들고 일지화 채경은 노준의가 쓰고 있는 칼의 끄트머리를 짚으며 말했다.

"노 원외, 당신이 잘 생각해보면 우리 형제 두 사람이 당신을 구하려 하지 않았던 것이 아니라 일을 서툴게 해서 이렇게 됐소이다. 앞에 오성당五聖堂[8] 안에 내가 이미 당신의 신위를 모셔놨으니 혼백이라도 그곳으로 가 편히 쉬시오."

말을 마치자마자 무리 중에서 누군가 외쳤다.

"오시삼각이오!"

한편에서는 칼을 벗기고 채경은 머리를 꽉 잡았고 채복이 손에서 법도를 뽑아들었다. 사건 담당 공목이 큰 소리로 범유패에 있는 죄목을 읽어나가자 사람들이 일제히 한목소리로 화답했다. 누각 위에서 석수가 그 소리에 화답하듯이 손에서 요도를 빼들고 크게 소리질렀다.

"양산박 호걸들이 모두 이곳에 왔다!"

채복과 채경은 노 원외를 버리고 묶여 있던 밧줄을 풀어주고 먼저 달아났다. 석수가 누각 위에서 뛰어 내려와 손에 강철로 된 칼을 들고 박을 찍고 채소를 자르듯 사람을 죽이며 달려 10여 명을 쓰러뜨렸다. 다른 손으로 노준의를 잡고 남쪽으로 달아났다. 원래 석수는 북경 지리를 모르는 데다 노준의 또한 놀란 나머지 어리둥절하여 어디로 달아날지 몰라 우왕좌왕할 뿐이었다. 양중서가 보고를 받고 크게 놀라 즉시 군관을 점검하고 군사를 이끌고 나누어 달려가 성문부터 닫아버렸다. 앞뒤로 공인들이 한꺼번에 몰려왔다.

7_ 법도法刀: 망나니가 형을 집행하는 칼.
8_ 오성당五聖堂: 늙고 병든 사람과 고아와 과부를 수용하는 자선 성격의 암자로, 암자에는 오성五聖 보살(석가모니불釋迦牟尼佛, 관세음보살觀世音菩薩, 지장왕보살地藏王菩薩, 문수보살文殊菩薩, 보현보살普賢菩薩)이 있으며 오성당이라 부름.

제 6 2 회

북경을 공격하다[1]

그때 석수와 노준의 두 사람은 성안에서 이리저리 달아나고 있었으나 길이 없었다. 사방에서 군사들이 몰려오고 공인의 무리가 갈고리와 올가미를 일제히 던지니 애석하게도 중과부적으로 두 사람은 바로 사로잡혔다. 양중서 앞으로 끌려오자 사형장을 급습한 도적을 데려오게 했다. 석수가 대청 아래로 끌려오자 눈을 둥그렇게 크게 뜨고 꾸짖듯 노려보며 고래고래 욕을 퍼부었다.

"너, 종놈에게 종질하는 빌어먹을 종놈아! 내가 형님한테 군령을 받

---

[1]_ 제62장 송강이 군사를 이끌고 대명성을 치다宋江兵打大名城. 관승이 양산박을 칠 것을 계획하다關勝議取梁山泊.

아왔다. 조만간 군사를 이끌고 성을 깨뜨려 짓밟아 맨땅으로 만들어버리고 네놈을 잘라 세 토막을 내버릴 것이다! 어르신을 보내 먼저 네놈들한테 알리라고 했다."

석수가 대청 앞에서 이 종놈, 저 종놈 하면서 험악하게 욕설을 퍼붓자 대청 위의 관리 모두 잔뜩 겁을 집어먹고 멍하니 서 있었다. 양중서도 한참 동안 망설이다가 두 사람에게 큰 칼을 씌워 사형수 감옥에 가두고 채복에게 감시하여 실수가 없도록 분부했다. 채복은 양산박 호걸과 친분을 맺고자, 그 두 사람을 한 감방에 가두고 좋은 술과 고기를 가져와 먹이고 대접했기에 고통을 당하지는 않았다.

한편 양중서는 본주 신임 왕 태수를 정당으로 불러 이 사건을 처리하게 하고, 성안의 다친 사람을 헤아리게 했는데, 관아에 신고된 것 중에 죽은 사람이 70~80명이었고 넘어져 머리를 다치고 다리가 부러진 자는 헤아릴 수 없이 많았다. 양중서는 관아에 보고한 이들에게는 돈을 지급하고 의원을 불러 다친 사람은 치료하고 죽은 이는 화장시켰다. 다음 날 성안과 밖에서 보고가 들어왔다.

"양산박에서 포고한 문건을 감히 숨길 수 없어 수십 장을 거두어 올립니다."

양중서가 받아 읽었다.

양산박 의사 송강은 대명부 관리에게 알리노라.

원외 노준의는 천하의 호걸로, 내가 산으로 청해 함께 천자를 대신해 도를 행하고자 했다. 어찌하여 경솔하게 간사한 뇌물을 받아먹고 선량한 사람을 억울하게 해치려 하는가? 내가 먼저 석수를 보내 알렸건만 도리어 사로잡히고 말았다. 두 사람의 목숨을 보전하고 음부와 간부를 바친다면 내가 더 이상 아무것도 요구하지 않겠다. 만약 다치거나 다리와 팔이라도 상하게 한다면 군대를 동원하여 원한을 씻겠노라. 대군이 도달하는 곳에는 옥석을 가릴 것 없이 아무것도 남기지 않으리라. 간사한 무리를 섬멸하고 우매하고 완고한 자들을 전멸시키는 것이니 하늘과 땅 모두가 보살피고 귀신도 함께 도울 것이다. 태연하게 왔다가 승전고를 울리며 돌아가리라. 의로운 장부와 절개 있는 여인, 효성스런 자손들, 본분을 다하는 선량한 백성, 청렴한 관리들은 절대 놀라 두려워 말고 각자 맡은 일에 전념하라. 북경성 백성들에게 알리노라.

읽기를 마친 양중서는 즉시 왕 태수를 불러 상의했다.
"이 일을 어떻게 처리하면 좋겠는가?"
왕 태수는 겁 많은 사람이라 양중서에게 아뢰었다.
"양산박 도적들은 조정에서도 여러 차례 무력으로 쳐서 잡으려 했으나 이루지 못했는데, 하물며 우리 같은 일개 군郡의 힘으로 어찌 대적할 수 있겠습니까? 그리고 만약 이 도적놈들이 군사를 이끌고 쳐들어오는데 조정의 구원병이 오지 않는다면 그때는 후회해도 이미 늦습니다! 소관의 어리석은 견해로는 이 두 사람의 목숨을 살려두고 다른 한편으로는 조정에 알리며, 또 채 태사 은상께도 문서를 올려 알리십시오. 그리고 이곳 군마를 내어 진을 치고 주둔시켜 방비해야 합니다. 이와 같이 한다면 대명부도 보호하고 무사할 수 있으며 군민도 다치지 않을 겁니다. 만일 이 두 사람을 죽여 적군이 쳐들어온다면 첫째 구원병이 없고, 둘째 조정에서 꾸짖을 것이며, 셋째 백성들이 놀라 성안이 혼란스러워질 것이니 매우 합당치 아니합니다."

양중서가 듣고 말했다.

"지부의 말씀이 지극히 합당하오."

먼저 압뢰 절급 채복을 불러 분부했다.

"이 두 도적은 보통 놈들이 아니다. 네가 엄하게 구속했다가 목숨을 잃을까 걱정된다. 그렇다고 네가 편안하게 해주다 달아날까 또한 두렵다. 너희 형제 둘이 아침저녁으로 긴장할 수도 있지만 태만할 수도 있으니 견고하게 관리하고 처리하되 조금이라도 소홀히 해서는 안 된다."

채복이 들으니 자기가 생각했던 것과 꼭 들어맞았다. 영을 받들고 감옥으로 가서 두 사람을 위로했다.

양중서는 병마도감 대도大刀 문달聞達과 천왕天王 이성李成 두 사람을 불러 대청 앞에서 상의했다. 양중서가 양산박의 포고문과 왕 태수가 말한 의견에 대해 설명했다. 두 도감이 듣기를 마치자 이성이 말했다.

"아무리 생각해도 이 도적놈들은 함부로 본거지를 이탈할 것 같지 않습니다. 상공께서는 어찌하여 그렇게 신경 쓰십니까? 제가 아무런 재주도 없이 녹봉만 받아먹고 은혜를 갚지 못했습니다. 바라건대 하찮은 제 힘을 다하고자 군졸을 거느리고 성 밖에 나가 진을 치겠습니다. 도적들이 쳐들어오지 않으면 별도로 다시 의논드리겠습니다. 만약 그 도적들이 수명이 다하고 운명이 쇠하여 소굴을 떠나 쳐들어온다면 소장이 허풍떠는 것이 아니라 이 도적놈들을 한 놈도 살려 보내지 않겠습니다!"

양중서가 듣고서 크게 기뻐하며 바로 금꽃을 수놓은 비단을 가져다 두 장수에게 상으로 줬다. 두 사람은 감사 인사를 하고 양중서와 작별한 뒤 각자 진영으로 돌아왔다.

다음 날 이성이 크고 작은 군관을 소집하여 군막에서 상의했다. 급선봉 삭초가 위풍당당하고 늠름하게 참석했다. 이성이 영을 전달하며 말했다.

"송강이 이끄는 도적들이 조만간 우리 대명부를 치러 올 것이다. 너희는 본부 병마를 점검하여 성 밖 35리 떨어진 곳에 진지를 구축하라. 내가 금방 군사를 이끌고 뒤따라갈 것이다."

삭초가 군령을 받고 다음 날 본부 군병을 점검한 뒤 35리 떨어진 비호욕飛虎峪이라 불리는 곳에 산을 끼고 진지를 세웠다. 다음 날 이성도 장군, 부장들을 인솔하여 성에서 25리 떨어진 괴수파槐樹坡란 곳에 진지를 세웠다. 주위를 창칼로 빈틈없이 배치하고 사방에 녹각을 깊숙이 감추고 삼면에 함정을 팠다. 군사들은 단단히 별렀고 장수들은 한마음 한뜻으로 공을 세우고자 양산박 군마들이 오기만을 기다렸다.

원래 이 포고문은 오 학구가 연청과 양웅의 보고를 받은 데다 또한 대종에게서 노 원외와 석수가 모두 잡혀 있다는 소식을 들었기 때문에 사람이 없는 곳에 뿌리고 다리나 길거리에 붙여 거짓으로 공고한 것으로, 단지 노준의와 석수 두 사람의 목숨을 보전하고자 한 것이었다. 대종이 양산박으로 돌아와 있었던 일들을 여러 두령에게 상세하게 이야기했다. 송강이 듣고서 크게 놀라 충의당에서 북을 두드려 두령들을 불러 모았다. 크고 작은 두령들이 각자 서열에 따라 앉자 송강이 오 학구에게 말했다.

"애초에 노 원외를 산채에 오게 하기 위한 계책은 훌륭했으나 생각지도 못하게 그를 고통에 빠지게 한 데다 석수 동생마저 잡혀 들어갔으니 다시 한번 계책을 써서 구할 수 있겠소?"

오용이 말했다.

"형님은 걱정하지 마십시오. 소생이 재주는 없으나 이 기회를 이용해 대명부의 돈과 식량을 거두어 산채에 유용하게 쓸 수 있도록 하겠습니다. 마침 내일이 길일이니 형님께서는 두령들을 절반으로 나누어 산채를 지키게 하고 나머지는 북경성을 치러 가도록 하지요."

송강이 즉시 철면공목 배선을 불러 크고 작은 군병을 선발하여 다음 날 떠날 수 있도록 준비시켰다. 흑선풍 이규가 말했다.

"내 이 도끼 두 자루가 오랫동안 마수걸이를 하지 못했소. 이번에 주와 현을 쳐서 강탈한다고 들었는데 이 도끼들이 대청 옆에서 기뻐 좋아하고 있소! 형이 나한테 졸개 500명만 뽑아주면 대명부로 달려가 그 거지 같은 성을 찍어내 잘게 다진 고깃덩이로 만들고 노 원외와 석삼랑을 구출하리다. 그리고 내가 벙어리 도동 노릇 하면서 답답했던 울분도 풀어버려야지. 또 내게 일을 시키면 확실하게 처리해버리니 통쾌하지 않겠소?"

"동생이 비록 용맹하다고는 하나 여기는 다른 주군과는 비교할 만한 곳이 아니니라. 양중서는 또한 채 태사의 사위이고 수하에 이성, 문달이 모두 만 명도 당해낼 수 없는 용맹한 장수들이다. 가볍게 볼 수 없는 일이야."

이규가 소리질렀다.

"형은 지난번에 내가 입이 싸다는 것을 알면서도 나를 벙어리로 가장해 보내더니, 오늘은 내가 사람 죽이기 좋아하는 것을 알면서도 왜 나를 선봉으로 쓰지 않는 거야. 사람 쓰는 꼬락서니를 보니까 철우를 속 터져 죽게 하려는 거지!"

오용이 말했다.

"네가 가고 싶으면 선봉에 세워주마. 군사 500명을 뽑아줄 테니 선발대가 되어 내일 하산하거라."

그날 밤 송강은 오용과 상의하여 배치할 인원을 결정했다. 배선이 받아 적어 진채에 알리고 각자 진채를 해체하여 순서대로 시행하게 하여 착오가 없도록 했다. 이때는 늦가을에서 초겨울로 넘어가는 날씨라, 전쟁터로 나가는 군사들이 갑옷을 입기 쉬웠고 전마戰馬 또한 살쪄 있었다. 군졸들도 오랫동안 싸움에 나가지 않아 모두 싸우고자 하는 의지가 절로 나왔다. 싸울 일이 생긴 것을 오히려 영광스럽게 생각하고 기쁨이 넘쳐나, 창칼을 수습하고 안장과 말을 동여매고 신나게 휘파람을 불며 산을 내려갔다. 제1부대는 선봉으로 나선 흑선풍 이규로 졸개 500명을 이끌었다. 제2부대는 양두사 해진, 양미갈 해보, 모두성 공명, 독화성 공량으로 졸개 1000명을 이끌었다. 제3부대는 여장수 일장청

호삼랑, 부장으로 모야차 손이랑, 모대충 고대수로 1000명의 군사를 인솔했다. 제4부대는 박천조 이응이고 부장으로 구문룡 사진, 소울지 손신으로 역시 1000명을 이끌었다. 중군의 주장은 두령 송강과 군사 오용으로 네 명의 두령이 호위했는데 소온후 여방, 새인귀 곽성, 병울지 손립, 진삼산 황신이었다. 전군前軍 두령은 벽력화 진명이고 부장은 백승장 한도와 천목장 팽기였다. 후군 두령은 표자두 임충이 맡고, 부장은 철적선 마린과 화안산예 등비가 맡았다. 좌군 두령은 쌍편 호연작이고 부장은 마운금시 구붕과 금모호 연순이었고, 우군 두령은 소이광 화영이 맡고 부장은 도간호 진달과 백화사 양춘이었다. 아울러 포수 굉천뢰 능진도 함께했으며 식량과 마초, 군사 상황을 정탐하는 일은 신행태보 대종이 맡았다. 군사들의 모든 배치가 끝나자 새벽에 각 두령이 차례대로 나아가 그날 출발했다. 부군사 공손승과 유당, 주동, 목홍 네 두령은 마보군을 통솔하여 산채를 지켰고 세 개의 관문과 수채는 이준 등이 방비했다.

한편 삭초가 비호욕 진중에 앉아 있는데 유성보마流星報馬2가 달려와 알렸다.

"송강 군마가 몰려오는데 그 수를 헤아릴 수 없을 만큼 규모가 큽니다. 군영에서 20~30리 떨어져 있는데 곧 이곳까지 몰려올 겁니다!"

2_ 유성보마流星報馬: 고대의 통신병.

삭초가 듣고서 괴수파 군영이 있는 이성에게 급히 보고했다. 이성이 듣고서 성안으로 보고하는 한편 전마를 준비해 삭초에게 달려왔다. 삭초가 맞이하여 상황을 자세히 설명했다. 다음 날 오경에 아침밥을 먹고 날이 밝자 진지를 철거하고 출발하여 유가탄庾家疃이란 곳에 1만 5000여 병사의 진용을 배치했다. 이성과 삭초가 갑옷을 입고 문기 아래에서 전마를 세우고 기다렸다. 평평한 동쪽을 바라보니 멀리 먼지가 일어나는 곳에 500여 명이 나는 듯이 앞으로 달려오는 게 보였다. 앞선 호걸은 흑선풍 이규로 손에 쌍도끼를 잡고 큰 소리로 외쳤다.

"양산박 호걸 껌정이 어르신이 누군지 아느냐?"

이성이 말 위에서 바라보면서 크게 웃으며 삭초에게 말했다.

"매일 양산박 호걸이라고 떠들더니 원래 이런 추잡한 도적놈들이었구나. 입에 올리기도 민망하구나! 선봉, 보았느냐? 어찌하여 먼저 잡지 않느냐?"

삭초도 웃으며 말했다.

"구태여 소장이 나가지 않아도 공을 세울 사람은 많습니다."

미처 말이 끝나기도 전에 삭초의 말 뒤에서 왕정王定이란 장수가 나오더니, 손에 장창을 꼬나들고 100여 군마를 이끌어 나는 듯이 달려나갔다. 마군이 돌격해오자 이규의 부대가 사방으로 흩어져 달아났다. 삭초가 군마를 이끌고 유가탄으로 쫓아가는데 산비탈 뒤에서 징 소리와 북소리가 하늘을 진동시키더니 군사 두 부대가 돌진해왔다. 왼쪽은 해진과 공량이었고 오른쪽은 공명과 해보였는데 각각 500여 졸개를 이끌고 밀려왔다.

삭초는 그에게 지원군이 있는 것을 보고 비로소 놀라 더 이상 쫓지 않고 말 머리를 돌려 돌아왔다. 이성이 물었다.

"어찌하여 도적을 잡아오지 않았소?"

"산으로 쫓아가 그놈을 잡으려고 했는데 원래 이놈들한테 호응하는 군사가 있어, 복병이 일제히 나타나 손쓰기 어려웠소이다."

이성이 말했다.

"어찌 이런 도적놈들을 두려워하는가!"

전방 군영의 군사들을 이끌고 유가탄으로 밀고 들어왔다. 앞쪽에 깃발을 흔들고 함성을 지르며 북소리, 징 소리가 울리더니 군마가 오는데, 앞선 말 위에 장수는 여장수로 붉은 깃발 위에 금색 글자로 '미인美人 일장청'이라고 쓰여 있었다. 왼쪽은 고대수, 오른쪽은 손이랑으로 1000여 군마를 이끌고 있었는데 덩치가 들쭉날쭉했고 사방팔방 각 지역에서 모인 사내들이었다. 이성이 보고서 말했다.

"이런 군인들을 어디에 쓰겠나! 선봉은 나아가 적을 맞이하고 내가 군사를 나누어 사방의 도적들을 잡겠다."

삭초가 군령을 받고는 손에 금잠부金蘸斧를 잡고 말을 차며 밀고 나가자 일장청이 말 머리를 돌려 산의 움푹 들어간 곳을 향해 달아났다. 이성이 군사를 벌려 사방으로 쫓았다. 그때 갑자기 함성이 천지를 진동시키더니 박천조 이응이 정면에서 군사를 이끌고 나타났고 왼쪽에서 사진, 오른쪽에서 손신이 땅을 말듯이 달려왔다. 이성이 황급히 유가탄으로 물러나려 하자 왼쪽에서 해진과 공량, 오른쪽에서는 공명과 해보가 군사를 이끌고 달아나던 방향을 바꾸어 다시 달려들었다. 세 여장수도 말 머리를 돌려 뒤에서 치고 들어와 쫓으니 이성의 군사는 사방으로 흩어져 달아났다. 군영 가까이 달아나고 있는데 갑자기 흑선풍 이규가 길을 막았다. 이성과 삭초가 군사를 뚫고 나와 길을 찾아 달아났다. 겨우 군영에 이르렀으나 군사의 태반이 꺾인 상태였다. 송강의 마군 또한 더 이상 쫓지 않고 군사를 수습해 멈추고 군영을 세웠다.

이성과 삭초가 급히 사람을 북경성으로 보내 양중서에게 보고했다. 양중서는 그날 밤 다시 문달에게 본부의 군마를 이끌고 싸움을 도우라 했다. 이성이 맞이하고 괴수파 군영 안에서 적을 물리칠 계책을 상의했다. 문달이 웃으며 말했다.

"피부병같이 별것 아닌 놈들을 어찌 그리 걱정하시오!"

그날 밤 서로 의논한 뒤 다음 날 사경에 아침밥을 먹고 오경에 갑옷을 입고 무장하여 날이 밝아오자 진군했다. 삼통고를 두드리며 목책을 뽑고 유가탄으로 전진했다. 송강의 마군도 질풍같이 맹렬히 달려오는 게 보이자 문달이 군마를 벌리게 하고 강한 활과 쇠뇌로 몰려오는 군마의 대열 선두를 향해 쏘아 전진을 막았다. 송강의 진중에서 대장 한 명이 나왔다. 붉은 깃발에 은색 글자로 '벽력화 진명'이라고 크게 쓰여 있었다. 진명이 앞으로 나와 엄하게 꾸짖었다.

"대명부의 탐관오리는 듣거라. 오랫동안 너희의 성을 치려고 했으나 백성과 양민을 해칠까 두려워 망설였다. 노준의와 석수를 보내주고 음부와 간부를 함께 끌고 오면, 내가 군사를 물려 전쟁을 끝내고 서로 침략하지 않겠다고 맹세하마. 만약 잘못을 깨닫지 못했다면 반드시 할 말이 있을 터이니 일찌감치 지껄여보아라!"

문달이 듣고서 크게 성내며 물었다.

"누가 나가서 저 도적놈을 잡아오겠느냐?"

미처 말이 끝나기도 전에 삭초가 말을 타고 나왔다. 진 앞에 서서 큰 소리로 외쳤다.

"일찍이 조정에서 네놈을 관리로 임명해주었는데, 나라가 너에게 무슨 해를 끼쳤기에 좋은 사람이 되지 않고 산에 올라가 도적이 되었단 말이냐! 내가 너를 잡아 갈기갈기 찢어 죽이리라!"

진명이 이 말을 듣고 화로 속에 숯을 던져넣고 타오르는 불에 기름을 붓는 것처럼 화가 치밀어올라 말을 박차 낭아곤을 돌리며 곧바로 달려나갔다. 삭초 또한 말을 몰아 진명을 맞이했다. 두 필의 사나운 말이 엇갈려 달리고 성질 급한 두 사람이 분노를 터뜨렸다. 양쪽 부대가 모두 함성을 질렀고, 두 장수는 20여 합을 싸웠으나 승패가 갈리지 않았다. 그때 전군 부대 안에서 한도가 돌아 나오자마자 말 위에서 활을 집어 화살을 얹고 삭초를 향해 실눈을 뜨고 보다가 또렷해지자 손을 놓았다. '씨잉' 화살 한 대가 날아가 삭초의 왼팔에 명중했다. 삭초가 큰 도끼를 내던지고 말을 돌려 본진으로 달아나자 즉시 송강이 채찍 끝으로 한 번 가리키니 대소 삼군이 일제히 돌진했다. 순식간에 시체가 들판에 가득 차고 흐르는 피가 강을 이루는 대패를 당했고 유가탄을 넘어 괴수파에 있는 소채까지 빼앗겼다. 그날 밤 문달은 비호욕으로 달아나 군병을 점검해보니 셋 중의 하나는 꺾인 터였다. 송강이 괴수파 비탈의 진채 안에 군사를 주둔시켰다. 오용이 말했다.

"군사들이 패하여 달아나면 반드시 속으로 겁이 나게 됩니다. 만약 승세를 타고 쫓지 않았다가 저들이 다시 용기를 내게 될까 염려됩니다. 이런 어려운 기회를 놓치지 말고 서둘러야 합니다."

"군사의 말이 맞소."

즉시 명령을 전달하여 그날 밤 승리를 얻은 정예의 군사들을 네 갈래 길로 나누어 밤새 전진하며 쫓도록 했다.

한편 문달은 비호욕으로 달아나 진채에 앉아 쉬고 있었는데 졸개가 보고했다.

"동쪽 산 위에 불이 났습니다!"

문달이 군사를 이끌고 말에 올라 동쪽으로 가서 살펴보니 온 산과 들판이 새빨간 불이었다. 서쪽 산 위에서 또 불길이 일어나자 문달이 군사를 이끌고 급히 서쪽을 향해 달리는데, 말 뒤에서 함성 소리가 땅을 진동시켰다. 앞장선 장수는 소이광 화영으로 부장 양춘과 진달을 이끌고 동쪽 불길 속에서 몰려 나왔다. 문달이 당황하여 병사를 이끌고 비호욕으로 돌아갔다. 그러나 서쪽 불길 속에서 쌍편 호연작이 부장 구붕과 연순을 이끌고 곧바로 튀어나왔다. 양쪽 길에서 협력하며 쫓아오는데 갑자기 뒤에서 함성 소리가 더욱 커지고 불빛이 점점 밝아지더니 벽력화 진명이 부장 한도와 팽기를 이끌고 쫓아오고 있었다. 사람들이 아우성치고 말들이 울어대는데 그 수를 헤아릴 수 없었다. 문달의 군마가 크게 흐트러지면서 목책을 뽑아 달아나려는데 앞에서 함성 소리가 다시 일어나고 불길이 환하게 솟아오르는 게 보였다. 문달이 군사를 이끌고 길을 찾고 있는데 천지가 진동하는 포성이 울렸다. 굉천뢰 능진이 조수를 데리고 오솔길에서 비호욕으로 포를 쏜 것이었다. 포성 속에서 불길이 일어나더니 그 불빛 속에서 군마가 길을 막았다. 표자두 임충이 부장 마린과 등비를 이끌고 퇴로를 막은 것이었다. 사방에서 전고가 일제히 울리고 사나운 불길이 다투어 솟아오르니 군사들은 정신없이 뛰어다니며 각자 살려고 달아날 뿐이었다. 문달은 손의 큰 칼을 춤추듯 휘두르면서 악전고투하며 길을 찾다가 마침 이성과 마주치자 병사를 한곳에 모아 싸우면서 달아났다. 날이 밝자 비로소 성 아래에 도착했다. 양중서가 소식을 듣고 놀라 넋이 다 나갔다. 얼른 군사를 점검하여 성을 나가 패잔병을 거두고 성문을 굳게 닫고 지키기만 했다. 다음 날 송강 군마가 쫓아와 동문에 이르러 진지를 세우고 성을 공격할 준비를 했다.

　한편 양중서는 유수사에서 사람들을 모아 원병을 청할 수 있는 방법을 상의했다. 이성이 말했다.

　"적군이 성 아래에 이르렀으니 상황이 매우 다급합니다. 만일 지체된다면 반드시 함락될 것입니다. 상공께서는 서둘러 위급함을 알리는 서신을 쓰시고 심복을 동경에 보내 채 태사에게 알려야 합니다. 채 태사께서 상황을 알리고 조정에 상주하시면서 구원할 정예병을 파견하신다면 이것이 상책입니다. 두 번째는 인근 부와 현에 긴급 공문을 보내 최대한 빨리 군사를 보내 구원하러 오게 하는 것입니다. 세 번째는 대명부 명령으로 북경성 안의 장정들을 성에 오르게 하고 협력하여 성을 지키는 것입니다. 뇌목과 포석, 답노踏弩와 강궁, 회병灰瓶, 금즙金汁을 준비하고 주야로 방비한다면 걱정 없이 성을 지킬 수 있을 것입니다."

　양중서가 말했다.

"편지 쓰는 것이야 문제없지만 누가 가지고 갈 수 있는가?"

그날로 장수 왕정王定이 갑옷을 입고 몇 기의 군마만 이끌고 밀서를 받아 성문을 열고 조교를 내려 비보를 알리러 동경으로 향했다. 아울러 인근 부府에 문서를 보내 출병하여 구원해달라고 알렸다. 먼저 왕태수에게 명령하여 인부들을 성에 올려 보내 지키게 했다.

송강은 동서북 삼면에 진지를 세워 장수들을 나누어 배치하고 남문만 비워두었다. 매일 군사를 이끌고 공격하는 한편 장기적인 계책으로 양산박에 군량과 마초를 공급하라 재촉했으며, 반드시 대명성을 격파하여 노 원외와 석수를 구하고자 했다. 이성과 문달이 연일 군사를 일으켜 성을 나가 싸웠으나 승리하지 못했고 삭초마저 화살 맞은 상처를 치료하느라 쉬고 있는 터였다.

송강의 군사들이 성을 공격하는 동안 장수 왕정은 밀서를 가지고 군졸 세 기와 함께 동경 태사부 앞에 도착하여 말에서 내렸다. 문을 지키는 관리가 들어가 알리자 태사가 왕정을 들어오게 했다. 후당으로 들어가 절을 마치고 밀서를 올렸다. 채 태사가 편지 겉봉을 뜯어 읽다가 크게 놀라 자세한 상황을 물었다. 왕정이 노준의의 일을 하나하나 설명했다.

"지금 송강이 군사를 이끌고 성을 포위했는데 세력이 엄청나게 커서 적을 막아내지 못하고 있습니다."

유가탄, 괴수파, 비호욕 세 곳에서 싸움을 벌인 일을 모두 이야기했다. 채경이 말했다.

"먼 길을 달려오느라 피곤할 터이니 너는 일단 관역館驛3에 가서 쉬거

라. 내가 궐에 들어가 이 일에 대해 관리를 모아 상의해보겠다."

왕정이 또 한 번 아뢰었다.

"태사 어르신, 지금 대명부가 계란을 쌓아올린 것처럼 위급하여 당장이라도 부서질지 모릅니다. 혹여 함락이라도 되면 하북의 현과 군들은 어떻게 하란 말입니까? 태사께서는 조속히 파병하시어 적군을 철저히 섬멸해주시기를 간청합니다!"

"여러 말 필요 없고 일단 너는 물러나 있거라."

왕정이 나가자 태사는 즉시 부간府干4을 보내 추밀원 관원들에게 중대한 군사 상황을 상의하게 급히 모이라고 했다.

오래지 않아 동청추밀사東廳樞密使 동관童貫이 삼아三衙5 태위를 이끌고 모두 절당節堂6에 도착해 태사를 알현했다. 채경이 대명부의 위급함을 자세히 설명했다.

"지금 어떤 계책으로 또한 어떤 장수를 기용해야 적병을 물리치고 성곽을 보전할 수 있겠느냐?"

말을 마치자 여러 관리가 겁에 질린 모습으로 서로 바라만 볼 뿐이었다. 보군태위 등 뒤에서 한 사람이 나오는데, 아문방어보의사衙門防禦

3_ 관역館驛: 역참驛站에 설치한 여관.
4_ 부간府干: 송나라 때 고위 관리 관저의 시종.
5_ 삼아三衙: 송대에 금군禁軍을 관장하던 기구. 전전사殿前司, 시위친군마군사侍衛親軍馬軍司, 시위친군보군사侍衛親軍步軍司를 '삼아'라 함.
6_ 절당節堂: 기밀의 중요한 일을 상의하는 대청.

保義使 선찬宣贊이란 사람으로 병마를 관리하고 있었다. 이 사람은 생김새가 솥 밑바닥같이 새카맣고 콧구멍은 하늘을 향해 뚫려 있으며 곱슬머리에 붉은 수염이 났는데, 8척의 우람한 체격에 강철 도를 사용했고 무예가 출중했다. 이전에 왕부王府7의 사위였으므로, 사람들이 '추군마醜郡馬'8라 불렀다. 연주전連珠箭9으로 이민족 장수와 싸워 이기자 군왕郡王10이 그의 무예를 아껴 사위로 삼았으나, 군주郡主가 그의 추한 외모를 싫어하여 한을 품고 죽었다. 이 때문에 다시 높게 쓰이지 못하고 병마보의사兵馬保義使의 자리에 있었다. 그때 그는 참지 못하고 앞으로 나와 채 태사에게 아뢰었다.

"소장이 애초에 시골에 있을 때 아는 사람이 하나 있는데, 한말漢末 삼국시대 의용무안왕義勇武安王11의 직계 자손입니다. 생김새가 조상인 운장雲長 관우關羽와 비슷하고 역시 청룡언월도를 사용하여 사람들이 '대도大刀 관승關勝'이라 부릅니다. 지금은 포동蒲東의 순검巡檢으로 비천한 말단 관리로 살고 있습니다. 이 사람은 어렸을 때부터 병서를 읽었고 무예에 정통하여 만 명도 당해낼 수 없는 용맹을 가지고 있습니다.

7_ 왕부王府: 대왕(왕의 작위로 봉해진 사람) 관저.

8_ 군마郡馬: 군주郡主의 남편. 군주는 당대에는 태자太子의 딸, 송대에는 황실 종친의 딸, 명청대에는 친왕親王의 딸을 일컫는 호칭이었다.

9_ 연주전連珠箭: 연속으로 발사하는 화살.

10_ 군왕郡王: 서진 시기에 시작되었으며, 당송 시기에 친왕親王(당대 이후 황제의 형제와 아들을 칭함) 다음가는 작위.

11_ 의용무안왕義勇武安王: 송나라 때 관우에게 추가로 봉해진 작위.

만약 예물로써 그를 청하고 상장上將을 삼는다면 양산박 도적들을 깨끗하게 쓸어버리고 미친 무리를 전멸시켜, 나라를 보위하고 백성을 안정시킬 수 있을 겁니다. 태사께서 제 요청을 받아주기를 간절히 바라옵니다."

채경이 듣고서 크게 기뻐하며, 선찬을 사신으로 삼아 안장과 말, 공문서를 내려 그날 밤 급히 포동으로 보내 예로써 관승을 청하여 동경으로 와서 계책을 논의하라 분부했다. 서로 논의를 마치고 관리들이 모두 물러났다.

선찬이 문서를 수령하고 수행원 서너 명을 데리고 말에 올라 출발했다. 하루도 안 되어 포도 순간사巡簡司 앞에 도착하여 말에서 내렸다. 그날 관승은 학사문郝思文과 함께 관아에서 고금古今의 흥망과 성쇠에 대해 이야기하고 있었다. 동경에서 사명使命12이 왔다는 것을 듣고 관승은 급히 학사문과 함께 나와 맞이했다. 예를 마치고 대청으로 청하여 앉았다. 관승이 물었다.

"이 친구 오랫동안 보지 못했는데 오늘은 무슨 일로 멀리서 수고롭게 여기까지 직접 오셨소?"

선찬이 상황을 설명했다.

"양산박 도적들이 대명부를 공격하고 있으므로 선 아무개가 태사 면

12_ 사명使命: 사람을 파견하여 일을 처리하게 하는 명령 혹은 결정.

전에서 형님에게 나라를 안정되게 할 수 있는 계책과 병사를 항복시키고 적장을 꺾을 수 있는 재주가 있다고 온 힘을 다하여 추천했소. 이에 특별히 조정의 칙령과 태사의 명령을 받들고 재물과 말, 안장을 들고 예로써 청하고자 길을 나선 것이오. 형님은 물리치 말고 어서 준비해서 동경으로 같이 갑시다."

관승이 듣고 크게 기뻐하며 선찬에게 말했다.

"여기 동생은 학사문이라 하는데 나와 의를 맺은 형제요. 당초에 모친께서 정목안井木犴13이 환생하는 꿈을 꾸고 임신하셨는데 이 사람이 태어나서 사람들이 '정목안'이라 부른답니다. 이 동생은 18반 무예를 못하는 것이 없는데, 안타깝게도 지금 여기에 파묻혀 있습니다. 같이 가서 국가의 은혜에 보답하고자 하는데 어떨지 모르겠습니다."

선찬이 흔쾌히 승낙하고 출발을 독촉했다.

관승은 바로 가족에게 당부하고 학사문과 함께 10여 명의 관서關西 호걸을 이끌고 칼과 말, 투구와 갑옷, 짐을 수습해 선찬을 따라 그날 밤에 출발했다. 동경에 도착하여 곧장 태사부로 달려가 말에서 내렸다. 문지기가 채 태사에게 알리고 들어오게 했다. 선찬이 관승과 학사문을 데리고 절당으로 들어가 절을 마치고 계단 아래에 시립했다. 채 태사가 관승을 살펴보니 과연 훌륭한 인재였다. 용모가 위풍당당하고 8척 5~6촌의 체격에 세세하게 늘어진 세 가닥 수염이 있고, 양 눈썹

13_ 정목안井木犴: 28개 별 중 남방 주작朱雀 7개 별 가운데 하나로 쌍둥이자리에 위치함.

이 귀밑머리까지 뻗었고 봉황의 눈이 하늘을 향해 치켜졌으며, 얼굴은 잘 익은 대추 같고 입술은 주사朱沙를 칠한 듯 붉었다. 태사가 크게 기뻐하며 물었다.

"장군은 나이가 얼마나 되오?"

"소장 서른두 살입니다."

"양산박 도적들이 대명부를 포위하고 있는데 장군은 어떤 묘책으로 그 포위를 풀 수 있겠소?"

관승이 아뢰었다.

"오래전부터 도적들이 물가를 차지하여 백성들을 놀라게 한다고 들었습니다. 지금 소굴을 벗어났으니 화를 자초한 것이나 다름없습니다. 만약 대명부를 구하고자 하신다면 부질없이 인력을 낭비하는 것입니다. 제게 정예병 수만을 빌려주시면 대명부는 젖혀두고 먼저 양산을 취하고 그다음 도적들을 잡으면 그놈들은 머리와 꼬리가 서로 보살펴줄 수 없게 됩니다."

태사가 듣고서 크게 기뻐하며 선찬에게 말했다.

"이것이 바로 위위구조지계圍魏救趙之計14 아니오! 내 생각도 그대와 같

14_ 위위구조지계圍魏救趙之計: 기원전 353년, 위나라가 조나라 도성 한단邯鄲을 포위해 공격했다. 제齊나라 왕은 전기田忌와 손빈孫臏에게 군사를 이끌고 조나라를 구하라고 했다. 손빈은 위나라의 정예 부대가 조나라에 있어 내부가 비어 있음을 알고 위나라를 공격했다. 위나라 군이 본국을 구하고자 돌아오자 제나라 군대는 그 피곤함을 이용하여 계릉桂陵(지금 산둥성 허쩌현菏澤縣 동북쪽)에서 일전을 벌여 위나라 군대를 크게 무찔렀고 드디어 조나라 포위가 풀렸다.

소."

 즉시 추밀원 관원을 불러 산동과 하북의 정예군 1만5000명을 파견하게 했다. 학사문을 선봉으로 삼고 선찬은 후군을 맡게 했으며 관승은 군대를 통솔하는 지휘사指揮使가 되었다. 그리고 보군태위 단상段常은 군량과 마초를 지원했다. 전군에게 잔치를 열어 위로하고 포상했으며 날을 정해 출발했다. 대도 관승이 당당하게 양산박을 향해 진군했다.

제 6 3 회

 다시 북경으로[1]

관승이 그날 태사와 작별하고 1만5000명의 군사를 통솔하여 세 부대로 나누고 동경을 떠나 양산박을 향해 진군했다.

한편 송강과 두령들이 매일같이 북경성을 공격하는데 이성과 문달이 그곳에서 감히 맞붙어 싸우겠는가? 삭초의 화살 맞은 상처도 점점 위중해져 회복되지 않았고 나가 싸우는 사람도 없었다. 아무리 성을 공격해도 깨뜨리지 못하자 송강은 속으로 갑갑해했다. 산채를 떠난 지도 오래되었는데 승부를 내지 못하니 몹시 불안했다. 밤에 중군 막사

---

[1] 제63장 호연작이 달밤에 관승을 속이다呼延灼月夜賺關勝. 송 공명이 눈 오는 날 삭초를 사로잡다宋公明雪天擒索超.

에서 고민하다가 잠이 오지 않자 등불을 붙이고 현녀玄女가 준 천서를 꺼내 읽고 있는데 갑자기 졸개가 보고했다.

"군사께서 뵙고자 합니다."

오용이 중군 막사로 들어와 송강에게 말했다.

"저와 군사들이 오랫동안 포위하고 있는데, 어찌하여 구원군도 오지 않고 성안에서도 싸우러 나오지 않겠습니까? 얼마 전에 세 기의 말이 성 밖으로 빠져나갔으니 반드시 양중서가 사람을 시켜 동경에 이곳의 다급함을 알렸을 겁니다. 그의 장인 채 태사가 군사를 보낼 수밖에 없을 것이고 거기에도 틀림없이 훌륭한 장수가 있을 겁니다. 만약 위위구조지계를 써서 이곳의 위급함을 해결하지 않고 도리어 양산박의 본채를 취하려 한다면 어찌해야 좋겠습니까? 형님께서는 심각하게 고려하셔야 할 겁니다. 아무래도 우리가 먼저 군사를 수습해 대책을 강구해야 하지만 그렇다고 모두 물릴 수도 없습니다."

말하는 사이에 신행태보 대종이 달려와 보고했다.

"동경 채 태사가 관보살關菩薩(관우) 현손玄孫인 포동군 대도 관승을 불렀는데, 지금 부대를 이끌고 양산박으로 향하고 있습니다. 산채 안에 두령들의 의견이 정해지지 않으니 형님과 군사께서는 어서 군사를 돌려 거두고 돌아가셔서 양산박의 위급함을 해결하셔야 합니다!"

오용이 말했다.

"그렇게 되었다 해도 서둘러 돌아가면 안 됩니다. 오늘 밤에 우선 보군을 출발시키되 부대 둘을 남겨두고 비호욕 양쪽에 매복시켜야 합니다. 성안에서 저희가 퇴각하는 것을 알면 반드시 쫓아올 것입니다. 이렇게 하지 않으면 우리 군사들이 먼저 혼란스러워질 겁니다."

송강이 말했다.

"군사의 말이 맞소."

명령을 전달해 소이광 화영에게 500명의 군사를 이끌고 비호욕 왼쪽에 매복하게 했고, 표자두 임충 또한 500명의 군사를 이끌고 비호욕 오른쪽으로 가서 매복하게 했다. 다시 쌍편 호연작을 불러 25기의 기마군을 인솔하여 능진에게 풍화포 등을 가지고 성에서 10리 떨어진 거리에 있다가, 추격병이 지나가면 즉시 신호포를 쏘아 양쪽에 매복해 있던 군사들이 일제히 뛰쳐나와 추격병을 죽이게 했다. 또한 명령을 내려 앞 부대가 군사를 퇴각시킬 때 비가 흩어지고 구름이 가는 것처럼 하며 적군을 만나면 싸우지 말고 천천히 물러나라고 했다. 보군 부대는 한밤중에 움직여 차례차례 떠나게 했다. 다음 날 사시 전후가 되어서야 비로소 모두 퇴각했다.

성 위에서 송강의 군마를 바라보니 깃발들이 늘어져 있고 어깨에 메는 칼과 도끼들이 어지럽게 나뒹굴고 있으며 모든 목책이 뽑혀 있어 이미 모습을 감춘 상태인 듯했다. 성 위에서 자세히 살펴보고 양중서에게 보고했다.

"양산박 군마들이 오늘 모든 군사를 거두고 돌아간 듯합니다."

양중서가 보고를 받고서 즉시 이성과 문달을 불러 상의했다. 문달이 말했다.

"아마 동경에서 구원병을 보내 양산박을 취하려는 것 같습니다. 이놈들이 소굴을 잃을까 두려워 황급히 돌아간 것입니다. 이 기세를 타고 추격하면 반드시 송강을 사로잡을 수 있을 겁니다."

말을 마치기도 전에 성 밖에서 보마報馬2가 도착하여 동경에서 보낸 글을 올렸다. 군사를 이끌고 도적의 소굴을 취할 터이니 '그들이 만약 퇴각한다면 속히 쫓으라'는 내용이었다. 양중서가 이성과 문달로 하여금 각각 군마를 이끌고 동서 양 길로 나누어 송강의 군마를 추격하게 했다. 송강이 군사를 인솔하여 돌아가다 성안에서 병력을 동원하여 쫓아오는 게 보이자 필사적으로 달아났다. 이성과 문달이 비호욕까지 추격해왔을 때 뒤에서 화포 소리가 들렸다. 이성과 문달이 놀라 전마를 세우고 살펴보니 뒤에서 깃발들이 서로 교차하고 전고가 요란하게 울렸다. 이성과 문달이 어찌할 바를 몰라 당황했다. 왼쪽에서 소이광 화영이 돌진해오고 있고 오른쪽은 표자두 임충이 각각 500기의 군마를 이끌고 양쪽에서 한꺼번에 달려들었다. 이성과 문달이 계략에 빠진 것을 알고 황급히 군사를 돌리려 했는데, 앞에서 또 호연작이 마군을 이끌고 돌진해왔다. 이성과 문달은 투구가 날아가고 갑옷이 찢길 정도로 빠르게 도망쳐 성안으로 후퇴하여 성문을 닫고 나오지 않았다. 그제야 송강의 군마가 차례차례 비로소 돌아올 수 있었다. 양산박에 가까워졌으나 도리어 추군마 선찬이 길을 막고 있었다. 할 수 없이 송강은 행군을 멈추고 잠시 진채를 세웠다. 그리고 조용히 사람을 보내 구석진 오솔길로 가서 헤엄쳐 산채에 알리고 물과 뭍 양쪽에서 서로 지원하게 했다.

2_ 보마報馬: 소식을 보고하는 기마병.

한편 수채 안에서 선화아 장횡이 동생 낭리백조 장순과 상의하다가 말했다.

"우리 형제가 산채에 온 뒤로 아무런 공도 세우지 못했다. 지금 포동의 대도 관승이 세 갈래 길로 병력을 동원하여 우리 산채를 치려 하고 있어. 우리 두 형제가 먼저 그놈의 진채를 쳐서 관승을 사로잡고 큰 공을 세우면 여러 형제 보기에도 떳떳하지 않겠니."

장순이 말했다.

"형님, 저와 형님은 수군을 맡고 있는데 만일 제대로 지원해주지 못한다면 남들한테 비웃음거리가 될 겁니다."

"너처럼 그렇게 신중해서야 어느 세월에 공을 세우겠니? 네가 가지 않는다면 그만두거라. 난 오늘 밤 가야겠다."

장순이 갖은 방법으로 만류했으나 듣지 않았다. 그날 밤 장횡은 작은 배 50여 척을 점검하고 각각의 배 위에 3~5명만 타게 했다. 몸에는 모두 연전軟戰3만 입고 손에는 고죽창4을 잡았으며 각자 요엽도蓼葉刀를 들고 있었다. 달빛이 희미하고 찬 이슬에 고요한 틈을 이용해 작은 배를 저어 곧바로 뭍에 도달했다. 이경쯤이었다.

이때 관승은 중군 막사 안에서 등불을 켜고 책을 읽고 있었다. 길에

3_ 연전軟戰: 투구와 갑옷이 없는 전포戰袍.
4_ 고죽苦竹: 볏과로 대는 원통형으로 높이가 4미터이며, 죽순 껍질이 가늘고 길며 삼각형이고 잎은 피침형이다. 죽순에 쓴맛이 있어 식용으로는 쓰지 않고, 줄기는 종이 원료와 붓대 제작에 사용됨.

잠복해 있던 졸개가 은밀히 보고했다.

"갈대가 무성한 호수 안에서 작은 배 40~50척에 장창을 잡은 사람들을 태우고 갈대 속 양쪽에 매복해 있는데, 뭘 하려는 것인지 몰라 특별히 와서 보고합니다."

관승이 듣고서 살짝 냉소하더니 곁에 있는 수장首將을 돌아보며 낮은 소리로 계책을 일러주었다. 한편 장횡은 200~300명을 이끌고 갈대숲 한가운데서부터 흔적을 남기지 않으며 은밀하게 진채 옆까지 다가왔다. 녹각을 뽑아 길을 열고 중군으로 내달렸다. 군막 안의 등불이 밝게 빛나고 관승이 수염을 쓸어 만지며 앉아 책을 읽고 있는 것이 보였다. 장횡이 속으로 기뻐하며 장창을 꼬나쥐고 군막 안으로 뛰어 들어갔다. 갑자기 옆에서 징 소리가 울리더니 군사들이 함성을 지르며 다가오자 하늘이 무너지고 땅이 꺼지며 산이 엎어지고 강이 뒤집히는 듯했다. 놀란 장횡이 장창을 끌고 몸을 돌려 달아났다. 사방에서 매복해 있던 군사들이 여기저기에서 나타나 장횡과 함께 온 200~300명의 수군이 단 한 명도 달아나지 못하고 모두 잡혀 묶인 채 군막 앞으로 끌려왔다. 관승이 보고 웃으며 욕설을 퍼부었다.

"미련한 도적놈들아, 어찌 감히 나를 무시하느냐!"

장횡을 죄수 싣는 수레에 싣게 하고 나머지 수군 모두 감금하고 송강을 잡으면 한꺼번에 동경으로 끌고 가려 했다.

한편 수채 안에서는 완씨 삼형제가 진중에서 함께 의논하여 사람을 송강 두령이 있는 곳에 보내 지시를 들으려 했다. 그때 장순이 달려와 보고했다.

"제 형님이 소인의 충고를 듣지 않고 관승 병영을 쳤다가 사로잡혀 죄수 수레에 갇혔습니다."

완소칠이 듣고서 소리치며 벌떡 일어나 말했다.

"우리 형제들이 죽어도 함께 죽고 살아도 함께 살며 길흉을 불문하고 함께해야 합니다! 당신은 그의 친동생인데 어떻게 그를 혼자 보내 잡히게 했소? 당신이 가서 구하지 않으면 우리 삼형제가 가서 그를 구하리다."

장순이 말했다.

"형님의 군령을 받지 않아 감히 함부로 움직일 수 없었습니다."

완소칠이 말했다.

"군령이 오기를 기다렸다가는 당신 형님은 다져진 고깃덩어리가 될 것이오!"

완소이와 완소오가 함께 말했다.

"그래, 네 말이 맞아."

장순은 세 사람을 당해내지 못하고 따를 수밖에 없었다. 그날 밤 사경 수채의 여러 두령이 배 100여 척을 저어 일제히 관승 군영으로 몰려갔다. 물가에 있던 관군들이 수면 위에 전선들이 개미 떼처럼 물가로 다가오는 것을 보고 다급하게 관승에게 보고하자 웃으며 말했다.

"미련한 놈들 같으니!"

곁에 있는 수장을 돌아보며 낮은 소리로 또 계책을 일러주었다.

삼완이 앞에서, 장순은 뒤에서 함성을 지르며 관승 진채로 밀고 들어왔다. 진채 안은 등불만 밝게 빛났고 아무도 없었다. 삼완이 크게 놀라 몸을 돌려 달아나려 했다. 그때 군막 앞에서 징 소리가 울리더니 좌우에서 마군, 보군들이 여덟 길로 나누어 몰려오는데 키로 위아래로 흔들어 바구니에 담듯이 겹겹이 에워쌌다. 장순은 형세가 좋지 않자 뒤도 돌아보지 않고 '첨벙' 물속으로 뛰어들어 헤엄쳐 달아났다. 삼완도 길을 찾아 물가로 달아났으나 뒤쫓던 관군이 따라잡아 갈고리로 가로막고 낚아채며 올가미를 던지니 활염라 완소칠이 잡혀 끌려갔다. 완소이, 완소오, 장순은 혼강룡 이준이 동위와 동맹을 이끌고 필사적으로 구해내 돌아갔다.

완소칠은 붙잡혀 죄수 수레에 갇혔다. 수군이 양산박에 보고하자 유당이 장순으로 하여금 수로水路로 송강 군영에 가서 소식을 알리게 했다. 송강이 오용과 관승을 어떻게 물리칠 것인가를 상의했는데 오용이 말했다.

"내일 결판을 내서 승패가 어떻게 될지 살펴보지요."

계책을 결정하고 있는데 전고를 요란하게 두드리는 소리가 들렸다. 추군마 선찬이 삼군을 이끌고 송강 본영까지 쳐들어온 것이었다. 송강이 군사를 이끌고 맞이하러 나가니 선찬이 문기 아래에서 전마를 타고 있는 게 보이자 주위를 돌아보며 물었다.

"누가 나가보겠는가?"

소이광 화영이 창을 잡고 말을 박차며 선찬에게 달려들었다. 선찬이 칼을 휘두르며 뛰쳐나와, 들어가면 나가고 위아래로 서로 싸우기를 10합쯤 되었을 때 화영이 짐짓 빈틈을 보이며 말을 돌려 달아났다. 이

내 선찬이 뒤쫓는데, 화영이 강창鋼槍을 요사환了事環5에 꽂고 활을 집어 화살을 꺼내 말안장에 비스듬히 앉아 긴 팔을 가볍게 펴서 몸을 돌려 화살 한 대를 발사했다. 선찬이 활시위 소리를 듣고 날아오는 화살을 칼날로 쳐내니 '쨍' 하는 쇳소리 함께 칼에 맞아 떨어졌다. 화영이 화살이 명중하지 않자 다시 두 번째 화살을 뽑아 거리가 가까워졌음을 가늠하고 선찬의 가슴을 향해 쏘았다. 선찬이 재빨리 등자 속으로 몸을 숨기자 두 번째 화살도 빗나갔다. 선찬은 화영의 활 솜씨가 대단함을 보고 감히 더 이상 쫓지 않고 재빨리 말 머리를 돌려 본진을 향해 달렸다. 화영은 그가 쫓아오지 않자 얼른 말 머리 고삐를 잡아당겨 돌리고 선찬을 쫓기 시작했다. 다시 세 번째 화살을 꺼내 선찬의 등 복판이 비교적 가까워지자 한 대를 날렸다. '뗑' 소리가 나더니 호심경護心鏡6에 명중했다. 선찬이 놀라 허둥지둥 진 안으로 내달려 들어와 사람을 시켜 관승에게 알렸다. 관승이 소식을 듣고 졸개를 불렀다.

"빨리 내 말을 끌고 와라!"

신속하게 몸을 일으켜 청룡도를 움켜쥐고 불붙은 숯처럼 붉은 말에 올라 문기를 열어젖히고 진 앞으로 나왔다. 송강이 관승의 훤칠하고 훌륭한 외모를 보고 오용에게 손가락으로 가리키며 갈채를 보냈다. 고개를 돌려 다시 큰 소리로 여러 장수에게 외쳤다.

5_ 요사환了事環: 무장武將이 말안장에 병기를 꽂을 수 있는 쇠고리.
6_ 호심경護心鏡: 갑옷 흉배胸背 부위에 화살을 막기 위한 구리거울을 박아넣은 것.

"관승 장군은 영웅이로다. 명불허전이 따로 없구나!"

이 한마디에 임충이 크게 성내며 소리질렀다.

"우리 형제가 양산에 오른 이후로 크고 작은 싸움을 50~70회나 했지만 기세가 꺾여본 적이 없소이다. 오늘은 무슨 까닭으로 자기편의 위풍을 꺾으십니까!"

말을 마치자 창을 잡고 말을 몰아 관승에게 달려갔다. 관승이 보고서 크게 소리쳤다.

"물웅덩이 도적들아. 내가 너희를 모욕하려고 온 것이 아니다. 송강은 이리 나오너라! 내가 너에게 물어보마. 너는 무슨 생각으로 조정을 배반했느냐!"

송강이 문기 아래에서 듣고 임충을 소리쳐 세우고 직접 진을 나와 관승에게 예를 갖춰 인사하고 말했다.

"운성현 미천한 서리 송강이 삼가 아룁니다. 장군께서 묻고 싶으면 물으십시오."

관승이 소리쳤다.

"너 같은 서리가 어찌 감히 조정을 배반했느냐?"

"조정이 밝지 못하여 간신이 정권을 장악하는 것을 용인하기 때문에 충성스럽고 선량한 자들의 입신출세를 허락하지 않으며, 탐관오리들만 가득 찼기 때문에 천하의 백성들을 해치고 있습니다. 송강 등이 천자를 대신해 도를 행하고자 할 뿐이지 다른 마음은 결코 없사옵니다."

관승이 크게 소리질렀다.

"너희 같은 도적놈들이 어떻게 천자를 대신하고 무슨 도를 행한단 말이냐. 천병天兵이 이곳에 왔는데 아직도 그럴싸한 말과 보기 좋은 낯빛으로 사람을 속이려드느냐! 말에서 내려 오라를 받지 않으면 네놈을 가루로 만들어버리겠다."

갑자기 벽력화 진명이 고래고래 소리지르고 낭아곤을 휘두르며 곧바로 달려들었다. 임충 또한 큰 소리로 외치며 창을 잡고 나는 듯이 뛰쳐나갔다. 두 장수가 한꺼번에 달려드는데도 관승은 놀라는 기색 없이 맞이했다. 세 마리의 말이 먼지를 일으키며 희미한 가운데 등불이 도는 것처럼 맞붙어 싸웠다. 송강이 홀연 손가락으로 지시하여 징을 울려 군사를 거두게 했다. 임충과 진명이 돌아와 일제히 소리쳤다.

"저놈을 막 잡으려는데 형님께서는 어찌하여 군사를 거두고 싸움을 멈추게 하셨습니까?"

송강이 소리 높여 말했다.

"동생들, 우리 스스로 충의를 지키자 하면서 둘이 하나를 상대하는 것은 원치 않는 바다. 설령 잠시 그를 잡는다 하더라도 그 마음은 굴복하지 않을 것이네. 내가 보기에 관승은 의기 있고 용맹한 장수이며 대대로 충신의 자손일 뿐 아니라 그의 조상은 신으로 추대되어 집집마다 사당을 지어 받들고 있다네. 만약 이 사람을 얻어 산에 오른다면 송강은 그에게 자리를 양보하겠네."

임충과 진명이 얼굴색이 변하며 각자 물러났다. 그날 양편은 각자 군사를 거두고 돌아갔다.

관승이 군영으로 돌아와 말에서 내려 갑옷을 벗고 속으로 곰곰이 생각했다.

'내가 아무리 힘껏 싸웠어도 그 두 장수를 이겨내지 못했을 것이다. 송강이 도리어 군마를 거두었는데 무슨 뜻인지 알 수가 없구나.'

군졸을 불러 죄수 수레에 갇혀 있는 장횡과 왕소칠을 불러오게 하고 물었다.

"송강은 운성현의 일개 미천한 서리일 뿐인데 네놈들은 어찌하여 그에게 고개를 숙이는가?"

완소칠이 대답했다.

"우리 형님은 산동, 하북에 명성을 떨치고 있는 급시우 호보의 송 공명이시다. 너처럼 충의도 모르는 놈이 어떻게 알겠느냐!"

관승이 말없이 고개만 숙이더니 다시 수레에 가두라 했다. 그날 밤 앉아 있어도 불안하고 누워도 편치 않아 밖으로 나와 달을 보니 차가운 달빛이 온 하늘에 가득하고 도처에 서리꽃이 피어 있었다. 관승이 탄식하며 한숨을 쉬고 있는데 길에 매복해 있던 졸개가 보고했다.

"얼굴에 수염이 가득한 장군이 혼자 말을 타고 편을 가지고 원수를 뵙고자 합니다."

"너는 그가 누구인지 물어봤느냐?"

"갑옷과 무기도 없고, 성명을 물어도 대답 않고 단지 장군님 뵙기만을 청하고 있습니다."

"알았다. 데리고 오너라."

얼마 되지 않아 그가 군막에 와서 관승에게 인사했다.

관승이 수장에게 명하여 등불의 남은 찌꺼기를 제거하고 심지를 돋우어 불을 키우고 다시 살펴보니 모습이 어디서 본 듯 알 것 같아 그 사람에게 누구인지 물었다. 그가 말했다.

"좌우를 물리쳐주십시오."

관승이 크게 웃으며 말했다.

"대장이 백만 대군 속에 있으면서 모두가 한마음이 아니라면 어찌 손가락 움직이듯이 군사를 쓸 수 있겠는가? 내 군막은 아래든 위든 크든 작든 모두 비밀을 지키는 사람들이다. 할 말이 있으면 말해도 상관없다."

그 사람이 말했다.

"소장이 바로 호연작입니다. 지난날 조정에서 연환마군을 통솔하게 하여 양산박을 정벌하게 했습니다. 뜻밖에도 도적들의 간계에 빠져 싸움에서 지고 동경으로 돌아가 황제를 알현할 수 없었습니다. 어제 장군께서 오셨다는 소리를 듣고 진실로 기쁨을 감출 수 없었습니다. 전장에서 임충과 진명이 장군을 사로잡으려고 했을 때 송강이 급히 군사를 거둔 것은 장군이 혹시 다치기라도 할까 걱정해서입니다. 송강 이 사람은 본래 귀순의 뜻이 있으나 도적의 무리가 따르지 않아 홀로 어쩌지 못하고 있습니다. 방금 은밀하게 저와 상의했는데 여러 사람을 데리고 귀순하고자 합니다. 장군께서 만약 받아주신다면 내일 밤에 가벼운 활과 짧은 화살로 무장하시고 빠른 말을 타시어 오솔길로 도적들의 진채로 바로 들이치십시오. 임충 등의 도적을 생포하고 동경으로 끌고 간다면 장군께서는 큰 공을 세우실 뿐만 아니라 송강과 소장의 중죄도 속죄할 수 있을 겁니다."

관승이 듣고서 크게 기뻐하며 군막으로 청하여 술을 내어 대접했다.

호연작이 송강은 오로지 충의만을 생각하는 사람인데 불행하게 도적 소굴에 빠진 일에 대하여 이야기하자, 관승은 수염을 들어올려 술을 마시면서 무릎을 치기도 하며 감탄했다.

다음 날 송강이 군사를 일으켜 싸움을 걸었다. 관승과 호연작이 상의했다.
"어젯밤에 비록 세운 계책이 있다고는 하나 오늘 먼저 승리하지 않을 수 없소."
호연작이 갑옷을 빌려 입고 말에 올라 진 앞으로 나왔다. 송강 홀로 크게 호연작을 욕했다.
"산채에서 너를 반 푼어치도 저버리지 않았는데 어찌하여 야밤에 몰래 도망갔느냐?"
호연작도 맞받아쳤다.
"무지하고 비천한 아전 주제에 무슨 대업을 이루겠다는 거냐!"
송강이 즉시 진삼산 황신에게 나가 싸우라 명하자 황신이 곧바로 호연작에게 달려들었다. 두 말이 서로 엇갈려 달리며 싸우기를 미처 10여 합이 되지 않아 호연작이 손에서 편 하나를 들어 황신을 때려죽였다. 관승이 크게 기뻐하며 삼군에게 일제히 들이치라 명했다. 호연작이 말했다.
"쫓아서는 안 됩니다! 오용 그놈은 꾀가 많고 모략에 뛰어나 함부로 쫓다가 계략에 빠질까 두렵습니다."
관승이 듣고서 화급히 군사를 거두고 본진으로 돌아왔다. 중군 군막에 도착하여 술을 내와 대접하며 진삼산 황신이 어떤 사람인지 물었다.

"이놈은 원래 조정에서 임명한 관리로 청주 도감을 지냈습니다. 진명, 화영과 함께 도적이 되었는데 평소에 여러 차례 송강과 뜻이 맞지 않았지요. 오늘 그놈이 말을 타고 나오기에 때려죽였습니다."

관승이 크게 기뻐하며 선찬과 학사문을 두 길로 나누어 호응하게 하는 한편, 스스로는 500명의 마군을 이끌고 가벼운 활과 짧은 화살만을 준비해 호연작에게 길을 안내하게 하고 밤 이경에 군사를 동원하도록 군령을 내렸다. 삼경 전후에 송강 군영으로 곧장 달려가 포 소리를 신호로 안에서 호응하고 밖에서 공격하여 일제히 진군하기로 했다.

그날 밤은 달빛이 대낮같이 밝았다. 해질 무렵 갑옷을 입고 말방울을 떼어내고 사람들에게 연전을 입히고 군졸들에게는 나무 막대기를 입에 물리게 하여 일제히 말에 올랐다. 호연작을 앞세워 길을 안내하게 하고 뒤를 따랐다. 산길을 돌아 반 경 정도 갔을 때 앞에서 30~50명의 병졸이 뛰쳐나와 낮은 소리로 물었다.

"오시는 분께서는 호연작 장군이 아니십니까?"

호연작이 소리질렀다.

"떠들지 마라. 내 말 뒤를 따라와라!"

호연작이 앞서 가고 관승이 말을 타고 뒤에 있었다. 다시 산기슭의 끝을 돌자 호연작이 창끝으로 가리키는 곳에 멀리 붉은 등 하나가 보였다. 관승이 말고삐를 잡아당겨 세우고 물었다.

"홍등 있는 곳이 어디요?"

"저기가 바로 송 공명의 중군이 있는 곳입니다."

급히 군사들을 재촉했다. 홍등이 가까워지는데 갑자기 포 소리가 들리자 군사들이 관승을 따라 앞으로 내달렸다. 붉은 등 아래에 이르러 살펴보니 한 사람도 보이지 않았다. 호연작을 불렀으나 그도 어디로 갔는지 보이지 않았다. 관승이 크게 놀라 계략에 빠진 것을 알고 급히 말을 돌렸다. 그때 사방 산 위에서 북소리, 징 소리가 일제히 울렸다. 당황하며 길을 찾았으나 어디로 가야 할지 몰라 갈팡질팡했고 군사들도 각자 살려고 달아나기 바빴다. 관승이 급히 말을 돌려 달아나는데 단지 몇 기의 마군만이 따르고 있을 뿐이었다. 산기슭 끝을 돌아 나가는데 다시 뒤쪽 숲에서 포 소리가 들리더니 사방에서 갈고리가 쏟아져 나와 관승을 말안장에서 끌어내려 칼과 말을 빼앗고 갑옷을 벗겨 앞으로 밀고 뒤에서 에워싸며 본진 군영 안으로 끌고 왔다. 한편 임충과 화영은 각자 군마를 이끌고 선찬을 저지했다. 달빛 아래에서 세 마리의 말이 엇갈려 달리며 싸우는데, 20~30합을 싸우지도 못하고 선찬이 기력이 떨어지자 말을 돌려 달아났다. 옆구리 뒤에서 여장수 일장청 호삼랑이 뛰쳐나와 붉은 비단으로 된 올가미를 던져 선찬을 말 아래로 끌어내렸다. 보군이 일제히 달려들어 꽁꽁 묶어 본영으로 끌고 갔다.

또한 진명과 손립은 각자 군마를 이끌고 학사문을 잡으러 가다가 길 가운데서 정면으로 맞닥뜨렸다. 학사문이 말을 박차며 큰 소리로 욕했다.

"하찮은 도적놈들아. 나한테 맞서면 죽을 것이고 도망가면 살 것이다!"

진명이 크게 성내며 말에 박차를 가하고 낭아곤을 휘두르며 학사문에게 달려들었다. 두 말이 엇갈려 달리며 싸우는데 여러 합을 싸웠을 즈음 손립이 옆으로 달려오며 싸움에 끼어들었다. 당황한 학사문이 쩔쩔매며 칼 쓰는 것이 어지러워지더니 진명이 내려친 낭아곤에 맞아 말 아래로 굴러떨어졌다. 기다렸다는 듯이 전군이 일제히 함성을 지르며 달려들어 학사문을 잡았다. 다른 한편 박천조 이응이 크고 작은 군졸들을 이끌고 관승의 군영을 덮쳐 먼저 장횡, 완소칠과 잡혀 있던 수군들을 구하고 양식과 마초, 말들을 탈취했으며 사방으로 달아나는 패잔병들을 투항하게 했다.

송강이 군사들을 모아 산으로 오르는데 동쪽이 점점 밝아지고 있었다. 충의당에 차례대로 앉자 관승, 선찬, 학사문을 제각기 나누어 끌어왔다. 송강이 보고서 황급히 충의당을 내려가 군졸들을 소리쳐 물리고 직접 묶인 밧줄을 풀어줬다. 관승을 부축해 가운데 있는 교의에 앉히고 고개 숙여 절하고 머리를 조아린 채 죄를 인정하며 말했다.

"국명을 어긴 미친 무리가 장군의 호랑이 같은 위엄을 범했으니 부디 용서해주십시오!"

호연작 또한 앞으로 나와 죄를 인정하며 말했다.

"소인이 이미 군령을 받았기에 감히 따르지 않을 수 없었습니다. 바라건대 장군께서는 거짓으로 속인 죄를 용서해주십시오!"

관승이 여러 두령을 살펴보니 모두 의기가 깊어 선찬과 학사문를 돌아보며 말했다.

"우리가 여기에 잡혀왔으니 어찌하면 좋은가?"

"장군의 명에 따르겠습니다."

관승이 말했다.

"동경으로 돌아갈 면목이 없으니 원컨대 빨리 죽여주시오!"

송강이 말했다.

"어찌하여 그런 말씀을 하십니까? 장군께서 미천한 저희를 버리시지 않는다면 함께 천자를 대신해 도를 행할 수 있습니다. 만약 허락지 않으신다면 감히 만류할 수 없으니 바로 동경으로 돌려 보내드리겠습니다."

관승이 말했다.

"사람들이 충의 송 공명이라 부르더니, 과연 그렇소이다! 인간 세상사에서 군주가 나를 알아주면 군주에게 보답하고, 친구가 알아주면 친구에게 보답한다고 했소. 오늘 이미 마음이 움직였으니 아래 하찮은 졸개로라도 있게 해주시오."

송강이 크게 기뻐하며 그날로 축하연을 벌이는 한편 사람을 시켜 도망가는 패잔군을 불러들여 귀순시키니 5000~7000명의 군사를 또 얻었다. 군 안의 노인과 어린아이는 즉시 은량을 나누어주고 집으로 돌아가게 했다. 또한 설영에게 서신을 가지고 포동으로 가서 관승의 가솔을 양산박으로 모두 옮기도록 했다.

송강이 술자리에서 묵묵히 있다가 북경에 있는 노 원외와 석수가 떠오르자 눈물을 줄줄 흘렸다. 오용이 말했다.

"형님, 걱정하지 마십시오. 제가 알아서 조치해놨습니다. 오늘 밤은 보내고 내일 다시 군사를 일으켜 대명부를 칩시다. 이번에는 반드시 큰 일을 이룰 것입니다."

관승이 일어나 말했다.

"관 아무개가 아껴주신 은혜에 보답하겠습니다. 앞장서게 해주십시오."

송강이 크게 기뻐했다. 다음 날 새벽 선찬과 학사문이 부장이 되어 이전의 군마를 재배치하고 선봉을 서도록 명령했다. 나머지는 원래 대명부를 쳤던 두령들 중 한 명도 빠짐없이 그대로인 데다 이준과 장순을 더해 수전水戰용 투구와 갑옷을 준비해 따르도록 했다. 재차 대명부로 향해 진군했다.

한편 양중서는 성안에서 삭초가 병이 나은 것을 축하하며 술을 마시고 있었다. 그날 이상하게 하늘에 밝은 빛이 없고 삭풍이 거세게 불었는데 기마 정찰병이 보고했다.

"관승, 선찬, 학사문과 많은 군마가 송강에게 잡혔는데 이미 한패가 되었다고 합니다. 양산박 군마가 또 쳐들어오고 있습니다!"

양중서가 듣고서 '헉' 놀라며 눈을 크게 뜨고 입을 벌리며 아무 말도 못하다가 술잔을 뒤집고 젓가락을 떨어뜨렸다. 삭초가 아뢰었다.

"지난번에 도적놈이 몰래 쏜 화살을 맞았지만 이번에는 그 원수를 갚아야겠습니다!"

양중서가 데운 술을 따라 삭초에게 상으로 내리고 빨리 본부 군사를 이끌고 성을 나가 맞서게 했다. 이성과 문달은 뒤를 따라 병력을 동원해 호응하게 했다. 때는 바로 중동仲冬(음력 11월)의 날씨라 매일 큰 바람이 불고 천지의 색깔이 바뀌었으며 말발굽은 얼음으로 뒤덮이고 철갑은 얼음 같았다. 삭초가 도끼를 들고 비호욕으로 달려가 목책을 세였다. 다음 날 송강이 여방과 곽성을 이끌고 높은 언덕에 올라 관승이 쳐들어가는 것을 바라보았다. 전고가 세 번 울리자 관승이 진을 나와 삭초와 마주했다. 당시 삭초는 관승을 알아보지 못했다. 따르는 군졸이 알려줬다.

"여기 온 사람이 바로 새로 배반한 대도 관승입니다."

삭초가 듣고서 아무 말도 하지 않고 관승에게 곧장 달려들었다. 관승 또한 말을 박차고 칼을 휘두르며 맞이했다. 두 사람이 10여 합을 싸우지도 않았는데 이성이 중군에서 삭초가 도끼로 관승을 당해내지 못할 것 같아 쌍칼을 들고 진에서 나와 관승을 협공했다. 이쪽에서는 선찬과 학사문이 각자 병기를 들고 달려나가 관승의 싸움을 도왔다. 다섯 마리의 말이 어지럽게 한 덩어리로 뭉쳐 충돌했다. 송강이 높은 언덕에서 내려다보면서 채찍의 끝을 한 번 가리키니 대군이 땅을 말아 올리듯이 휩쓸며 달려나갔다. 이성 군마가 참패하여 그날 밤 물러나 성으로 들어갔다. 송강은 군사들을 재촉해 성 아래까지 밀고 들어가 군영을 설치했다.

다음 날 먹장구름이 성을 뒤덮어 천지가 모두 추위에 얼어붙었는데 삭초가 홀로 군마를 이끌고 성을 나와 돌격했다. 오용이 보고서 군교들에게 적을 맞이하여 싸우다가 그들이 쫓아오면 기세를 몰아 물러나라고 했다. 이 때문에 삭초가 한바탕 이기자 기뻐하며 성으로 들어갔다. 그날 밤 구름이 더욱 짙어지고 바람도 갈수록 더 거세졌다. 오용이 군막에서 나와 보니 구름이 뭉게뭉게 피어오르며 큰 눈이 내리기 시작했다. 오용은 보군으로 하여금 대명성 밖으로 가게 하여 산 가까이 있는 물길 좁은 곳에 함정을 파게 했고 위는 흙으로 덮게 했다. 눈이 밤새도록 내려 날이 밝았을 때는 대략 말 무릎까지 쌓여 있었다.

삭초가 말을 채찍질하며 성에 올라 송강의 군마를 살펴보니 모두 겁에 질려 동서 방향으로 제대로 정렬하지 못하는 것이 보였다. 즉시 300여 군마를 점검해 느닷없이 성 밖으로 뛰쳐나왔다. 송강의 군마는 사방으로 흩어져 정신없이 뛰어다니며 달아났다. 수군 두령 이준과 장순만이 몸에 연전만 걸친 채 말고삐를 당기고 창을 비껴들고 앞으로 나와 대적할 뿐이었다. 삭초와 마주치자마자 창을 버리고 달아나면서 함정 파놓은 곳으로 유인했다. 삭초는 성미가 급한 사람이라 그곳을 주의해서 갈 생각이나 했겠는가? 그곳은 길이면서 계곡이기도 했다. 이준이 말을 버리고 계곡 안으로 뛰어 들어가면서 앞을 향해 소리질렀다.

"송 공명 형님, 빨리 달아나시오!"

삭초가 듣고서 몸도 생각지 않고 말을 나는 듯이 몰아 진을 지나 돌진했다. 갑자기 산 뒤에서 포 소리가 나더니 삭초가 말과 함께 아래로 고꾸라졌다. 뒤에 매복해 있던 병사들이 일제히 달려드니 삭초가 머리 셋에 팔이 여덟 개가 있다 한들 크게 상처를 입을 수밖에 없었다.

제 6 4 회

송강이 등창에 걸리다[1]

　송강이 한바탕 내린 큰 눈을 이용해 계책을 내어 삭초를 사로잡으니 나머지 군마들은 모두 달아나 성으로 들어갔고 삭초가 사로잡힌 것을 보고했다. 소식을 접한 양중서는 몹시 당황하여 여러 장수에게 성을 견고하게 지키기만 하라고 명령을 내리고 출전을 허락하지 않았다. 생각 같아서는 노준의와 석수를 죽이고 싶었으나 오히려 송강을 자극했다가 조정에서 급히 병마를 동원하지도 않았는데 괜한 화만 재촉할까 두려웠다. 두 사람을 잡아 가둬 지키게 하고 다시 서면으로 동경에 보

1_ 제64장 탁탑천왕이 꿈에 나타나다托塔天王夢中顯聖, 낭리백조가 물가에서 원한을 갚다 浪裏白條水上報冤.

고하여 태사의 처분만을 기다렸다.

한편 송강이 군영으로 돌아와 중군 군막에 앉자 매복해 있던 군사들이 삭초를 잡아끌고 왔다. 송강이 보고서 크게 기뻐하며 병졸들을 소리쳐 물리치고 직접 밧줄을 풀어주며 군막으로 청해 술을 내와 대접하고 좋은 말로 위로하며 말했다.
"장군께서 보셨듯이 우리 형제 대부분이 조정의 군관이오. 만일 장군께서 버리시지 않는다면 원컨대 송강과 함께 천자를 대신하여 도를 행하길 청합니다."
양지가 나와 따로 예를 갖추고 헤어진 뒤 생각했음을 절절하게 말하며 두 사람이 손을 잡고 눈물을 흘렸다. 일이 이쯤 되었으니 따르지 않을 수 없었다. 송강이 크게 기뻐하며 다시 군막에 술자리를 마련하고 축하했다.
다음 날 성을 치기로 상의했다. 연이어 여러 날을 서둘러 공격했으나 깨뜨리지 못하자 송강은 몹시 우울해했다. 밤에 홀로 군막에 앉아 있는데 갑자기 찬바람이 한바탕 불더니 등불이 콩알만 해졌다. 바람이 지나가고 등불 그림자 아래에 한 사람이 갑자기 나타났다. 송강이 고개를 들어 살펴보니 다름 아닌 천왕 조개였다. 들어오려 했으나 들어오지 못하고 소리만 질렀다.
"동생, 자네는 여기서 뭘 하는가?"
송강이 놀라 급히 일어나 물었다.
"형님께서는 어디서 오셨습니까? 원한도 갚지 못해 매일 밤 불안했습니다. 또한 연일 일이 생겨 그동안 제사도 제대로 지내지 못했습니다. 오늘 이렇게 나타나신 것은 틀림없이 저를 꾸짖기 위한 것이 아닙니까?"

"내가 진심으로 맺어진 형제라는 것을 자네는 모르나? 내가 지금 특별히 온 것은 자네를 구해주려고 함이네. 지금 자네 등에 큰일이 생겼는데 강남 지령성地靈星이 아니면 무사할 수 없다네. 아우도 일찍이 '36계 중에 달아나는 것이 제일 좋은 계책'이라고 말하지 않았나. 지금 빨리 달아나지 않고 무엇을 기다리나! 만약 실수라도 생기면 어쩔 셈인가? 내가 와서 자네를 구해주지 않았다고 원망 말게!"

송강이 다시 확실하게 묻고 싶어 앞으로 다가서며 말했다.

"형님의 넋이 여기까지 오셨으니 사실대로 말씀해주십시오."

"동생, 더 이상 묻지 말고 군막을 걷어 돌아갈 준비하고 내게 가까이 다가오지 말게. 난 이만 가야겠네!"

송강이 깜짝 놀라 깨어나보니 '한바탕 꿈'이었다. 오용을 중군 군막으로 불러 꿈 내용을 이야기하자 오용이 말했다.

"돌아가신 천왕의 신령이 그렇게 말씀하셨다면 믿지 않을 수 없습니다. 지금 날씨도 무척 추운 데다 군마 또한 오래 머물기 어려우니 잠시 산채로 돌아갔다가 겨울이 지나고 봄이 와서 눈 그치고 얼음이 녹기를 기다린 뒤 그때 다시 성을 치러 와도 늦지 않을 겁니다."

송강이 말했다.

"군사의 말이 비록 맞지만 노 원외와 석수 형제가 감옥에 갇혀 하루를 1년같이 보내면서 내가 구원해주기를 기다릴 것이오. 우리가 싸우지 않고 돌아가면 이놈들이 형제의 목숨을 해칠까 두려워 그렇소. 정말 진퇴양난이니 어떻게 하면 좋겠소?"

송강의 말도 옳은지라 그날 밤 결국 아무것도 결정하지 못했다.

다음 날 송강은 정신이 희미해지고 몸이 늘어지며 열이 나기 시작했다. 머리는 도끼에 찍힌 듯 아프더니 앓아누워 일어나지 못했다. 여러 두령이 걱정되어 군막으로 문안왔는데 송강이 말했다.

"등이 몹시 뜨겁고 아프구나."

사람들이 살펴보니 전병 굽는 철판같이 피부가 빨갛게 부어올랐다. 오용이 말했다.

"이것은 종기가 아니라 독창毒瘡입니다. 내가 의학서를 보니 녹두 가루가 심장을 보호하고 독기가 침범하지 못하도록 한답니다. 빨리 녹두 가루를 찾아 형님께 드시도록 해야 합니다. 대군이 맞서 싸우는 전쟁터라 급히 의원을 불러올 수 없소이다!"

낭리백조 장순이 말했다.

"소인이 이전에 심양강에 있을 때 모친께서도 등에 비슷한 종기 때문에 앓으셨는데 온갖 약을 다 써도 치료할 수 없었습니다. 건강부建康府에 안도전安道全이라는 의술이 뛰어난 사람이 있어서 청하여 병을 치료했습니다. 이때부터 소인이 그의 은덕에 감사하고자 약간의 은량이라도 생기면 사람을 시켜 보냈지요. 지금 형님께서 같은 질병을 앓고 계시니 이 의원 외에는 치료할 사람이 없을 것 같습니다. 동쪽 길로 아주 멀리 가야 하는데 모시고 빨리 도착할 수 없을까 걱정됩니다. 형님을 위한 일이니 밤새서라도 어서 가야 할 것 같습니다."

오용이 말했다.

"형님의 꿈에 조 천왕께서 100일의 재해는 강남 지령성만이 다스릴 수 있다고 하셨다는데 바로 이 사람이 아닐까요?"

송강이 말했다.

"동생, 자네한테 그런 사람이 있다면 나를 위해 빨리 가주게. 고생이 되더라도 의기가 중하니 밤새 달려서라도 그 사람을 청해 내 목숨 좀 살려주게!"

오용이 즉시 의원에게 줄 금 가지 100냥과 20~30냥의 은 부스러기를 여비로 쓰게 장순에게 주면서 당부했다.

"지금 당장 출발하게. 무슨 일이 있어도 그를 데리고 와야 하니 절대 착오가 있어서는 안 되네. 우리는 목책을 뽑아 돌아갈 것이니 그와 양산박에서 만나세. 동생, 반드시 서둘러 돌아와야 하네!"

장순이 사람들과 작별한 뒤 보따리를 메고 출발했다.

군사 오용은 모든 장수에게 신속히 군사를 거두어 싸움을 끝내고 산채로 돌아갈 준비를 하라고 명을 전달했다. 수레에 송강을 싣고 그날 밤 철군했다.

"대명부 안에서는 우리의 매복에 걸려 낭패를 당한 후라 또 유인책에 걸릴까 의심하여 감히 쫓아오지 못할 것이다."

오용은 이렇게 철군했다. 한편 양중서는 송강 군사가 또 돌아간다는 보고를 듣고 무슨 일인지 알지 못했다. 이성과 문달도 말했다.

"오용 그놈은 간계가 많은 놈이니 견고하게 지키기만 하고 추격하는 것은 옳지 않습니다."

한편 장순은 송강을 구하기 위해 그날 밤 서둘러 떠났다. 때는 겨울이 끝나갈 무렵이라 비가 내리지 않으면 눈이라 길 걷기가 무척 어려웠다. 장순은 눈바람을 무릅쓰고 사력을 다해 걸었다. 홀로 달리며 양자강 변에 도달하여 강을 건너갈 나룻배를 찾았으나 단 한 척의 배도 없어 장순이 '아이고' 소리만 낼 뿐이었다. 어찌할 방법이 없자 강변을 돌아 다시 달리는데 갈대가 꺾이고 쓰러진 곳에 연기가 피어오르는 게 보여 장순이 소리질렀다.

"사공, 빨리 나룻배를 가져와 나 좀 태워주시오!"

갈대숲 안에서 '바스락' 소리가 나더니 한 사람이 달려나왔다. 머리에 얼룩 조릿대 잎으로 엮어 만든 삿갓을 쓰고 도롱이를 걸쳤는데 장순에게 물었다.

"손님은 어디로 가십니까?"

"급히 일을 처리하러 강을 건너 건강부로 가야 하는데, 뱃삯은 많이 줄 테니 나를 건네게 해주시오."

"손님을 태우는 것은 상관없으나 오늘은 늦어서 강을 건너면 쉴 곳이 없습니다. 내 배에서 쉬시고 사경에 바람이 가라앉고 눈이 그치면 건너게 해드리리다. 뱃삯이나 많이 주시지요."

"그럼, 그렇게 합시다."

사공과 함께 갈대숲으로 들어오니 물가에 작은 배 하나가 매여 있는데 뱃전 천막 안에 삐쩍 마른 젊은 남자가 불을 쬐고 있었다. 사공이 장순을 부축해 배에 오르게 하고 선창으로 들어가 젖은 옷을 벗게 하고 그 작은 사내를 불러 불에 말리게 했다. 장순이 옷 보따리를 풀어

이불을 꺼내 몸에 말고 선창 안에 누우며 사공을 불러 말했다.

"여기에 술 파는 곳이 있소? 사서 마셨으면 좋겠는데."

"술을 살 곳은 없지만 밥은 한 사발 드시게 할 수는 있지요."

장순이 다시 앉아 밥 한 사발을 먹고 드러누워 잠이 들었다. 연일 고생한 데다 정신까지 풀어져 초경쯤이었는데도 깊은 잠에 빠졌다.

삐쩍 마른 젊은이가 두 손은 화로로 향하고 입은 삐죽거리며 장순을 가리키면서 낮은 목소리로 사공을 불러 말했다.

"형님, 보이십니까?"

사공이 쭈그리고 다가와서 머리 곁의 물건을 한번 잡아보더니 재물임을 알아채고 손을 흔들며 말했다.

"너는 가서 닻줄이나 풀거라. 강 가운데로 가서 손을 써도 늦지 않아."

그 젊은이가 뱃전 천막을 열고 언덕으로 뛰어올라 닻줄을 풀고 다시 배에 뛰어올라 대나무 삿대로 밀고 노를 걸쳐 '삐걱삐걱' 흔들리며 강 가운데로 저어갔다. 사공은 선창 안에서 닻줄을 가져와 가만히 장순을 한 덩어리로 묶고 고물 널빤지 아래에서 판도를 꺼냈다. 그제야 장순이 뭔가를 느꼈으나 두 손이 묶여 있어 꼼짝도 할 수 없었다. 사공이 판도를 들고 장순의 몸 위에 올라탔다. 장순이 사정했다.

"호걸, 돈은 모두 줄 테니 목숨만 살려주시오!"

"돈도 주고, 네 목숨도 다오!"

장순이 계속해서 외쳤다.

"죽이더라도 사지는 온전하게 죽인다면 귀신이 되더라도 당신을 괴롭히지 않겠소!"

사공이 말했다.

"그 정도는 들어주마."

판도를 내려놓고 장순을 '첨벙' 물속에 던져넣었다. 그 사공이 보따리를 풀어보고 생각보다 금은이 많아 놀랐다. 양미간을 한 번 찡그리더니 그 마른 젊은이를 부르며 말했다.

"어이 다섯째야, 할 말 있으니 이리 와봐."

그 젊은이가 선창으로 들어오자 사공이 한 손으로 꽉 잡고 단칼에 내려치니 휘청거리며 쓰러졌다. 사공은 시신을 물속으로 밀어넣으며 배 안의 핏자국을 지우고 혼자 유유히 배를 저어갔다.

장순은 물속에서 3~5일 밤을 보낼 수 있는 사람이라 갑자기 물속으로 빠졌으나 바로 강바닥에서 밧줄을 물어뜯어 끊고 헤엄쳐 강을 건너 남쪽 물가에 이르러 살펴보니 숲속에 은은한 불빛이 비추는 게 보였다. 장순이 물가로 올라와 옷이 젖어 물이 줄줄 흐른 채 수풀 속으로 들어가 살펴보니 다름 아닌 시골 주점이었다. 한밤중에 일어나 술을 짜내고 있는 것으로 깨진 벽 틈새로 불빛이 새어나온 것이었다. 장순이 문을 열라고 소리치자 한 노인장이 나오기에 고개 숙여 인사를 했다. 노인장이 말했다.

"당신은 강에서 재물을 빼앗기고 물로 뛰어들어 목숨을 건진 사람이 아니오?"

"어르신을 속이지 않겠습니다. 소인은 산동에서 왔고 건강부로 일이 있어 가다가 늦게 오다보니 강에 가로막혀 건널 배를 찾았습니다. 그런데 뜻하지 않게 강도 두 명을 만나 소인의 의복 금은을 모두 강탈당했고 강 속으로 던져졌습니다. 소인이 다행히 헤엄을 칠 줄 알아 목숨을 구할 수 있었습니다. 어르신 살려주십시오!"

노인장이 장순을 안채로 들이고 낡고 떨어져 꿰맨 옷을 찾아 갈아입힌 뒤 젖은 옷은 말려주었으며 술을 뜨겁게 데워 먹였다. 노인장이 물었다.

"여보게, 자네 이름이 뭔가? 산동 사람이 여기는 무슨 일로 왔는가?"

"소인의 성은 장가입니다. 건강부 안 태의[2]가 제 형님이라 특별히 찾아보러 왔습니다."

"산동에서 왔다면 양산박을 지나왔는가?"

"바로 거기를 지나왔습니다."

노인장이 또 말했다.

"거기 산 위에 있는 송 두령이 왕래하는 나그네는 강탈하지 않고 사람의 목숨도 해치지 않으며 천자를 대신해 도를 행한다고 하는데, 맞는가?"

"송 두령은 충의를 근본으로 하여 선량한 백성은 해치지 않고 오로지 탐관오리만 꾸짖습니다."

2_ 태의太醫: 궁정에서 의약을 관장하던 관원. 황실 의원을 통칭하기도 함. 송원 이후에는 일반 의원을 높여 부르는 말로 썼다.

"이 늙은이가 듣기로는, 송강 이 도적은 정말로 인의로써 가난한 자를 구원하고 약한 자를 구제한다고 하는데 이곳 도적이면 얼마나 좋을까. 만일 그가 이곳으로 온다면 여기 있는 탐관오리들에게 고통받지 않을 테니 백성들이 좋아할 텐데!"

장순이 듣고서 말했다.

"어르신께서는 놀라지 마십시오. 소인이 바로 낭리백조 장순입니다. 저희 송 공명 형님 등에 악창이 생겨 제게 황금 100냥을 가지고 안도전을 데려오게 했습니다. 생각지도 않게 방심하여 배에서 잠든 사이 도적놈 두 명한테 두 손을 묶이고 강 속으로 던져지고 말았습니다. 제가 입으로 겨우 밧줄을 끊고 여기까지 오게 되었습니다."

"당신이 그런 호걸이라면 내 아들을 불러내 만나게 해야겠소."

얼마 지나지 않아 뒤쪽에서 삐쩍 마른 젊은이가 나왔는데 장순을 보자 절하며 말했다.

"소인이 형님의 크신 이름을 오래전에 들었지만 인연이 없어 교분을 맺지 못했습니다. 소인은 성은 왕王이고 항렬은 여섯 번째입니다. 달리기가 빠르다고 하여 사람들이 '활섬파活閃婆(번개의 여신)' 왕정륙王定六이라고 합니다. 평생 헤엄치고 봉 쓰기를 좋아하여 여러 차례 스승을 모셨으나 제대로 전수받지 못하고 잠시 강변에서 술을 팔며 살아가고 있습니다. 방금 형님께서 두 사람에게 강탈당하셨다고 하는데 모두 소인이 아는 놈들입니다. 한 놈은 '절강귀截江鬼' 장왕張旺이라 하고, 그 삐쩍 마른 젊은 놈은 화정현華亭縣 놈으로 '유리추油裏鰍' 손오孫五라고 합니다. 이 두 놈이 항상 이 강에서 사람들을 강탈하고 있습니다. 형님, 안심하십시오. 여기서 며칠 기다리시면 이놈들이 술 마시러 올 겁니다. 그때 저와 함께 원수를 갚으시지요."

"호의는 고맙지만 나는 송 공명 형님을 위해 하루라도 빨리 산채로 돌아가야 하오. 날이 밝으면 성에 들어가 안 태의를 청해서 돌아가야 하니 나중에 만납시다."

즉시 왕정륙은 자기 옷을 한 벌을 꺼내 장순에게 갈아입히고 닭을 잡아 술자리를 마련해 대접했다.

다음 날 날씨가 개고 눈이 멈췄다. 왕정륙은 10여 냥을 장순에게 주고 건강부에 다녀오게 했다. 장순이 성안으로 들어가 괴교槐橋(회화나무 다리) 아래에 도착하니 안도전이 문 앞에서 약을 팔고 있었다. 장순이 들어가 안도전을 보고 머리 숙여 절했다. 안도전이 장순을 보고 물었다.

"동생이 여러 해 동안 보이지 않더니 무슨 바람이 불어 여기까지 왔는가?"

장순이 안으로 따라 들어가 강주를 떠들썩하게 한 뒤 송강과 산에 오른 일을 하나하나 이야기하고, 송강이 등에 악창을 앓아 특별히 명의를 청하러 왔다가 양자강에서 목숨을 잃어버릴 뻔했던 일 때문에 빈손으로 오게 된 것을 모두 사실대로 털어놨다.

안도전이 말했다.

"송 공명으로 말할 것 같으면 천하의 의사義士이니 가서 그를 치료해 주는 일이 당연히 가장 중요하네. 그러나 부인이 죽은 데다 다른 친척도 없어 집안을 돌볼 사람이 없으니 멀리 갈 수가 없네."

장순이 간절하게 부탁했다.

"만약 형님께서 가지 않으시면 장순 또한 산채로 돌아갈 수 없습니다!"

"다시 상의해보세."

장순이 온갖 방법으로 간청하니 비로소 안도전이 승낙했다. 원래 안도전은 건강부에 새로 온 이교노李巧奴라 하는 기생집에 자주 왕래하며 관계가 매우 뜨거워지던 중이었다. 그날 밤에도 장순을 데리고 그녀의 집에서 술판을 벌였고, 이교노는 장순에게 숙부의 예로 절했다. 술잔이 3~5차례 돌고 거나하게 취하자 안도전이 이교노에게 말했다.

"오늘 밤 여기서 자야겠다. 내일 아침 일찍 이 동생과 함께 산동에 다녀올 일이 있구나. 길면 한 달, 짧으면 20여 일 걸릴 텐데 돌아와서 보자꾸나."

이교노가 말했다.

"가지 마세요. 내 말대로 하지 않으시려거든 다시는 저희 집에 오지 마세요!"

"이미 약 자루까지 모두 준비했으니 가야 한단다. 내일 떠날 텐데 너는 마음 편히 먹고 있거라. 내가 가서 일 끝내면 지체 없이 돌아오마."

이교노가 애교를 떨며 안도전 품속에서 앙탈을 부렸다.

"나를 생각지 않고 가버리면 당신 육신이 조각조각 날아가라고 저주할 거야."

장순이 듣고서 이 창녀를 한입에 삼키지 못하는 것이 한스러울 따름이었다. 밤이 점점 깊어지자 안도전이 크게 취하여 고꾸라졌다. 이교노가 방 안으로 부축해 들어갔고 침상에 뉘여 재웠다. 이교노가 장순에게 퉁명스럽게 말했다.

"당신은 돌아가요. 우리 집에는 잘 방이 없어요."

"형님이 술에서 깨기를 기다렸다가 같이 가야지요."

이교노가 보내려 하는데도 움직이지 않자 하는 수 없이 장순을 문간 작은방에서 쉬게 했다. 장순이 내심 애를 태우며 안절부절못하는데 어떻게 잠을 잘 수 있겠는가? 초경 무렵에 누군가 문을 두드렸다. 장순이 벽 틈새로 살펴보니 어떤 사람이 몰래 들어와 포주 년과 이야기를 나누었다. 포주 년이 물었다.

"한동안 코빼기도 안 보이더니 어디 갔었소? 오늘 밤은 태의가 취해 방 안에 자고 있으니 이를 어쩌나?"

"비녀랑 귀걸이 사주려고 금 10냥을 가지고 왔으니 할멈이 언니랑 나랑 같이 만나게 방법을 마련해보시오."

"그럼 일단 내 방에 계시오. 내 불러오리다."

장순이 등불 그림자 아래를 살펴보니 바로 절강귀 장왕이었다. 그날 이놈이 강에서 재물을 얻자 이 집에서 쓰려고 온 것이었다. 장순이 보고서 끓어오르는 화를 억누르고 자세히 살펴보는데 그 몹쓸 할멈이 방 안에 술과 음식을 차려놓고 이교노를 불러 장왕을 대접하게 했다.

장순이 당장 뛰어 들어가고 싶었지만 일을 망쳐 이 도적놈이 달아날까 두려웠다. 대략 삼경이 못 되어서 두 심부름꾼도 부엌에서 모두 취해 있었다. 포주 할멈도 이리저리 비틀거리면서 등불 앞에서 술에 취해 졸고 있었다. 장순이 조용히 방문을 열고 부엌으로 돌아가니 부뚜막 위에 시퍼런 식칼이 번쩍이는 게 보였고 할망구는 판등 위에 고개를 돌리고 누워 있었다. 장순이 뛰어 들어가 식칼을 들고 먼저 포주를 죽인 뒤 심부름꾼을 죽이려고 했으나 식칼이 물러서인지 한 사람을 찍어 내니 칼날이 무디어졌다. 두 심부름꾼이 소리지르려 하자 장작 패는 도끼가 손 옆에 있어 얼른 움켜쥐고 도끼질로 찍어 죽였다. 방 안에서 계집이 듣고서 황망히 문을 열고 나오다가 장순과 맞닥뜨렸고 도끼를 들어 내려찍으니 가슴팍이 쪼개져 바닥에 뒤집혔다. 장왕이 등불 그림자 아래서 계집이 찍혀 뒤집히는 것을 보고 뒷창문을 열어젖히고 담을 뛰어넘어 달아났다. 장순이 잡지 못한 것을 근심하다가 갑자기 무송이 말했던 일이 떠올라 즉시 옷자락을 찢어 피를 묻혀 흰 벽에 글을 썼다.

"사람을 죽인 자는 나 안도전이다!"

연이어 10여 군데에 써놨다. 오경 무렵에 날이 밝아지고 안도전이 방 안에서 술 깨는 소리가 들렸다.

"어 거기 누구……"

"형님 소리 내지 마십시오. 형님이 찾는 거기 누구가 어떤지 보여드리지요."

안도전이 일어났는데 네 구의 시신이 보이자 깜짝 놀라 온몸이 마비되어 부들부들 떨기만 했다.

"형님, 형님이 쓰신 것을 보셨습니까?"

"네가 나를 잡으려 하는구나!"

장순이 말했다.

"이제는 오로지 두 갈래 길만 있는데 만약 소리를 지르시면 저는 달아날 것이고 그 대신 형님께서는 목숨으로 대가를 치르셔야 할 겁니다.

그러나 형님께서 아무 일 당하지 않으시려면 집에 가셔서 약 자루를 가지고 밤새 양산박으로 달려가셔서 제 형님을 구해드리는 것입니다. 두 갈래 길 중 형님 뜻대로 고르십시오!"

"동생, 자네 어떻게 이렇게 명을 재촉하는 생각을 했는가!"

날이 밝기 전에 장순은 노자가 될 만한 것들을 쓸어 담고 안도전과 함께 집에 돌아와 자물쇠를 열고 문을 밀고 들어가 약 자루를 챙겨 성을 나와 왕정륙 주점에 도착했다. 왕정륙이 맞이하며 말했다.

"어제 장왕이 이곳을 지나갔는데 형님께서 못 보신 게 애석합니다."

"나도 그놈을 만났는데 아쉽게도 손을 쓸 수 없었네. 큰일을 해야 하는데 작은 원한 갚는 일은 잠시 접어야지."

말이 끝나기도 전에 왕정륙이 알렸다.

"장왕 그놈이 옵니다!"

"그놈을 놀라게 하지 말고 어디로 가는지 살펴보게."

장왕이 모래사장에 가서 배를 살피자 왕정륙이 소리질렀다.

"장형, 가지 말고 우리 가족 두 사람을 좀 건네주시구려."

"배를 타려면 빨리 오게!"

왕정륙이 장순에게 알렸다. 장순이 말했다.

"안 형님, 소인에게 옷 좀 빌려주시지요. 소인이 형님 옷과 바꿔 입고 배를 타러 가시지요."

"어째서 그러는가?"

장순이 말했다.

"제게 까닭이 있으니 형님은 묻지 마십시오."

안도전이 옷을 벗어 장순과 바꿔 입었다. 장순이 머리에 두건을 쓰고 먼지를 막는 삿갓으로 몸을 숨겼다. 왕정륙이 약 자루를 지고 배 있는 곳으로 달렸다. 장왕이 배를 물가 옆으로 가까이 대자 세 사람은 배에 올랐다. 장순이 고물로 기어 올라가 널빤지를 열어보니 판도가 여전히 거기에 있어 조용히 들고 다시 선창 안으로 들어왔다. 장왕이 '어여차' 하며 배를 젓는데 어느새 강 한가운데에 이르렀다. 장순이 웃옷을 벗어던지며 소리쳤다.

"사공, 빨리 와서 선창 안의 핏자국을 보시오."

"손님, 농담하지 마시오."

한편으로는 그렇게 말하면서 선창 안으로 들어왔다. 장순이 겨드랑이에 껴서 꽉 잡고 소리질렀다.

"이 도적놈아, 지난번 눈 오던 날 배에 탔던 손님을 기억하느냐?"

장왕이 멍하니 쳐다보기만 하고 아무 소리도 못했다. 장순이 다시 한번 소리쳐 물었다.

"네놈이 내 100냥 황금을 빼앗고 그것도 모자라 내 목숨까지 해치려 했겠다! 그 삐쩍 마른 젊은 놈은 어디 갔느냐?"

"호걸, 소인이 금이 많은 것을 보고 그와 나누면 제 몫이 줄어들 것 같아 죽이고 강 속으로 던져버렸습니다."

"이런 도적놈을 봤나! 어르신은 심양 강변에 태어나 소고산小孤山 아래에서 자라면서 물고기 파는 거간꾼으로 천하에 이름을 날렸다. 강주를 떠들썩하게 하고 양산박에서 송 공명을 따르며 천하를 종횡무진 누비는데 누가 나를 두려워하지 않는가. 네놈이 나를 속여 배를 태우고 두 손을 묶어 강에 던졌으나 내가 물에 익숙하지 않았다면 목숨을 잃을 뻔했다. 오늘 원수와 마주쳤으니 너를 용서할 수 없다!"

바로 질질 끌어 선창에 끌어올리고 배 닻줄을 찾아 양손과 두발을 한 덩어리로 꽁꽁 묶어 양자강 물속으로 던져버렸다.

"나도 네놈 몸에 흠집은 내지 않으마!"

왕정륙이 보고서 크게 탄식했다.

장순이 배 안에서 지난번 강탈당했던 금과 소소한 은량을 찾아내 모두 보따리에 챙겼다. 세 사람이 탄 배가 물가에 이르렀고 왕정륙에게 말했다.

"동생의 온정과 도의는 죽으나 사나 잊지 않겠네. 자네가 버리지 않는다면 부친과 함께 주점을 정리해 양산박으로 가서 대의를 함께하세. 자네 마음이 어떤지 모르겠네."

"형님의 말씀이 제 마음과 똑같습니다."

왕정륙과 작별한 장순과 안도전은 원래대로 옷을 바꿔 입고 북쪽에 배를 대고 길을 재촉했다. 왕정륙은 두 사람과 헤어지고 다시 작은 배에 올라 집으로 돌아가 짐을 꾸리고 쫓아왔다.

장순은 안도전과 함께 북쪽 물가를 따라 약 자루를 등에 지고 나섰다. 안도전은 글을 읽는 지식인이라 많은 길을 걸을 수 없어 30여 리도 못 가서 주저앉아 꼼짝도 못했다. 장순이 시골 주점에 데려가 술을 대접했다. 한참 마시고 있는데 바깥에서 한 손님이 달려 들어오며 소리질렀다.

"동생, 어째서 이렇게 늦었는가!"

장순이 쳐다보니 다름 아닌 신행태보 대종이었다. 길손으로 꾸미고 달려온 것이었다. 장순이 황망히 안도전을 인사시키고 송 공명 형님의 소식을 물었다. 대종이 말했다.

"지금 송강 형님은 정신이 혼미하고 물 한 모금 쌀 한 톨도 넘기지 못하고 죽기만을 기다린다네."

장순이 듣고서 눈물을 비 오듯 쏟았다. 안도전이 물었다.

"혈색은 어떻습니까?"

"근육과 피부가 말라서 까칠하고 밤새 소리지르며 고통이 그치지 않는 것을 보면 조만간 목숨을 보전하기 어려울 것 같소."

"만약 피부와 신체가 고통을 느낄 수 있다면 치료할 수 있소이다. 치료 시기를 놓칠까 걱정이오."

"그거야 어려울 거 없지요."

두 개의 갑마를 꺼내 안도전의 다리에 묶었다. 대종이 약 자루를 지고 장순에게 당부했다.

"자네는 천천히 오게. 나는 태의를 모시고 먼저 가겠네."

두 사람은 시골 주점을 나와 신행법을 일으켜 먼저 갔다. 장순은 그 시골 주점에서 2~3일을 더 쉬었다. 왕정륙이 과연 보따리를 지고 부친과 함께 도착했다. 장순이 맞이하고 속으로 기뻐하며 말했다.

"내가 여기서 자네를 기다렸네."

왕정륙이 크게 놀라 말했다.

"형님은 어찌하여 아직도 여기 있습니까! 안 태의는 어디에 있습니까?"

"신행태보 대종 형이 맞이하러 와서 이미 모시고 갔네."
왕정륙과 장순은 부친을 모시고 함께 양산박을 향해 떠났다.

한편 대종은 안도전을 데리고 신행법을 일으켜 그날 밤 양산박에 도착했다. 크고 작은 두령들이 맞이하고 송강이 누워 있는 침상에 모였다. 살펴보니 실낱같이 숨 쉬는 것이 금방이라도 끊어질 듯했다. 안도전이 먼저 맥을 짚어보고 말했다.
"두령들께서는 당황하지 마십시오. 맥을 보니 괜찮을 것 같습니다. 비록 심히 위중해 보이나 대체로 큰일은 없을 듯합니다. 이 안 아무개가 허풍떠는 것이 아니라 열흘 정도 치료하면 회복될 겁니다."
여러 두령이 기뻐하며 일제히 절을 올렸다. 안도전은 먼저 쑥을 태운 연기에 쏘여 독기를 빼고 약을 썼다. 겉으로는 등창에 고약을 붙이고 안으로는 기력을 회복할 수 있는 약을 조제하니 5일도 안 되어 점점 피부색이 선명해지고 몸에도 윤기가 흘렀다. 10여 일이 지나자 터진 자리가 완치되지는 않았지만 이전처럼 음식을 먹고 마실 수 있게 되었다.
장순이 왕정륙 부자를 이끌고 송강과 여러 두령에게 인사를 시키고 강에서 강탈당했던 일과 물 위에서 복수했던 지난 사정을 들려주자 모두 감탄하며 말했다.
"하마터면 형님의 병을 고치지 못할 뻔했네!"
송강은 병에서 회복되자마자 여러 두령에게 눈물을 흘리며 대명부를 치고 노 원외와 석수를 구해낼 방안을 상의했다. 안도전이 극구 말렸다.

"장군의 악창 터진 자리가 아직 낫지 않았으니 가볍게 움직여서는 안 됩니다. 움직이시면 치유되기 어려울 것입니다."

오용도 말했다.

"형님께서는 걱정하지 마시고 편히 쉬시면서 원기가 회복되도록 조리하십시오. 제가 비록 재주는 없으나 초봄이 되면 대명부를 쳐서 노 원외와 석수 두 사람의 목숨을 구해내고 음부와 간부를 잡아 형님의 원한을 갚아드리지요."

"군사가 진실로 이 원수를 갚아준다면 송강은 죽어도 편히 눈 감을 수 있겠소!"

오용이 즉시 충의당에서 명령을 내렸다.

제 6 5 회
북경 대명부, 드디어 함락되다[1]

오용이 송강에게 말했다.

"이제 다행히 형님께서 무사하시고, 또한 안 태의가 산채에서 병을 돌보아주니 이것은 양산박에 대단한 행운입니다. 형님께서 병석에 누워 계실 때도 소생이 여러 차례 사람을 대명부로 보내 소식을 알아봤습니다. 양중서는 밤낮으로 저희 군마가 성으로 쳐들어올까 두려워하고 있습니다. 또한 대명성 안과 성 밖 저자 등 도처에 사람을 보내 출처를 적지 않은 통지문을 붙여 원한 갚을 데가 따로 있고 빚 받을 곳이 따로 있으며, 대군이 도착해도 상대할 원수가 있으니 주민들은 근심하

---

[1] 제65장 시천이 취운루에 불을 지르다時遷火燒翠雲樓. 오용이 꾀를 써서 대명부를 함락시키다吳用智取大名府.

지 않도록 알렸습니다. 이 때문에 양중서는 더욱 혼자 끙끙 앓고 있을 겁니다. 게다가 듣자 하니 채 태사가 관승이 항복했다는 소리를 듣고 천자의 앞에서 감히 입도 못 열고 있습니다. 귀순을 시켜야 모두 무사하므로 거듭 양중서에게 편지를 보내 노준의, 석수를 살려두어야 손을 쓸 수 있다고 주장하고 있답니다."

송강이 오용의 말을 듣고 서둘러 군마를 이끌고 산을 내려가 대명부를 치라고 재촉했다.

"겨울이 가고 봄이 오고 있으니 조만간 원소절이 다가옵니다. 대명부는 매해 원소절에 등불을 내걸고 큰 행사를 치릅니다. 제가 이 틈을 타 먼저 성안에 매복시키고 바깥에서 군사를 몰아 진격해 들어간다면 안팎에서 서로 호응하여 대명부를 깨뜨릴 수 있을 겁니다."

"정말 대단히 묘한 계책이오. 군사께서는 즉시 시행해주시오."

오용이 물었다.

"가장 중요한 일은 성안에서 불을 질러 신호를 보내는 것이오. 형제들 중 누가 감히 먼저 성안으로 들어가서 불을 지르겠소?"

계단 아래에서 한 사람이 달려나오며 말했다.

"소인이 가겠습니다."

사람들이 모두 쳐다보니 다름 아닌 고상조 시천이었다. 시천이 말했다.

"소인은 어렸을 때부터 대명부에 온 적이 있습니다. 성안에 취운루翠雲樓라는 누각이 하나 있는데 누각 위아래에 크고 작은 방이 110개나 있습니다. 원소절 밤에는 반드시 떠들썩하고 요란할 겁니다. 소인이 몰래 성으로 들어가 원소절 밤 취운루 위에 올라가 불을 질러 신호를 보낼 터이니 군사께서 병사를 동원하시어 성으로 치고 들어오십시오."

오용이 말했다.

"내 생각이 바로 그렇네. 자네는 내일 새벽에 먼저 산을 내려가게. 원소절 밤 일경에 누각 위에서 불이 난다면 바로 자네의 공로가 되는 거네."

시천이 그렇게 하기로 하고 명령을 받아 나갔다. 오용은 다음 날 해진과 해보를 사냥꾼으로 꾸며 대명부 성안 관원부에 가서 야생동물 고기를 바치게 했다. 정월 15일 밤사이에 불이 나는 것을 신호로 하여 유수사 앞으로 가서 일을 보고하는 관병들을 저지하게 했다. 두 사람이 명령을 받고 물러났다. 다시 두천과 송만을 불러 쌀장수로 꾸며 수레를 밀고 성안으로 들어가 쉬다가 원소절 밤에 불길이 일어나는 신호를 보거든 먼저 동문을 빼앗게 했다. 두 사람도 명령을 받고 물러났다. 또 공명과 공량을 불러 하인처럼 꾸미고 대명부 성안 시끌벅적한 번화가로 가서 처마 아래에서 쉬고 있다가 누각 앞에서 불길이 일어나면 곧바로 달려가 호응하게 했다. 두 사람도 명령을 받고 역시 물러났다. 이응과 사진을 불러서는 나그네로 꾸미고 대명부 동문 밖에서 쉬다가 성에서 불길이 일어나는 신호가 보이면 먼저 동문을 지키는 군사들을 베어 버리고 동문을 탈취하여 통로를 확보하도록 했다. 두 사람 역시 명령을 받고 물러났다. 다시 노지심과 무송을 불러서는 행각승으로 꾸미게 하여 먼저 대명부 성 밖 암자에 있다가 성안에서 불길이 일어나는 신호가 보이면 즉시 남문 밖으로 달려가 대군을 저지하고 달아날 길을 막도록 했다. 두 사람도 명령을 받고 물러났다. 추연과 추윤을 불러서는 등

파는 길손으로 꾸며 곧바로 대명부 성안의 객점에서 쉬다가 누각에서 불길이 일어나면 사옥사司獄司2 앞으로 달려가 호응하여 싸우게 했다. 두 사람 또한 명령을 받고 물러났다. 이번에는 유당과 양웅을 불러 공인으로 꾸미게 하여 곧바로 대명부 주아 앞에서 쉬게 했다. 그리고 신호 불길이 보이면 보고하는 연락 인원들을 저지하여 머리와 꼬리가 서로 지원하지 못하게 했다. 두 사람도 명령을 받고 물러났다. 공손승 선생을 청하여서는 떠돌아다니는 도인으로 꾸미게 하고, 능진을 도동으로 따르게 하여 풍화, 뇌천 등의 포 수백 개를 가지고 대명부 안의 조용한 곳에서 기다렸다가 불길이 일어나는 신호를 보면 그것들을 발사하게 했다. 두 사람이 명령을 받고 물러나자, 다시 장순을 불러 연청을 따라 수문을 통해 성으로 들어가 노 원외의 집을 덮쳐 음부와 간부를 잡도록 했다. 왕왜호, 손신, 장청, 호삼랑, 고대수, 손이랑은 성으로 들어가 등 구경을 하려는 세 쌍의 시골 부부로 꾸며 노 원외의 집을 찾아 불태우는 것이었다. 다시 시진을 불러 악화를 데리고 군관으로 꾸며 곧장 채 절급의 집으로 달려가 노 원외와 석수 두 사람의 목숨을 구하게 했다. 여러 두령이 각자 명령을 받고 갔다.

때는 정월 초순이었다. 양산박 호걸들이 차례대로 산을 내려가 출발했다. 한편 대명부 양중서는 이성, 문달, 왕 태수 등 일련의 관원들을

2_ 사옥사司獄司: 원元나라 때 형부刑部에 사옥사를 설치했고 명明대까지 내려옴. 청淸대에 형부에 역시 사옥司獄을 설치하여 옥졸을 감독 지휘했다.

불러 원소절에 등롱 내거는 일을 상의했다. 양중서가 입을 열었다.

"해마다 성안에서 크게 등롱을 걸어 원소절을 경축하고 백성들과 함께 즐겼는데 모든 것을 동경의 격식에 따라 했소이다. 그런데 양산박 도적들이 두 번이나 쳐들어왔기에 등롱 내거는 것 때문에 화를 초래할까 두렵소이다. 본관의 생각으로는 이번에 등롱 내거는 행사를 하지 않았으면 하는데 여러분은 어떻게 생각하시오?"

문달이 말했다.

"이 도적놈들이 물러나 숨어서 포고문만 어지럽게 붙이는 것을 봐서는 계략을 다 써버려서 더 이상 방법이 없는 듯한데 상공께서는 무엇 때문에 근심하십니까? 만약 금년 원소절에 등롱을 내걸지 않으면 이놈 염탐꾼들이 알아내 우리를 비웃을 겁니다. 상공께서는 명령을 내리셔서 백성들에게 분명히 알려 지난해보다 더 많은 꽃등을 내걸고 사화社火3도 늘리고 성 중심 거리에는 두 개의 오산鰲山4을 세우도록 하시고, 동경의 방식에 따라 밤새도록 사람들의 통행을 막지 말고 13일부터 17일까지 닷새 밤 동안 등롱을 내걸게 하십시오. 그리고 부윤을 시켜 기간 내내 주민을 점검하여 등불이 줄게 해서는 안 됩니다. 상공께서는 친히 행춘行春5하시어 반드시 백성들과 함께 즐기셔야 합니다. 문 아무개가 직접 군마를 이끌고 성을 나가 비호욕에 주둔하여 도적들의 간사

3_ 사화社火: 명절 기간에 민간에서 했던 각종 놀이.
4_ 오산鰲山: 커다란 자라 형상으로 등을 쌓아 만든 산.
5_ 행춘行春: 관리가 봄날 시골로 순시 나가 농사짓는 것과 누에와 뽕나무를 살피는 것을 말함.

한 계책을 방비하겠습니다. 그리고 이도감은 철마군鐵馬軍을 이끌고 성을 돌며 순찰하면서 백성들이 놀라지 않도록 하겠습니다."

양중서가 문달의 의견을 듣고 크게 기뻐했다. 관리들이 서로 의논하고 즉시 방문을 붙여 백성들에게 널리 알렸다.

북경 대명부는 하북에서 가장 큰 군郡으로 군사와 교통의 요충지였다. 모든 길목에 상점이 구름과 안개처럼 운집해 있었고 원소절에 등롱을 내건다는 소문이 들리자 각지에서 사람들이 몰려들었다. 성의 모퉁이, 길거리와 골목마다 해당 지역 상관廂官6들이 매일 철저하게 살피고 사화를 할 수 있도록 꾸몄다. 부호들에게 꽃등을 걸게 재촉했다. 멀리서는 200~300리를 가서 사오고 가까워도 100리 밖까지 다녀와야 했다. 또한 행상들이 매년 성에 팔 등을 가지고 몰려들었다. 집집마다 문 앞에 등을 다는 등책燈柵을 설치했는데 모두 좋은 등과 정교한 폭죽을 걸려고 경쟁했다. 문 안에는 산붕山棚7을 묶어세우고 오색 병풍 모양의 폭죽 등을 늘어놓았으며 사방에는 모두 명인의 서예와 그림, 기이한 골동품들을 걸어놨다. 성의 거리와 골목, 집집마다 모두 등을 밝혔다. 대명부 유수사 주교州橋 옆에는 오산이 세워졌다. 위에는 황색과 적색의 큰 용 두 마리가 똬리를 틀고 앉아 있는데 비늘마다 등불이 밝혀

6_ 상관廂官: 송대의 관직. 성안 관할지역을 나누어 관리했다. 화재와 도적 등의 일을 관리하며 가벼운 죄는 자체 처벌할 권리를 지녔다.
7_ 산붕山棚: 명절을 경축하기 위해 세운 아름답게 장식한 가설 천막. 산처럼 높은 형상임.

졌으며 입에서는 정수淨水가 뿜어져 나왔다. 주교 개울 안 주변에도 위아래 모두 셀 수 없이 많은 등이 밝혀졌다. 동불사銅佛寺 앞에도 또 하나의 오산이 세워졌다. 위에 청룡靑龍 한 마리가 자리잡고 있는데 수천 개의 꽃등이 둘러져 있었다. 취운루 앞에도 역시 오산 하나가 세워졌다. 위에는 한 마리의 백룡白龍이 앉아 있고 사방에 헤아릴 수 없는 등불이 밝혀져 있었다. 원래 취운루는 하북의 명물 제1호로 알려졌으며 위에는 삼중 처마 내림새가 있고 들보와 기둥에 오색찬란하게 조각이 새겨져 있는 지극히 아름다운 건물이었다. 누각 위아래에 내실이 100개가 넘었다. 하루 종일 연주 소리가 요란한 곳이라 매일 악기 연주와 노래 소리로 귀가 따가울 정도였다. 성안의 도교 사당과 사원, 불전 법당에서도 등불을 밝히고 풍년을 경축했다. 삼와양사는 더 말할 필요도 없었다.

양산박의 염탐꾼들이 이런 소식을 알고 산채에 보고했다. 오용이 듣고서 크게 기뻐하며 송강에게 자세한 상황을 알렸다. 그러자 송강이 직접 군사를 이끌고 대명부를 치고자 했다. 안도전이 또 말렸다.

"장군의 상처가 아직 아물지 않았으니 절대로 함부로 움직여서는 안 됩니다. 만약 조금이라도 노기怒氣가 침투하기라도 한다면 병이 낫기 어려울 것입니다."

오용이 말했다.

"소생이 형님을 대신해 다녀오겠습니다."

즉시 철면공목 배선에게 여덟 갈래 군마로 나누어 일으키게 했다. 제1대는 대도 관승이 선찬과 학사문을 이끌어 앞에 서고 진삼산 황신이 뒤에서 호응하기로 했는데 모두 마군이었다. 제2대는 표자두 임충이 마린과 등비를 이끌어 앞장서고 소이광 화영이 뒤에서 받치며 역시 모두 마군이었다. 제3대는 쌍편 호연작이 한도와 팽기를 이끌어 앞을 맡고 병울지 손립이 뒤에서 호응하며 또한 모두 마군이었다. 제4대는 벽력화 진명이 구붕과 연순을 이끌고 앞장서게 했는데 도간호 진달이 뒤를 맡고 모두 마군이었다. 제5대는 보군으로 두령 몰차란 목홍이 두흥과 정천수를 이끌었다. 제6대 또한 보군으로 두령 흑선풍 이규가 이립과 조정을 이끌었다. 제7대도 보군으로 두령 삽시호 뇌횡이 시은과 목춘을 이끌었다. 제8대 역시 보군으로 두령 혼세마왕 번서가 항충과 이곤을 인솔했다. 이 여덟 갈래 마보군이 각자 길을 잡아 출발하는데 시간에 착오가 없게 했다. 정월 15일 이경의 기한으로 모두 대명부 성 아래에 도달해야 했다. 마군과 보군이 일제히 진군했는데 여덟 갈래 길의 군사가 명령에 따라 산을 내려갔고 나머지 두령들은 송강과 함께 산채를 지키기로 했다.

한편 시천이 담을 넘어 성으로 들어갔지만 성안 각 객점에서 혼자 온 손님은 받아주지 않자 낮에는 거리를 한가롭게 거닐었고 밤이 되면 동악묘 신주神主 밑에서 쉬었다. 정월 13일이 되자 성안을 돌아다니면서 등 차양을 치고 등불 거는 모습을 구경할 수 있었다. 한참 구경하고 있는데 해진과 해보가 포획물을 메고 성안에서 지나가는 것이 보였다. 또한 공연장에서 뛰어나오는 두천과 송만 두 사람과도 마주쳤다. 시천이 그날 먼저 취운루를 한 바퀴 돌다가 머리를 산발한 공명을 발견했다.

몸에는 양가죽 누더기를 입고 오른손에는 곤봉을 들고 왼손에는 사발을 든 채 추잡한 모습으로 그곳에서 구걸하고 있었다. 시천이 알아보고 스치고 지나가며 등 뒤에서 슬쩍 말했다.

"형님은 혈색이 무척 좋아 거지 같지 않아요. 성안에 공인이 많으니 만약에 그들에게 들켰다간 큰일을 망칠 수도 있소. 형님은 차라리 피해 숨어 있는 게 낫겠소이다."

말을 끝내자 또 거지 하나가 담벼락 쪽에서 오는데 살펴보니 공량이었다. 시천이 또 말했다.

"형님같이 눈처럼 하얀 얼굴을 가진 사람은 배고픔을 참는 사람 같지 않아요. 그런 모양으로는 철수해야지요!"

그때 뒤에서 두 사람이 쪽을 틀어잡고 소리쳤다.

"너희 여기서 뭔 짓 하고 있냐!"

고개를 돌려보니 양웅과 유당이었다. 시천이 말했다.

"놀라 죽는 줄 알았네!"

양웅이 말했다.

"모두 따라오게."

후미진 조용한 곳으로 데려가 타박했다.

"자네 세 사람 왜 이리 분별이 없는가. 어쩌자고 그런 데서 그 따위 말을 하는가! 우리 두 사람이 봤으니 다행이지 만일 눈치 빠르고 손놀림이 민첩한 공인들 눈에 띄었다면 큰일을 그르칠 뻔하지 않았는가? 우리 두 사람 다 봤는데, 동생들은 다시는 거리에 나와 돌아다니지 말아야겠네."

공명이 알려줬다.

"추연과 추윤이 어제 거리에서 등을 파는 것을 봤고, 노지심과 무송은 이미 성 밖 암자에 와 있소이다. 여러 말 필요 없이 때가 오면 각자 맡은 일을 하겠습니다."

다섯 사람이 이야기를 끝내고 한 사찰 앞으로 왔는데 안에서 나오는 한 선생과 마주쳤다. 모두 고개를 들어 보니 입운룡 공손승이었다. 뒤에는 도동으로 꾸민 능진이 따라오고 있었다. 일곱 명이 고개를 끄덕이며 눈길을 주고받고 제각기 사라졌다.

점점 원소절이 다가왔다. 양중서는 먼저 대도 문달에게 군마를 이끌고 성을 나가 비호욕에 주둔하여 도적을 방비하게 했다. 14일에는 이천왕 이성에게 철기 마군 500여 기를 이끌고 완전무장한 채 성을 돌며 순찰하게 했다. 다음 날 정월 15일이 되었다. 날이 청명하여 양중서는 무척 만족하며 기뻐했다. 해질 무렵이 안 되어 둥글고 밝은 달이 떠올라 성안의 번화한 거리를 비추는데 마치 금은으로 물든 듯했다. 남녀가 어깨를 부딪치고 등을 포갤 정도로 사람이 많았으며, 폭죽과 화포가 이전보다 더 많았다.

밤이 되자 절급 채복이 동생 채경에게 감옥을 지키라고 당부했다.

"잠시 집에 갔다가 돌아오겠다."

집 대문을 막 들어서는데 두 사람이 번개같이 쫓아 들어왔다. 앞에 선 사람은 군관 복장을 했고 뒤에 따르는 사람은 하인 모양새였다. 등불 아래에서 살펴보고 채복은 소선풍 시진이라는 것을 알았고 뒤에 있는 사람은 누군지 몰랐지만 철규자 악화였다. 채 절급이 두 사람을 안으로 맞이하고 차려져 있던 술로 대접하려 하자 시진이 말했다.

"술은 필요 없소. 제가 중요한 일을 부탁하러 이곳에 왔소. 노 원외와 석수를 절급께서 돌봐주고 계시니 뭐라 감사해야 할지 모르겠소. 오늘 밤 소인이 원소절로 소란스런 틈을 타 감옥에 들어가 한 차례 살펴보았으면 합니다. 절급께서는 번거롭더라도 거절하지 마시고 안내해주시기 바랍니다."

채복은 공인이라 무슨 말인지는 알아들었다. 그러나 따르지 않자니 성이 함락되고 나면 좋을 것도 없는 데다 또한 가족의 목숨도 위험에 빠질 수 있었다. 하는 수 없이 나중에 막중한 책임을 져야 하는 위험을 무릅쓰고 자신의 헌 옷을 두 사람에게 갈아입혀 공인으로 꾸미고 두건도 바꿔 쓰고 시진과 악화를 데리고 감옥으로 안내했다.

초경 무렵에 왕왜호와 일장청, 손신과 고대수, 장청과 손이랑 세 쌍이 시골 부부로 꾸미고 인파 속에 섞여서 동문으로 들어갔다. 공손승도 능진을 데리고 가시나무 광주리를 멘 채 성황묘 안 낭하에 자리잡고 앉았다. 이 성황묘는 주아 측면에 있었고 추연과 추윤은 등을 지고 성안에서 한가하게 어슬렁거렸다. 두천과 송만도 각자 수레 한 대씩 밀며 양중서 관아 앞으로 와서 인파에 섞여 있었다. 원래 양중서 관아는 동문 안 큰 거리에 자리잡고 있었다. 유당과 양웅은 각자 수화곤을 들고 몸에 병기를 감춘 채 주교 양옆에 자리잡고 앉았다. 연청은 장순을 안내하여 수문을 통해 들어와 조용한 곳에 매복해 있었다.

얼마 지나지 않아 누각 위에서 이경을 알리는 북소리가 들려왔다. 그때 시천이 유황, 염초 그리고 불을 붙일 약품을 담은 바구니에 여자

머리 장식품을 꽂아 감추어 들고 취운루 뒤쪽으로 돌아가 위층으로 올라갔다. 내실 안에서는 생황과 퉁소를 불고 박을 두드리는 소리로 왁자지껄했고, 젊은이들은 이층에서 시끌벅적하게 등불을 감상하느라 소란스러웠다. 시천이 누각 위에 올라와 머리장식을 파는 것처럼 내실 여기저기를 살펴보는데 다락방 앞에서 토끼를 매단 삼지창을 끌고 다니던 해진, 해보와 마주쳤다. 시천이 말했다.

"시간이 됐는데 어째서 바깥에 아무런 움직임이 없소?"

"우리 두 사람이 방금 누각 앞에서 정찰 기마병이 지나가는 것을 봤는데 아마도 병마가 도착한 듯하오. 어서 가서 맡은 일이나 하시오."

해진의 말이 끝나기도 전에 누각 앞에서 누군가가 다급하게 외쳤다.

"양산박 군마들이 서문 밖에 몰려왔다!"

해진이 시천에게 다그쳤다.

"빨리 가시오. 우리는 유수사 앞에서 호응하리다."

해진, 해보 형제가 유수사 앞으로 달려와 보니 양산박에 패한 군마들이 성안으로 일제히 밀려들어오고 있었다.

"대도 문달이 진채를 빼앗겼다. 양산박 도적들이 군사를 이끌고 성 아래까지 이르렀다!"

성 위에서 순찰을 돌던 이성이 외치는 소리를 듣고 유수사 앞으로 나는 듯이 달려와 군사들을 점검하고 성문을 닫은 뒤 대명부를 지키라고 명했다. 왕 태수는 100여 명을 인솔하여 죄인 머리에 씌우는 칼들을 세워놓고 쇠고리를 걸어 거리에서 사람들을 진정시키고 있다가 보고를 받고 급히 유수사 앞으로 돌아왔다.

한편 양중서는 술에 취한 채 관아에 한가롭게 앉아 있었다. 첫 번째 보고를 들었을 때는 그다지 당황하지 않았으나 반 시진도 되지 않아 정찰 기병이 연이어 보고를 올리자 그때서야 놀라 말 한마디 제대로 못하다가 겨우 소리쳤다.

"말을 준비해라. 어서 빨리 준비해라!"

말이 미처 끝나기도 전에 취운루 위에서 불길이 맹렬하게 하늘로 치솟는 것이 보였다. 불빛이 얼마나 컸던지 달마저 빛을 잃었다. 급히 말에 오른 양중서는 취운루로 가서 상황을 살펴보려 했다. 이때 갑자기 두 사내가 나타나더니 각자 수레를 밀어 길을 막고 걸려 있던 사발 등을 가져와 수레에 불을 붙이니 금세 불길이 치솟았다. 양중서가 동문으로 달아나려 하자 두 사내가 소리쳤다.

"이웅, 사진이 여기 있다!"

손에 박도를 쥐고 성큼성큼 달려들었다. 동문을 지키던 관군들이 놀라 달아나다 10여 명이 박도에 맞아 쓰러졌다. 그때 두천과 송만이 안에서 나와 호응하니 네 명이 힘을 합쳐 동문을 차지했다. 양중서가 상황이 좋지 않음을 보고 따르던 관군들을 데리고 남문으로 달아났다. 남문에 도착도 하기 전에 누군가가 말했다.

"뚱뚱한 중놈 하나가 쇠 선장을 돌리며 달려오고 있고, 또 호랑이같이 생긴 행자 한 놈이 쌍계도를 뽑아들고 따르는데 고래고래 소리지르면서 성으로 쳐들어오고 있습니다!"

양중서가 말을 돌려 다시 유수사 앞으로 왔지만 해진과 해보가 강차를 잡고 이리저리 날뛰므로 급히 관아로 말 머리를 돌렸으나 감히 앞으로 접근할 수 없었다. 왕 태수는 유수사로 돌아오다 유당, 양웅 두 사람이 휘두른 수화곤에 맞아 골이 터져 뇌수가 흘러내리고 눈알이 튀어 나와 길바닥에 죽어 자빠졌다. 따르던 우후와 압번들은 제각기 자기 목숨 살리자고 달아나기 바빴다. 다시 양중서가 다급하게 말을 돌려 서문 쪽으로 달아났지만 성황묘 안에서 '쾅 쾅' 천지를 진동하는 화포 소리가 울렸다. 추연과 추운은 대나무 장대를 들고 다니며 처마 밑에 불을 지르고 있었다. 남와자南瓦子 앞에서는 왕왜호, 일장청 부부가 달려오고 있고 손신, 고대수도 몸에 감춰뒀던 병기를 꺼내들고 호응하여 싸우고 있었다. 동불사 앞에는 장청, 손이랑 부부가 오산에 기어올라가 불을 질렀다. 이때 대명부 성안의 일반 백성들은 쥐새끼처럼 허둥지둥 도망다니고 살자고 이리처럼 내달리니 집집마다 처절하게 울부짖었고 사방 10여 군데에서 불길이 이어지고 하늘로 뻗어올라 방향을 구분할 수 없을 지경이었다.

서문으로 달아난 양중서는 다행히 이성의 군마를 만나 급히 남문 성위로 올라 말고삐를 당겨 세우고 고루鼓樓8 위에서 사방을 살펴보았다. 성 아래에 병마가 가득 늘어서 있는데 깃발에 '대도 관승'이라 쓰여 있었다. 화염 속에서 혈기 왕성하게 용맹을 뽐내고 있는데 왼쪽에는 선찬, 오른쪽에는 학사문이 있고 뒤로는 황신이 군사를 독촉하며 기러기 날개를 펼치듯 달려오는데 금세 남문 아래에 다다랐다. 성을 빠져나가

8_ 고루鼓樓: 큰 북을 설치한 누각. 때에 맞춰 북을 두드려 시각을 알림.

기 어렵다고 생각한 양중서는 이성과 함께 북문 성 아래에 이르렀는데, 불길이 대낮같이 환하게 비추고 헤아릴 수 없이 많은 군마가 몰려드는 가운데 표자두 임충이 창을 비껴들고 말에 박차를 가하며 달려오고 있었다. 왼쪽은 마린, 오른쪽은 등비였고 화영이 뒤에서 군사들을 독려하며 나는 듯이 달려오고 있었다. 다시 동문으로 돌아가는데 연이은 횃불 속에서 몰차란 목홍이 왼쪽은 두흥, 오른쪽은 정천수와 함께 세 명의 호걸이 앞장서서 박도를 들고 1000여 명을 이끌고 성안으로 돌진해오고 있었다. 하는 수 없이 양중서는 또다시 남문을 향해 달리면서 필사적으로 길을 찾아 달아났다. 조교 옆에서 횃불이 일제히 밝혀지더니 흑선풍 이규가 좌우에 이립, 조정과 함께 막아섰다. 이규는 벌거벗은 채 쌍도끼를 들고 해자로부터 달려오고 있고 이립과 조정도 일제히 밀고 들어왔다. 이성이 앞장서 죽을힘을 다해 겨우 길을 열어 성 밖으로 양중서를 보호하며 달아났다. 왼편에서 귀청이 떨어질 듯한 함성 소리가 들리더니 헤아릴 수 없이 많은 군마가 횃불을 들고 달려드는데, 쌍편 호연작이 가볍게 말에 걸터앉아 손에 든 편을 춤추듯 휘두르며 양중서에게 달려왔다. 이성이 쌍칼을 들고 앞으로 나와 맞이했다. 이성은 애초에 싸울 마음이 없던 터라 말을 젖혀 달아났다. 그때 왼편에 한도와 오른편에는 팽기가 양 옆구리로 돌진해 들어오고 손립이 뒤에서 군사를 재촉하며 역시 힘을 다해 쫓아왔다. 한참 싸우는 중에 등 뒤에서 소이광 화영이 쫓아와 활을 집고 화살을 얹어 이성의 부장을 쏘아 맞히자 말에서 뒤집혀 떨어졌다. 놀란 이성이 정신없이 말을 몰아 달아났다. 화살이 닿을 수 있는 거리의 반도 미치지 못했는데 오른쪽에서 징과 북소리가 요란하게 울리고 불빛이 눈부시게 비추더니 벽력화 진명이 연순, 구붕과 함께 낭아곤을 춤추듯 휘두르며 말을 박차고 달려오고 있었고 뒤에는 또 진달이 쫓아오고 있었다. 이성이 온몸에 피 칠갑을 하고 달아나며 싸우면서도 양중서를 지키면서 길을 뚫어 달아났.

한편 두천과 송만은 양중서 집 안의 양민이건 천민이건 가릴 것 없이 모조리 죽여버렸고, 유당과 양웅은 왕 태수의 가족을 몰살했다. 공명과 공량은 사옥사 뒤 담장을 기어 들어갔고, 추연과 추윤은 사옥사 앞에서 왕래하는 사람들을 잡았다. 감옥 안에서는 시진과 악화가 불길이 일어나는 신호를 보고 채복과 채경에게 말했다.

"너희 형제는 눈으로 보기는 하는 거냐? 도대체 언제까지 기다릴 작정이냐?"

채경이 문 옆에서 지키고 있을 때 추연과 추윤이 옥문을 열고 뛰어들어와 크게 외쳤다.

"양산박 호걸 모두 여기에 와 있다. 좋은 말 할 때 노 원외와 석수 형님을 내놓아라!"

채경이 급히 채복에게 알리는데 공명과 공량이 감옥 지붕 위에서 뛰어내려왔다. 두 형제가 허락하건 말건 상관하지 않고 시진이 몸속에서 무기를 꺼내 칼을 벗기고 노준의와 석수를 풀어줬다. 시진이 채복에게 말했다.

"너희는 빨리 나와 같이 집으로 가서 가족들을 보호하자!"

일제히 옥문을 나오니 추연과 추윤이 맞이하여 함께 움직였다. 채복과 채경은 시진을 동행하여 집으로 돌아와 가족을 보전했다. 노준의는 석수, 공명, 공량, 추연, 추윤 다섯 형제를 이끌고 이고와 가씨를 붙잡기 위해 집으로 달려갔다.

이고는 양산박 호걸들이 군마를 이끌고 성으로 들어왔다는 소리를 들은 데다 사방에 불길이 일어나는 것을 보고 집 안에서 벌벌 떨면서 가씨와 상의하여 금은보화 귀중품 한 보따리를 수습해 메고 문을 나가 달아나려 했다. 문을 밀고 나가는데 수없이 많은 사람이 몰려 들어오는 소리가 들렸다. 이고와 가씨가 황망히 몸을 돌려 안쪽 뒷문을 열고 담벼락을 지나 물가 아래에 숨어 피할 곳을 찾았다. 물가에 있던 장순이 보고 크게 소리쳤다.

"음탕한 년아, 어디로 달아나느냐!"

이고가 당황하여 배 안으로 뛰어내려 선창 안으로 들어가 피하려고 했다. 막 들어가려는데 한 사람이 손을 펴서 수염을 잡고 소리질렀다.

"이고! 너는 나를 알아보겠느냐?"

이고가 들어보니 연청의 목소리라 허둥지둥 소리를 질렀다.

"연청 형님, 내가 일찍이 당신과 원한진 것도 없소이다. 제발 나를 물가로 끌어올리지는 말아주시오!"

물가에서 장순이 이미 그 계집을 잡아 옆구리에 끼고 배 옆으로 끌고 왔다. 연청도 이고를 잡아 모두 동문으로 왔다.

노준의가 집으로 달려왔으나 이고와 그 계집이 보이지 않자 사람들에게 집 안의 금은 재화 등 가산을 모두 수레에 싣게 하여 양산박으로 보냈다.

시진과 채복도 집에 도착하여 재산과 가족들을 수습하여 함께 산채에 오르기로 했다. 채복이 말했다.

"대관인께서는 성안의 백성들을 구해주십시오. 해치지 말았으면 좋겠습니다."

시진이 듣고서 군사 오용을 찾아 채복의 말을 전하자 오용이 급히 영을 내렸으나 이미 절반은 불타고 부서지고 손상된 터였다. 날이 밝아오자 오용과 시진이 성안에 징을 울려 군사를 수습하고 싸움을 끝냈다. 여러 두령이 노 원외와 석수를 유수사 앞에서 맞이했다. 옥중에서 채복과 채경 형제가 두 사람을 보살펴주어 목숨을 부지할 수 있었음을 자세히 이야기했다. 연청, 장순이 이고와 가씨를 끌고 오자 노준의가 연청을 시켜 감시하고 나중에 처리하기로 했다.

한편 이성은 양중서를 보호하고 성 밖으로 도망가다가 패잔군을 이끌고 돌아오던 문달을 만나 군사를 합쳐 남쪽으로 달아났다. 한참 도망가고 있는데 앞선 군사들에게서 크게 함성이 일어나더니 혼세마왕 번서가 왼쪽에 항충, 오른쪽에 이곤과 함께 비도飛刀와 비창飛槍을 춤추듯 휘두르며 덮쳐왔다. 뒤에서는 또 삽시호 뇌횡이 시은과 목춘을 이끌고 1000여 보군과 함께 달려나와 퇴로를 막았다.

十四 양산박 108두령

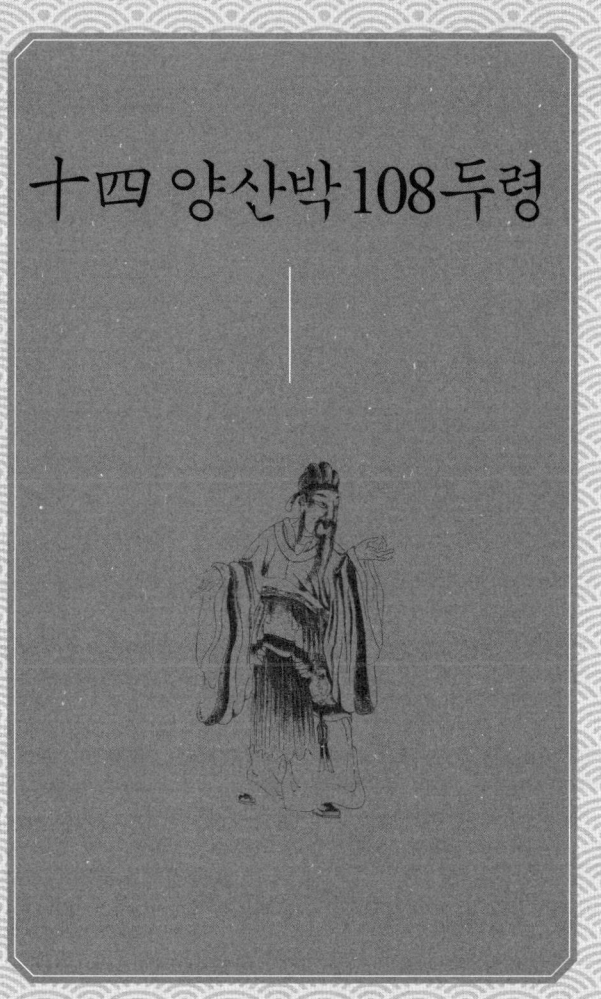

제 6 6 회
능주의 성수장군, 신화장군[1]

 양중서, 이성, 문달은 허둥대며 급히 패한 군마를 모아 남쪽으로 달아났다. 정신없이 도망가는데 두 부대의 복병이 앞뒤 두 방향으로 불시에 들이쳤다. 이성과 문달이 양중서를 보호하면서 필사적으로 싸워 겹겹의 포위망을 뚫고 목숨을 부지한 채 서쪽으로 달아났다. 번서는 더 이상 쫓지 않고 항충과 이곤을 인솔하여 뇌횡, 시은, 목춘 등과 함께 대명부로 들어와 명령을 기다렸다.
 군사 오용은 성안에서 군령을 내려 방문을 붙여 백성들을 안정시키

1_ 제66장 송강이 마보수 삼군에게 잔치를 베풀다宋江賞馬步三軍. 관승이 수화 두 장수를 항복시키다關勝降水火二將.

는 한편 불을 끄고 구제하게 했다. 양중서, 이성, 문달과 왕 태수의 집안 가족들도 죽은 사람은 달리 방법이 없지만 달아난 이들은 그대로 두고 더 이상 쫓거나 따지지 않도록 했다. 또한 대명부의 창고를 열어 금은 보물을 모두 수레에 싣고, 식량 창고 역시 열어 성 전체 백성들에게 나누어주고 나머지는 수레에 실어 양산박에 저장하여 쓰도록 했다. 모든 두령에게 떠날 준비를 완료하라고 명령하고 이고와 가씨는 죄인 싣는 수레에 가두었다. 먼저 대종을 보내 송 공명에게 보고하게 하고 세 부대의 군마로 나누어 양산박으로 돌아왔다.

송강은 남아 있던 모든 장수를 불러 모아 산을 내려가 맞이했다. 충의당에 모두 오르자 송강이 노준의에게 엎드려 절했다. 노준의가 황망히 답례하자 송강이 말했다.

"송강이 제대로 헤아리지 못하고 원외님을 산으로 모셔 함께 대의를 펼치려는 욕심만 앞서 생각지도 않게 이런 어려운 지경에 빠뜨려 망치게 했으니 심장을 도려내듯 아픕니다. 그러나 하늘이 굽어 살피시어 오늘 다시 뵙게 되니 참으로 다행입니다!"

노 원외가 감사드리며 말했다.

"위로는 형님의 호랑이 같은 위엄에 의지하고자 하며 아래로는 여러 두령의 의기에 감사드립니다. 뜻을 모아 협력하여 이 천한 몸을 구원해 주셨으니 간장과 뇌수가 땅에 널리는 희생이 있다 한들 어찌 이 커다란 은혜에 보답할 수 있겠습니까!"

채복, 채경 형제를 불러 송강에게 인사시키며 말했다.

"여기 이 두 사람이 아니었더라면 산목숨으로 이곳에 오지 못했을 겁니다!"

바로 그때 송강이 노 원외를 제1두령 교의 자리에 앉히려 했다. 노준의가 크게 놀라며 말했다.

"노 아무개가 어떤 사람이라고 감히 산채의 주인이 될 수 있겠습니까? 단지 형님의 채찍을 잡고 등자를 받쳐 들고 따르며 시중들면서 한낱 졸개가 된다 한들 목숨을 살려주신 은혜에 보답할 수 있다면 실로 그보다 다행한 일이 없을 겁니다!"

그래도 송강이 여러 번 절하며 간청했으나 노준의가 어떻게 그 자리를 받을 수 있겠는가? 보고 있던 이규가 소리쳤다.

"형은 왜 그리 솔직하지 못해! 지난번에는 그 자리에 앉겠다고 하더니 오늘은 또 다른 사람한테 양보한다고 지랄이야. 이놈의 거지 같은 의자 따위가 무슨 금덩이로 만들기라도 한 거야? 그렇게 서로 주고받고 양보하다가 나한테 맞아 죽는다!"

"네 이놈!"

송강이 소리를 버럭 지르자 노준의가 황망히 엎드려 절하며 말했다.

"만일 형님께서 결단코 양보하신다면 저는 도저히 편하게 살 수가 없습니다."

이규가 다시 소리쳤다.

"만약 형이 황제가 되고 노 원외는 승상이 되고 우리가 지금 모두 궁전에 있다면 이렇게 지랄 난리칠 만하지! 겨우 양산박에서 도적질이나 하는 주제에 지랄 난리치지 말고 그냥 하던 대로 하자고!"

송강이 이규의 말에 몹시 화가 나 말조차 나오지 않았다. 오용이 말리며 말했다.

"일단 노 원외를 동쪽 곁방에서 머물게 하고 손님으로 접대하시지요. 나중에 공이 있으면 그때 자리를 양보하시지요."

송강이 비로소 더 이상 말하지 않고 연청을 불러 노준의의 거처를 안배하도록 했다. 별도로 가옥을 내어 채복과 채경의 가족이 살도록 배정하게 했다. 관승의 가솔들은 설영이 이미 산채로 데려온 터였다. 송강이 크게 잔치를 열어 마馬·보步·수水 삼군을 위로하고 포상했으며 크고 작은 두목들에게 부하 병졸과 함께 각자 부대별로 모여 술을 마시게 했다. 충의당 위에서는 축하 연회를 열어 크고 작은 두령들이 서로 양보하며 술 마시면서 맘껏 즐겼다. 노준의가 일어나 말했다.

"음부와 간부가 이곳에 잡혀 있는데 처분을 기다리고 있습니다."

송강이 웃으며 말했다.

"내가 잊고 있었소. 그것들을 끌고 오너라."

군사들이 죄수 싣는 수레를 열어 충의당 앞으로 끌고 왔다. 이고는 왼쪽 기둥에 묶고 가씨는 오른쪽 기둥에 묶었다. 송강이 말했다.

"이것들의 죄악은 물어볼 필요도 없소이다. 원외께서 알아서 처결하도록 하시지요."

노 원외가 단도를 잡고 충의당을 내려와 음탕한 계집과 도적 종놈을 크게 욕하며 두 사람의 배를 갈라 심장을 도려내고 사지를 절단하고 목을 잘라냈다. 시신을 버린 뒤 충의당에 올라 두령들에게 감사하니 모두 축하해주며 아낌없이 칭찬했다.

양산박에서 크게 잔치를 벌이고 삼군에게 포상을 한 것은 여기서 멈추겠다. 한편 대명부 양중서는 탐문하여 양산박 군마들이 물러났다는 소식을 듣고 다시 이성, 문달과 패잔병들을 이끌고 성으로 돌아왔다. 먼저 가족들을 살펴보니 열 명 중 여덟아홉은 이미 죽었고 모두 크게 울부짖을 뿐이었다. 인근 고을에서 군사를 일으켜 양산박 군사들을 추격했으나 이미 멀리 가버린 터라 각자 군사를 거두고 돌아갔다. 양중서에게 다행한 일은 부인이 뒤뜰 화원에 몸을 숨기고 있다가 목숨을 건진 것이었다. 남편으로 하여금 표문을 써서 조정에 올리고 채 태사에게도 편지를 보내 조속히 군사와 장수를 파견하여 도적들을 쓸어버리고 원수를 갚아달라고 요청했다. 또한 보고 문건에 대명부의 피해 상황에 대한 내용을 적었는데, 일반 백성 가운데 죽은 이가 5000명이 넘었고 다친 사람은 헤아릴 수 없이 많았으며 각 부대의 죽은 군사가 모두 3만 명이 넘었다. 상주문과 채 태사에게 보내는 밀서를 품은 수장이 하루도 안 되어 동경 태사부에 도착하여 말에서 내렸다. 문을 지키는 관리가 소식을 전하자 채 태사가 안으로 불렀다. 수장이 절당 아래에서 절을 하고 밀서와 상주문을 바치며 대명부가 부서지고 도적들의 규모가 엄청나게 크고 많아 대적할 수 없었다는 자세한 상황을 설명했다. 채경은 처음에 양산박을 대강 설득하고 조정에 귀순시켜 공은 양중서에게 돌리면 자기 또한 황제의 은총을 받으려 했는데, 이제 일을 망쳐버려 더 이상 숨길 수 없게 되자 싸움을 주장할 수밖에 없었다. 채 태사가 크게 성내며 말했다.

"수장은 물러나 있거라!"

다음 날 오경 무렵 경양루 종소리가 울리고 대루원待漏院2에 문무 군신들이 모이자 채 태사가 앞서 옥석 계단에 다가가 도군황제에게 대명부의 일을 아뢰었다. 천자가 상주문을 읽고 크게 놀라자 그때 간의대부諫議大夫 조정趙鼎이 행렬에서 나와 아뢰었다.

"이전에도 자주 군사를 파견하여 토벌하려 했으나 모든 병사와 장수가 꺾이고 말았습니다. 아마도 그곳 지리 형세가 이롭지 못하여 이렇게 된 것 같습니다. 어리석은 신의 생각으로는 조서를 내려 그 죄를 사면해 투항시키고 입궐하도록 하여 신하로 삼으시고 변방의 재난이나 적들을 방비케 하는 것이 좋을 듯합니다."

채경이 듣고서 크게 화를 내며 꾸짖었다.

"그대가 간의대부로서 도리어 조정의 기강을 어지럽히고 소인들을 제멋대로 날뛰게 한다면 그 죄는 죽어 마땅하오!"

천자가 말했다.

"그렇다면 지금 저자를 조정에서 내쫓거라."

즉시 조정의 관직을 면직하고 신분을 서인庶人으로 떨어뜨리니 어느 누가 감히 다시 사면을 아뢰겠는가? 천자가 다시 채경에게 물었다.

"도적들의 세력이 이렇게 창궐하는데 누구를 보내야 소탕할 수 있겠는가?"

채 태사가 아뢰었다.

2_ 대루원待漏院: 백관들이 새벽에 모여 배례를 준비하는 곳.

"신이 헤아리건대 이런 하찮은 도적 떼를 쓸어버리는 데 어찌 대군을 쓰겠습니까? 신이 능주凌州의 두 장수를 천거하고자 합니다. 한 사람은 선정규單廷珪라 하고 또 한 사람은 위정국魏定國이라 하는데, 현재 두 사람 모두 능주의 단련사團練使로 있습니다. 바라옵건대 폐하께서 성지聖旨를 내리시고 즉시 사람을 보내 군사들을 선발하여 기한 안에 양산박을 깨끗하게 쓸어버리라 하십시오."

천자가 크게 기뻐하며 즉시 칙부敕符3를 써서 내리고 추밀원에서 관리를 파견하기로 했다. 조회가 끝나자 백관들이 모두 물러나며 속으로 비웃었다. 다음 날 채경은 추밀원에서 관리를 파견하여 성지와 칙부를 받들고 능주로 가게 했다.

한편 송강은 수호채水滸寨에서 대명부 곳간으로부터 얻은 금은보화와 재물을 마보수馬步水 삼군에게 상으로 주고 매일 연이어 소와 말을 잡아 연회를 크게 열어 노 원외가 온 것을 축하했다. 비록 봉황을 굽고 용을 삶는 진귀한 음식은 없었지만 고기 산에 술 바다라 할 정도로 풍성하게 마련했다. 두령들이 술이 거나하게 취하자 오용이 송강에게 말했다.

"지금 노 원외를 위해 대명부를 쳐부쉈지만 많은 백성이 죽었고 관청의 부고를 강탈했으며 양중서 등을 내쫓아 성을 떠나 달아나게 했으

3_ 칙부敕符: 조정에서 명령 전달, 병력 이동, 장수 파견의 증빙으로 사용함. 대나무, 수목이나 금, 옥으로 만들었으며 위에 글씨가 쓰여 있고 두 개로 쪼개 각각 하나씩 보관하고 사용할 때 서로 합침으로써 증빙으로 삼았다.

니, 그가 어찌 표문을 써서 조정에 알리지 않았겠습니까? 하물며 그의 장인이 바로 조정의 태사로 있는데 어찌 기꺼이 손을 놓겠습니까? 반드시 군사를 일으켜 토벌하러 올 것입니다."

송강이 말했다.

"군사가 염려하는 바가 이치에 가장 맞는 말이오. 그렇다면 당장 사람을 대명부로 보내 허실을 염탐하게 하고, 우리도 여기에서 준비해야 하지 않겠소?"

오용이 웃으며 대답했다.

"소인이 이미 사람을 보냈으니 곧 돌아올 겁니다."

술자리에서 논의가 끝나기도 전에 보냈던 염탐꾼이 돌아와 알렸다.

"대명부의 양중서가 과연 조정에 알려 군사를 선발하여 토벌하려고 합니다. 간의대부 조정이 우리를 귀순시키자고 아뢰었으나 채경에게 질책당하고 관직을 삭탈당했다고 합니다. 그리고 지금은 천자에게 아뢰어 사람을 능주로 보내 단련사로 있는 선정규와 위정국을 파견하여 능주의 군마를 일으켜 정벌하러 온다고 합니다."

송강이 말했다.

"일이 이렇게 되었으니 어떻게 적을 맞아야겠소?"

오용이 말했다.

"그들이 오기를 기다렸다가 한 번에 잡아야죠."

관승이 일어나며 말했다.

"관 아무개가 산에 오른 이후로 일찍이 반 푼어치의 힘도 쓰지 않았습니다. 선정규와 위정국은 포성현에서 여러 차례 만난 적이 있습니다.

그리고 선정규 그놈은 물로 병사를 물리치는 법을 잘 사용해 사람들이 '성수장군聖水將軍'이라 부르고, 위정국 이놈은 불을 이용해 공격하는데 능숙하여 싸움터에 나가면 화기火器를 사용하여 적을 물리치기 때문에 '신화장군神火將軍'이라 부릅니다. 소인이 재주는 없으나 5000명의 군사를 빌려주시면 그 두 장수가 길을 나서기를 기다릴 필요 없이 먼저 능주로 가는 도중에 맞이하겠습니다. 그들이 만약 항복한다면 산으로 데려올 것이고 그렇지 않다면 반드시 사로잡아 형님께 바치겠습니다. 또한 두령들께서 활을 펼치시고 화살을 끼며 힘들이고 마음 쓰는 수고는 필요 없을 겁니다. 형님의 뜻은 어떠한지 모르겠습니다."

송강이 크게 기뻐하며 선찬, 학사문 두 장수를 불러 함께 가게 했다. 관승이 5000여 군마를 이끌고 다음 날 산을 내려가기로 했다. 다음 날 아침 송강과 여러 두령이 금사탄 수채 앞에서 송별연을 베풀었고, 관승 등 세 사람은 군사를 이끌고 능주로 향했다.

여러 두령이 충의당에 오르니 오용이 송강에게 말했다.

"관승이 이번에 갔지만 그 마음을 보증하지 못하겠습니다. 다시 장수를 보내 감독하게 하고 상황을 봐서 지원하게 하십시오."

"내가 보기에 관승은 의기가 매우 엄하고 처음과 끝이 한결같은 사람이니 군사는 의심하지 마시오."

오용이 말했다.

"형님의 마음과 같지 않을까 두려울 따름입니다. 임충, 양지를 불러 군사를 이끌고 손립과 황신을 부장으로 삼아 5000명의 군사를 주어 즉시 산을 내려가게 하십시오."

그때 이규가 나서며 말했다.

"나도 같이 갈래."

"이번 일은 네가 나설 일이 아니다. 따로 장수를 보내 공을 세우게 해야겠다."

"나는 한가하면 병이 생긴다니까. 보내주지 않으면 나 혼자라도 다녀올래!"

송강이 소리를 질렀다.

"네가 만약 나의 군령을 듣지 않으면 네놈의 목을 치겠다!"

이규가 답답해하며 충의당을 내려와 가버렸다. 임충과 양지가 군사를 이끌고 관승을 지원하러 산을 내려갔다. 다음 날 병졸이 보고했다.

"흑선풍 이규가 어젯밤 이경에 도끼 두 자루를 들고 사라졌는데 어디로 갔는지 모르겠습니다!"

송강이 보고를 받고 '아이고' 하며 괴로워했다.

"내가 어젯밤 그놈한테 몇 마디 꾸짖었다고 다른 데로 떠났구나!"

오용이 말했다.

"형님, 아닙니다! 그놈이 비록 거칠고 우악스럽지만 의기를 중히 여기는지라 다른 곳으로 떠날 리가 없습니다. 이틀 후면 돌아올 테니 걱정하지 마십시오."

송강이 아무래도 불안한지 먼저 대종으로 하여금 쫓게 하고 이어서 시천, 이운, 악화, 왕정륙 네 명의 수장에게 네 길로 나누어 찾도록 했다.

한편 이규는 밤에 도끼 두 자루를 들고 산을 내려와 지름길을 잡아 능주로 향했다. 길을 걸으면서 속으로 생각했다.

'그 두 장군이 뭐하는 놈들이기에 그 많은 군마를 동원해 치러 간단 말이야! 내가 성안으로 치고 들어가 도끼 한 방에 한 놈씩 쳐죽이고 형을 놀라게 해줘야지. 내가 그들한테 밀릴 수 없지!'

반나절을 걸으니 허기져서 허리를 한번 쓰다듬으니 전대가 없었다. 원래 허둥대며 산을 내려오다보니 노자를 가지고 오지 않았다. 속으로 중얼거렸다.

'오랫동안 장사를 하지 않았더니 이렇게 됐군. 아무 놈이라도 찾아 분이라도 풀어야지!'

한참 걷다보니 길옆에 한 시골 주점이 눈에 들어왔다. 이규가 주점 안으로 들어가 앉았다. 술 세 병, 고기 두 근을 연달아 주문하여 먹고 몸을 일으켜 나오려 하자 주보가 막아서며 술값을 치르라고 했다. 이규가 말했다.

"내가 일단 먼저 가서 장사거리 찾아서 돌아올 때 줄 테니 기다려라."

그렇게 말하고 가려 하자 바깥에서 호랑이 같은 사내가 뛰어 들어오며 소리질렀다.

"네 이 시커먼 놈이 정말 대담하구나. 누가 차린 주점인데 네놈이 공짜로 처먹으려고 하느냐!"

이규가 눈을 부릅뜨고 말했다.

"이 어르신네는 어디를 막론하고 거저 잡수신다!"

"내가 네놈한테 말해줄 테니 놀라 오줌이나 질질 싸고 방귀 뀌지 마라! 이 어르신은 양산박 호걸 한백룡韓伯龍이시다. 본전은 모두 송강 형님께서 대주신 것이다."

이규가 속으로 웃었다.

'내가 산채 어디에서도 너 같은 놈은 못 봤다!'

원래 한백룡은 일찍이 강호에서 재물을 약탈하며 살았는데 양산박에 들어가 도적이 되고자 하여 한지홀률 주귀에게 찾아간 바 있다. 주귀가 송강에게 소개하려 했으나 송 공명이 산채에서 등에 악창을 앓고 있는 데다 두령과 군사들을 싸움터에 파견하느라 바빠 만나지 못하자, 주귀가 시골에 주점이나 열고 기다리고 있으라고 권했던 것이었다.

이규가 허리춤에서 도끼 한 자루를 뽑아 한백룡을 노려보며 말했다.

"술값으로 도끼를 맡기마."

한백룡은 이규의 속셈을 알지 못하고 받으려고 손을 뻗었다. 이규가 손을 들어 머리통 정면을 향해 도끼를 '팍' 하고 내려찍었다. 가엾게도 한백룡은 양산박에 오르지도 못하고 이규의 손에 죽은 것이다. 두세 명의 점원이 부모님이 다리를 두 개만 낳아준 것을 원망하며 허겁지겁 마을을 찾아 달아났다. 이규는 빈 술집을 뒤져 노자를 털고 초가 주점에 불을 지른 뒤 능주로 향해 발걸음을 재촉했다.

정신없이 걷던 중 하루가 채 안 되었을 때 관도 옆을 걷던 사내가 이규를 위아래로 훑어보았다. 이규가 그 사내를 보고 소리쳤다.

"네놈이 뭔데 어르신을 째려보느냐?"

사내도 맞받아쳤다.

"너는 무슨 어르신 놈이냐?"

이규가 다짜고짜 달려들다가 그 사내가 손을 들어 가격하니 그만 땅바닥에 엉덩방아를 찧으면서 주저앉고 말았다.

'이놈이 주먹질을 잘하네!'

땅바닥에 앉아 속으로 중얼거리고 그 사내를 올려다보며 물었다.

"호걸의 이름은 어떻게 되시오?"

"이 어르신은 성도 없다. 싸우고 싶다면 너와 한판 붙어주마. 네가 감히 일어날래?"

그 사내가 자신을 얕잡아보자 몹시 화가 난 이규가 몸을 일으켜 덤벼드려는데 그 사내가 겨드랑이 안쪽을 다시 걷어차자 곤두박질쳐졌다. 이규가 소리질렀다.

"그래, 네놈이 이겼다!"

기어가다 일어나 달아나자 그 사내가 막아서며 물었다.

"이 시커먼 놈아, 네 이름이 뭐냐? 어디 사는 놈이냐?"

"오늘 네놈한테 져서 말하고 싶지는 않지만, 네놈이 호걸 같으니 속이지 않겠다. 양산박 흑선풍 이규가 바로 나다."

"당신 말이 정말이오? 거짓말하지 마시오."

"네놈이 믿지 못하겠다면 이 쌍도끼를 보거라."

"양산박 호걸이라면 혼자 어디로 가시오?"

"내가 형님한테 삐쳐서 능주로 가서 그 선가하고 위가 두 놈을 죽이러 간다."

"양산박의 군마가 이미 갔다고 들었는데, 누가 갔다는 것이오?"

"먼저 대도 관승이 군사를 이끌고 갔고, 이어서 표자두 임충, 청면수 양지가 군사를 이끌고 따라가 호응할 것이다."

그 사내가 듣더니 갑자기 넙죽 절했다. 이규가 물었다.

"내가 그대한테 다 말했으니 나도 물어봐야겠다. 이름이 뭐요?"

"소인은 원래 중산부中山府 사람으로 삼대를 씨름으로 살았습니다. 손발 쓰는 기술을 부자지간에만 전수하고 따로 제자를 두고 가르치지 않았습니다. 평생을 누구도 인정을 봐준 적이 없고 아무에게도 의지하지 않아 산동, 하북에서 모두 '몰면목沒面目' 초정焦挺이라고 부릅니다. 그런데 근래에 구주寇州4에 고수산枯樹山이란 곳이 있는데, 그 산에 평생 사람 죽이기를 좋아하는 포욱鮑旭이라는 강도가 있어 세상 사람들은 그를 상문신喪門神5과 비교한다고 합니다. 그가 그곳에서 근처 민가를 털고 약탈질을 하고 있는데 지금 그곳으로 가서 한패가 되려고 합니다."

"당신은 이런 재주를 가지고 어찌하여 내 형인 송 공명을 찾아가지 않소?"

"저도 여러 차례 양산박으로 가서 한패가 되려고 했는데 연줄이 없었소이다. 오늘 이렇게 만났으니 형님을 따라갔으면 좋겠소."

이규가 말했다.

"내가 송 공명 형님하고 말다툼을 하고 산을 내려왔소. 한 놈도 죽이지 못하고 빈손으로 어떻게 돌아가겠소? 나와 같이 고수산에 가서 포욱을 설득해 함께 능진으로 가서 선정규와 위정국 두 놈을 죽인다면

4_ 구주寇州: 역사상 이런 지명은 없다.
5_ 상문신喪門神: 저승의 흉악한 귀신. 악인 혹은 재수 없는 사람을 가리킨다.

산으로 돌아가기 좋지 않겠소."

"능주는 부府 정도의 큰 성지라 군마가 무척 많소이다. 우리 두 사람이 아무리 대단한 솜씨가 있다 한들 별로 도움도 되지도 않거니와 목숨만 헛되이 잃을 것이오. 오히려 고수산으로 가서 포욱을 달랜 뒤에 함께 양산박으로 가는 것이 상책이오."

두 사람이 한참 이야기하고 있는데 등 뒤에서 시천이 쫓아와 소리질렀다.

"형님께서 걱정하고 계십니다. 빨리 산채로 돌아가시지요. 지금 네 길로 나누어 찾고 있습니다!"

이규가 초정을 이끌어 시천에게 보이고 인사시켰다. 시천이 다시 이규에게 산으로 돌아가자고 권했다.

"송 공명 형님께서 기다리고 계십니다!"

"잠깐 기다려! 내가 초정하고 상의했는데 먼저 고수산으로 가서 포욱을 포섭해서 돌아갈게."

"그러면 안 됩니다. 형님께서 기다리고 계시니 당장 산채로 돌아갑시다."

이규가 말했다.

"나를 따라가지 않겠다면 네가 먼저 산채로 돌아가 금방 돌아온다고 형님한테 전해라."

시천은 이규가 두려워 하는 수 없이 혼자 산채로 돌아갔다. 초정은 이규와 함께 구주로 가서 고수산으로 향했다.

한편 관승은 선찬, 학사문과 함께 5000명의 마군을 이끌고 능주에

접근했다. 동경으로부터 군사를 일으키라는 황제의 조서와 채 태사의 찰부札付6를 받은 능주 태수는 병마단련 선정규와 위정국을 불러 상의 했다. 두 장수가 찰부를 받고 즉시 군병을 점검하고 무기를 수령했으며 안장을 말에 동여매고 군량과 마초를 정돈하여 수일 내로 출병하려 했 다. 그때 급한 보고가 들어왔다.

"포동의 대도 관승이 군사를 이끌고 능주로 쳐들어왔습니다."

선정규와 위정국이 듣고서 크게 성을 내며 즉시 군마를 끌고 적을 맞으러 성을 나갔다. 양편 군사가 서로 가까이 대치했다. 문기 아래로 관승이 먼저 말을 몰아 나오자 관군 진영에서 북소리가 울리더니 한 장수가 나왔다. 순철을 두드려 만든 사각 철모를 썼는데 투구 꼭지에 국자만 한 검은 술이 흩날렸고, 곰 가죽으로 만든 검은 갑옷을 입었으 며, 검은 명주에 비취색으로 꽃을 둥글게 수놓은 민소매의 전포戰袍를 입었다. 그리고 등자를 찰 수 있도록 뒤축에 실구름 모양을 박아넣은 가죽신발을 신었고 허리에는 아름다운 사만獅蠻7 요대를 차고 있었다. 활과 화살통 하나, 새까만 말을 타고 자루가 검은 창을 사용했다. 앞에 서 커다란 검은색 깃발을 들고 있었는데, 위에 '성수장군 선정규'라는 일곱 글자가 은색으로 쓰여 있었다. 난영鸞鈴8이 울리는 곳을 바라보니

6_ 찰부札付: 상급 기관에서 하급 기관으로 내리는 공문.
7_ 사만獅蠻: 허리 고리 위에 사자와 만왕蠻王(남방 소수민족의 우두머리) 형상을 장식했기 때문에 무관 요대를 가리킨다.
8_ 난영鸞鈴: 말 몸에 묶는 방울.

또 한 장수가 나오는데, 머리에는 금을 박아 꿰맨 주홍색 투구를 썼으며 투구 꼭대기에는 빗자루 길이의 붉은 술이 풀어져 있고 짐승 얼굴이 새겨진 당예唐猊9 갑옷을 입고 있었다. 그리고 꽃구름 사이를 나는 괴수 문양을 수놓은 진홍색 도포를 입고 비단 신발을 신었다. 손에는 금작보궁金雀寶弓을 들었고 말안장에 낭아전狼牙箭10 한 통이 매달려 있었다. 연지색의 붉은 말을 타고 있었으며 손에는 강철로 정련한 칼을 들었다. 앞에서 붉은 깃발을 들고 있었는데 위에 '신화장군 위정국'이라는 글자가 은색으로 쓰여 있었다. 두 명의 용맹스런 장수가 일제히 진 앞으로 나왔다.

관승이 바라보며 말 위에서 말했다.

"두 분 장군, 실로 오래간만에 뵙소이다!"

선정규와 위정국이 크게 웃으면서 관승에게 손가락질하며 욕을 퍼부었다.

"무능한 소인배 놈아, 조정을 배신한 미친놈아! 위로는 조정의 은혜를 저버리고 아래로는 조상의 이름을 욕되게 하고도 염치를 모르느냐! 군사를 이끌고 여기까지 와서 무슨 할 말이 있느냐?"

관승이 대답했다.

"두 분 장군이 틀렸소이다. 작금의 주상은 정신이 희미하고 어리석어

9_ 당예唐猊: 전설 속의 맹수로 가죽이 단단하고 두터워 갑옷 제작에 사용함.
10_ 낭아전狼牙箭: 화살촉 형태가 이리의 이빨처럼 날카로움.

간신들이 권력을 휘두르고 있소이다. 친하지 않으면 발탁해 쓰지 않고 원수가 아니면 잘못을 저질러도 탄핵하지 않소이다. 송 공명 형님은 어질고 의로우며 충성스럽고 신의가 있는 분으로 천자를 대신하여 도를 행하고 있소이다. 특별히 관 아무개에게 명령을 내려 두 분 장군을 모시라 했소이다. 만약 버리시지 않는다면 함께 양산박으로 오기를 청하는 바요."

관승의 말을 들은 선정규, 위정국 두 장수는 크게 성내며 갑자기 말을 몰아 나왔다. 한 사람은 먼 하늘에 떠 있는 먹장구름처럼, 다른 사람은 맹렬하게 타오르는 불꽃처럼 진 앞으로 달려나왔다. 관승이 그런 두 사람을 맞이하려 하는데, 왼쪽에서 선찬이 나는 듯이 달려나오고 오른쪽에서는 학사문이 돌진해 나와 진 앞에서 한바탕 싸움이 벌어졌다. 칼과 칼이 부딪치니 만 갈래 섬뜩한 빛이 뿜어져 나오고 창과 창이 서로 찌르니 온 하늘에 살기가 일어났다. 관승이 칼을 들고 진 앞에 서서 한동안 구경하면서 '와와' 하며 탄성 소리가 끊이지 않았다. 한참 싸우고 있는데 수화水火 두 장수가 일제히 말 머리를 돌려 자기편 진으로 달아나기 시작했다. 학사문과 선찬이 곧바로 추격하여 상대편 진 한가운데로 부딪쳐 들어갔는데, 위정국은 왼쪽으로 돌아 들어가고 선정규는 오른쪽으로 돌아갔다. 선찬은 위정국을 뒤쫓고 학사문은 선정규를 쫓게 되었다. 말하는 것이 늦지 눈 깜짝할 사이에 벌어진 일이었다. 선찬이 쫓고 있는 사이에 붉은 깃발에 붉은 갑옷을 입은 보군 400~500명이 일자로 에워싸서 갈고리로 걸고 올가미를 던지며 일제히 달려드니 사람과 말 모두 산 채로 잡히고 말았다. 한편 학사문도 오른쪽으로 쫓아갔는데 모두 검은 깃발과 검은 갑옷을 입은 보군 500여 명이 뛰쳐나오며 일자로 에워싸서 뒤에서 한꺼번에 달려드니 학사문 또한 산 채로 사로잡혔다. 사로잡은 두 사람을 능주로 끌고 갔고 다른 한편으로는 500여 정예병을 인솔하여 다시 돌아나왔다. 관승이 크게 놀라 쩔쩔매다 후퇴했다. 즉각 선정규와 위정국이 말을 박차 관승의 뒤를 쫓았다. 관승이 한참 정신없이 달아나는데 앞에서 두 장수가 달려오는 게 보였다. 왼쪽에는 임충, 오른쪽에는 양지가 옆구리 양쪽에서 달려오면서 능주의 군마를 죽이며 분산시켰다. 관승이 본영의 패잔병을 수습해 임충, 양지와 만나 군사를 한 덩어리로 합쳤다. 뒤이어 손립과 황신이 함께 뒤따라오는 게 보이자 우선 진채부터 세웠다.

　선찬과 학사문을 사로잡은 수화 두 장수는 승리를 거두고 성으로 돌아왔다. 장태수가 맞이하며 술자리를 열어 축하했다. 사람들을 시켜 죄수 싣는 수레를 만들게 하여 사로잡은 두 사람을 가두고 부장 하나를 골라 300여 보군을 이끌고 그날 밤으로 동경에 끌고 가 조정에 자신의 공을 알려 출세하고자 했다. 부장이 300여 군사를 인솔하고 선찬과 학사문을 동경으로 압송하고자 길을 떠났다. 한참 가는데 고목이 산 가득하고 곳곳이 갈대로 우거진 곳에 이르렀다. 갑자기 징 소리가 울리더니 강도들이 무더기로 뛰어나왔다. 앞장선 사람이 쌍도끼를 들고 우레와 같은 소리를 지르며 달려나오는데 바로 양산박의 흑선풍 이규였고 뒤따라 나오는 호걸은 바로 몰면목 초정이었다. 두 호걸이 졸개들을 이끌고 길을 막아서며 별다른 말도 없이 죄수가 실려 있는 수레부터 덮쳤다. 부장이 놀라 달아나려 하는데 뒤에서 또 한 명이 달려들었다. 솥바닥같이 시커먼 얼굴에 두 눈동자가 튀어나올 듯이 노려보는데 바로 상문신 포욱이었다. 포욱이 곧바로 도망가려는 부장을 한칼로 내려쳐 말에서 떨어뜨렸다. 나머지 졸개들은 수레를 버리고 모두 자기 살자고 달아나기 바빴다. 이규가 수레를 살펴보니 갇혀 있던 사람이 뜻밖에도 선찬과 학사문이라 자세한 내막을 물어보려는데, 선찬이 도리어 이규에게 물었다.

"여기는 어쩐 일이오?"

"송강 형님이 나를 싸우지 못하게 해서 혼자 산을 내려왔소. 먼저 한백룡을 죽이고 초정을 만났는데 그가 이곳으로 나를 데려왔소. 포욱 형제가 보자마자 옛 친구처럼 대해주고 나를 산채에 있던 것처럼 대접해주었소. 그래서 우리가 능주를 치려고 상의하고 있었는데, 졸개가 산꼭대기에서 내려다보니 한 떼의 군사들이 죄수를 압송하는 수레를 끌고 오고 있다고 알렸소. 관군이 도둑을 잡아끌고 가려니 했는데 생각지도 못하게 두 분이었소."

포욱이 산채로 초청해 소를 잡고 잔치를 열어 대접했다. 학사문이 말했다.

"형씨께서 이미 양산박에 들어가려고 마음을 먹었다면 이곳 군사들을 이끌고 능주로 함께 가서 힘을 다해 성을 공격하는 것이 상책이 될 것이오."

포욱이 대답했다.

"소생도 이형과 그렇게 하자고 상의하고 있었습니다. 당신 말대로 하는 것이 가장 좋겠소. 저희 산채에도 좋은 말이 200~300필 있소이다."

이에 다섯 호걸은 500~700명 졸개를 이끌고 일제히 능주를 치러 길을 나섰다.

한편 달아난 군사들은 능주로 돌아와 장태수에게 보고했다.
"가는 도중에 도둑 떼가 죄수 실은 수레를 강탈하고 부장까지 죽였습니다."
선정규와 위정국이 듣고 크게 성내며 말했다.
"이번에 잡히기만 하면 여기서 죽여버리겠다!"
이때 성 밖에서 관승이 군사를 이끌고 싸움을 거는 소리가 들렸다. 선정규가 앞다퉈 말을 내어 성문을 열고 조교를 내려 500여 명의 검은 갑옷을 입은 군사를 이끌고 나는 듯이 성을 나가 적을 맞았다. 문기를 열고 관승에게 욕을 퍼부었다.
"나라를 욕되게 하는 패장 놈아, 어찌하여 아직도 뒈지지 않았느냐!"
관승이 듣고서 칼을 휘두르며 말을 박차 나갔다. 두 사람이 50여 합을 싸웠을 즈음 관승이 고삐를 당겨 말 머리를 돌리고 황급히 달아나기 시작했다. 선정규가 바로 뒤따라 10여 리를 쫓았는데 갑자기 관승이 고개를 돌리며 욕했다.
"네 이놈 말에서 내려 항복하지 않고 어느 때를 기다리느냐!"
선정규가 창을 잡고 관승의 등 복판을 노렸다. 관승이 귀신같은 솜씨를 발휘하여 칼등으로 내려치며 소리질렀다.
"떨어져라!"

선정규가 칼등에 맞아 말에서 떨어지자 관승이 말에서 내려 달려들어 부축하며 빌었다.

"장군, 용서해주시오!"

선정규가 황망히 땅에 엎드려 살려줄 것을 빌며 항복했다. 관승이 말했다.

"나는 여러 번 송 공명 형님께 그대를 천거했소. 두 분 장수를 모시고 대의를 위해 함께하고자 이렇게 특별히 왔소이다."

"비록 재주는 없지만 온 힘을 다하여 천자를 대신해 도를 행하도록 하겠습니다."

두 사람이 말 머리를 나란히 하고 돌아왔다. 임충이 두 사람을 맞이하고 같이 가면서 그 까닭을 물었다. 관승이 승패에 대해서는 언급하지 않고 대답했다.

"산속 후미진 곳에서 옛정으로 호소하고 새로운 일을 논의하며 항복을 권했소이다."

임충 등 여러 두령이 크게 기뻐했다. 선정규가 진 앞으로 돌아와 500여 명의 검은 갑옷 입은 군사에게 자신의 항복을 알리니 대부분의 군사가 양산박 쪽으로 모여들었으나 나머지는 성으로 달아나 급히 태수에게 보고했다.

위정국은 선정규가 항복했다는 소리를 듣고 크게 노했다. 다음 날 군마를 이끌고 싸우러 성을 나왔다. 선정규가 관승, 임충과 함께 진 앞으로 나왔다. 문기가 열리자 신화장군 위정국이 말을 몰아 나와 선정규가 관승을 따르는 것을 보고 크게 욕했다.

"은혜를 잊고 주인을 배반한 역적 소인배야!"

관승이 미소를 띠우며 말을 박차 앞으로 맞이하러 나갔다. 두 말이 엇갈려 달리며 병기도 동시에 부딪쳤다. 두 사람이 10여 합을 채 싸우지도 않았는데 갑자기 위정국이 자기편 진으로 달아나기 시작했다. 관승이 뒤쫓으려 하자 선정규가 크게 소리질렀다.

"장군, 쫓아가서는 안 됩니다!"

관승도 얼른 말고삐를 당겨 전마를 세웠다. 그런데 선정규의 만류하는 말이 미처 끝나기도 전에 능주군의 진 안에서 500여 명의 화병火兵이 나는 듯이 달려나오는데, 진홍색 옷을 입고 각자 화기火器를 들었으며 앞뒤로 50여 량의 화차火車를 밀면서 한꺼번에 쏟아져 나왔다. 화차에는 갈대 같은 인화 물질들이 가득 실려 있었다. 군사들은 등에 각자 쇠로 만든 호리병 하나씩을 묶고 있었는데 안에는 유황, 염초, 오색五色 연기를 뿜어내는 화약 재료 등이 들어 있었다. 일제히 불을 붙이며 몰려나왔다. 사람이 가까이 있으면 사람이 쓰러지고 말이 스치면 말이 다쳤다. 관승 군병들이 사방으로 흩어져 달아나 40여 리를 물러난 다음에야 겨우 멈출 수 있었다. 위정국이 군마를 돌려 성으로 돌아왔는데 성 아래에 이르러 바라보니 능주성에 불길이 훨훨 타오르고 세찬 연기가 솟아오르고 있었다. 흑선풍 이규가 초정, 포욱과 함께 고수산 군사를 이끌고 능주성 뒤로 가서 북문을 깨뜨려 성안으로 몰려 들어가 창고의 돈과 식량을 강탈하고 불을 지른 것이었다. 상황을 파악한 위정국은 감히 성으로 들어가지 못하고 황급히 군사를 돌렸으나 관승이 뒤쫓아와 들이치니 머리와 꼬리가 서로 돌볼 수 없는 처지가 되었다. 능주성이 이미 떨어졌으니 위정국은 물러날 수밖에 없었고 하는 수 없이 중릉현中陵縣으로 달아나 주둔했다. 관승이 군사를 이끌고 중릉현을 사방으로 에워싸고 모든 장수와 병사를 동원하여 공격했다. 그러나 위정국은 성문을 굳게 걸어 잠근 채 나오지 않았다.

선정규가 관승, 임충 등 여러 두령에게 말했다.

"이 사람은 용맹한 장수로 공격이 격렬해지면 죽을지언정 결코 욕을 당하지는 않을 것이오. 무릇 일이란 관대하게 처리해야 하는 것이지 급하게 하면 효과를 거두기 어렵습니다. 소인이 칼, 도끼를 피하지 않고 중릉현으로 들어가 좋은 말로 이 사람을 투항시켜보겠소. 손을 스스로 묶고 항복한다면 싸움을 하지 않고도 이길 수 있을 것이오."

관승이 그 말을 듣고 크게 기뻐하며 즉시 선정규 혼자 말을 타고 중릉현으로 가게 했다. 졸개가 알리자 위정국이 나와 선정규를 만났다. 선정규가 좋은 말로 권했다.

"지금 조정은 밝지 못하고 천하는 대단히 혼란스러우며 천자는 희미하고 어리석어 간신들이 권력을 휘두르고 있소. 나는 송 공명에게 귀순하여 물가에 살기로 했소. 간신들이 물러난 뒤에 그때 바른 길로 돌아와도 늦지 않을 것이오."

위정국이 듣고서 한참을 망설이다 말했다.

"나를 귀순시키고자 한다면 관승이 직접 와서 청해야 할 것이오. 그러면 내가 투항할 것이지만 그가 오지 않는다면 죽을지언정 욕되게 살지는 않을 것이오!"

선정규가 즉시 말에 올라 돌아와 보고하자 관승이 말했다.

"관 아무개가 뭐가 그리 대단하다고 위 장군의 과분한 아낌을 받는단 말이오!"

혼자 말을 탄 채 여러 두령과 선정규와 작별하고 가려고 하자 임충이 말렸다.

"형님, 사람의 마음이란 헤아리기 어려우니 심사숙고해서 가시지요."

"옛 친구인데 무슨 상관이 있겠소!"

바로 중릉현으로 달려가자 위정국이 맞이하며 크게 기뻐하고 항복의 절을 했다. 옛정을 나누며 잔치를 열어 대접했다. 그날 500여 화병을 이끌고 모두 본채로 와서 임충, 양지 및 여러 두령과 만나 인사를 나누고 즉시 군사를 거두어 양산박으로 돌아갔다. 송강은 대종을 시켜 나가 맞이하게 했고 대종이 이규에게 말했다.

"네가 몰래 산을 내려가 여러 형제를 시켜 여기저기 얼마나 찾았는지 아느냐? 시천, 악화, 이운, 왕정륙 네 사람은 먼저 산으로 돌아갔다. 내가 먼저 가서 형님께 잘 말씀드릴 테니 너무 걱정하지 말아라."

대종이 먼저 돌아갔다. 한편 관승 등의 군마가 금사탄에 도착하니 수군 두령들이 맞이하고 배를 저어 군마들을 연이어 건네게 했다. 그때 한 사람이 화가 잔뜩 나 씩씩거리며 달려오는 게 보였는데 다름 아닌 금모견 단경주였다. 임충이 물었다.

"자네는 양지, 석용과 함께 북쪽 지방으로 말을 사러 가더니 어찌하여 이렇게 허겁지겁 달려오는가?"

제 6 7 회

조개의 원수를 갚다[1]

단경주가 달려와서 임충 등에게 말했다.

"나와 양림, 석용이 북쪽 지방에 가서 튼튼하고 잘 달리며 근력 있고 털 색깔이 보기 좋은 말 200여 필을 골라 사들였습니다. 그런데 돌아오는 길에 청주를 지나다가 '험도신險道神'[2] 욱보사郁保四란 놈이 병사 200여 명을 거느리고 나타나 말을 모두 강탈하여 증두시로 끌고 가버렸습니다. 석용과 양림은 어디로 갔는지도 모르겠습니다. 소인이 밤새

1_ 제67장 송 공명이 밤에 증두시를 공격하다宋公明夜打曾頭市. 노준의가 사문공을 산 채로 사로잡다盧俊義活捉史文恭.
2_ 험도신險道神: 은나라 말기의 무장 방필方弼과 방상方相. 옛날에 상여가 나갈 때 종이로 만든 인형으로 길을 선도하는 신이다.

달려와 이렇게 알리는 것입니다."

임충이 듣고서 함께 산채로 돌아와 송강에게 알리고 대책을 상의하고자 했다. 모두 물을 건너 충의당에 올라 송강을 만났다. 관승은 선정규와 위정국을 크고 작은 두령들에게 인사를 시켰다. 이규는 산을 내려가 한백룡을 죽이고 초정, 포욱을 우연히 만나 능주를 격파한 일을 자랑스럽게 이야기했다. 송강은 다른 것보다 네 호걸을 얻은 것에 대해 크게 기뻐했다.

단경주가 말을 빼앗긴 일을 자세히 설명하자 송강이 크게 성내며 말했다.

"지난번에도 우리 말을 빼앗아갔는데 여태 원수를 갚지 못했소. 조천왕도 그놈들의 화살에 맞아 죽었는데 오늘 또 이렇게 무례한 짓을 하는구나. 만약 이놈들을 소탕하지 않았다간 사람들에게 커다란 웃음거리가 되겠구나!"

오용이 말했다.

"마침 따뜻한 봄날인 데다 별다른 일도 없으니 증두시를 치기 좋을 때입니다. 지난번 조 천왕께서 그곳 지리의 이로움을 알지 못해 패했으나 이번에는 꾀를 써서 반드시 이겨야 할 것입니다. 먼저 시천이 추녀 위로 날아다니고 벽 위를 걸어다닐 수 있으니, 그를 보내 상황을 염탐하고 돌아오는 대로 어떤 꾀를 쓸지 다시 상의하시지요."

시천이 명을 받고 떠난 지 2~3일이 지나서 양림과 석용이 산채로 겨우 도망쳐 돌아와 증두시 사문공이 양산박 세력과는 공존할 수 없다고 큰 소리 치고 있다는 소식을 전했다. 화가 난 송강이 즉시 군사를 일으키려 하자 오용이 말했다.

"시천이 돌아와 보고하는 것을 듣고 그때 치러 가도 늦지 않습니다."

송강은 끓어오르는 분노가 가슴 가득 차 있어 당장이라도 원수를 갚고자 조급해하며 잠시라도 참을 수 없었다. 다시 대종을 보내 소식을 알아보게 했다.

며칠 지나지 않아 대종이 먼저 돌아와 알렸다.

"증두시는 능주의 원수를 갚겠다고 군마를 일으키려 하고 있습니다. 지금 증두시는 입구마다 커다란 방책을 세우고 법화사 안에는 중군 군막을 만들었으며 수백 리에 걸쳐 온통 깃발이 꽂혀 있어 어느 길로 들어가야 할지 알 수 없습니다."

다음 날 시천도 산채로 돌아와 보고했다.

"소인이 증두시 안으로 들어가 자세히 염탐을 했습니다. 모두 5개의 군영을 세우고 증두시 앞에는 2000여 명이 마을 입구를 지키고 있습니다. 모든 방책 안은 사문공이 관리하고 있는데, 북쪽 방책은 증도와 부사범 소정이 맡고 있고, 남쪽 방책은 둘째 증밀이, 서쪽은 셋째 증삭이, 동쪽은 넷째 증괴가 맡고 있고, 가운데 방책은 다섯째 증승과 그 아비인 증롱이 지키고 있습니다. 또한 청주 욱보사란 놈이 있는데 키가 한 장丈에 허리는 여러 아름이 될 정도로 넓고 별명은 '험도신'이라 합니다. 이놈이 저희한테 빼앗은 말을 모두 법화사 안에서 기르고 있습니다."

오용이 듣고서 모든 장수를 모아 함께 상의했다.

"그놈들이 다섯 개의 방책을 세웠다면 우리도 군사를 다섯 부대로 나누어 다섯 갈래 길로 공격하는 것이 좋을 듯합니다."

노준의가 일어나 나서며 말했다.

"노 아무개는 여러 두령께서 목숨을 구원해주셔서 산채에 올랐는데 아직도 그 은혜를 갚지 못했소. 이번에 목숨을 다해 앞장서고 싶은데 두령의 뜻이 어떠신지 모르겠소."

송강은 잠시 망설이다가 오히려 오용에게 물었다.

"원외께서 산을 내려가시겠다고 하니 선봉 부대를 맡기는 것은 어떻소?"

"원외께서는 산채에 처음 오셔서 아직 많은 작전과 진법을 경험하지 못하신 데다 산길이 험하고 높은 산봉우리가 많아 말을 타기에도 불편합니다. 선봉을 맡기에는 어렵고 별도로 군마를 이끌고 먼저 가서 평야 지대에 매복해 있다가 중군에서 포 소리가 들리면 뛰어나와 호응하도록 하시지요."

송강이 안도하고 크게 기뻐하며 노 원외에게 연청과 함께 500여 보군을 이끌고 평야 오솔길에서 명령을 기다리게 했다. 다시 군마를 다섯 갈래로 나누었다. 증두시 남쪽의 대채는 마군 두령인 벽력화 진명, 소이광 화영이 마린과 등비를 부장으로 삼아 3000명의 마군을 이끌고 공격하게 했다. 동쪽 대채는 보군 두령인 화화상 노지심, 행자 무송이 부장으로 공명과 공량을 이끌고 보군 3000명으로 치게 했다. 북쪽 대채는 마군 두령인 청면수 양지, 구문룡 사진을 두령으로 하여 양춘과 진달을 부장으로 삼아 3000의 마군 군사로 공격하게 했다. 서쪽 대채는 보군 두령인 미염공 주동, 삽시호 뇌횡이 추연과 추윤을 부장으로 삼아 3000명의 보군을 이끌고 공격하게 했다. 그리고 증두시 중앙의 대채는 두령 송 공명, 군사 오용, 공손승이 여방, 곽성, 해진, 해보, 대종, 시천을 부장으로 삼아 5000명의 군사를 이끌고 공격하기로 했다. 후군으로는 보군 두령인 흑선풍 이규, 혼세마왕 번서가 항충과 이곤을 부장으로 삼아 보군 5000을 이끌고 뒤를 맡기로 했다. 나머지 두령들은 산채를 지키기로 했다.

한편 송강이 다섯 갈래로 군병을 나누어 진격해오자 증두시의 염탐꾼들이 상세하게 보고했다. 증 장관이 듣고서 사범 사문공과 소정을 불러 중요한 군사 상황을 논의했다.

사문공이 말했다.

"양산박 군마들이 몰려올 때 많은 함정을 파놓는다면 강병과 맹장들을 사로잡을 수 있습니다. 이런 도적들한테는 이 방법이 상책입니다."

증 장관이 즉시 장객들로 하여금 괭이와 삽을 가지고 마을 입구 수십 곳에 함정을 파게 하여 위에는 푸석푸석한 흙으로 덮게 하고 사방에 군사들을 매복시켜 적군이 도착하기를 기다리게 했다. 또한 증두시 북쪽 길에도 함정을 수십 군데 파게 했다. 송강의 군마가 출발할 때 오용은 먼저 은밀하게 시천을 다시 보내 알아보게 했다. 여러 날이 지나자 시천이 돌아와 보고했다.

"증두시 방책 남북쪽 모두에 헤아릴 수 없이 많은 함정을 파놓고 저희 군마가 오기만을 기다리고 있습니다."

오용이 크게 웃으며 말했다.

"그런 것은 별것 아니다!"

군사를 이끌고 증두시로 다가갔다. 이때는 한낮이었는데 선두 부대가 바라보니 말 머리에 구리 방울을 달고 말 꼬랑지에는 꿩 꽁지의 긴 깃털을 묶은 한 기의 말이 달려오는 게 보였다. 말에는 푸른 두건에 하얀 도포를 입고 손에 단창短槍을 잡은 사람이 타고 있었다. 선두 부대가 쫓으려 하자 오용이 멈추게 하고 군마들로 하여금 진지를 세우고 사방에 도랑을 파며 철질려를 뿌리게 했다. 또한 다섯 부대에 명을 전달하여 각 부대도 진채를 세우고 똑같이 도랑을 파고 철질려를 뿌려놓았다.

사흘이 지났는데도 증두시에서는 나와 싸우지 않았다. 오용이 다시 시천으로 하여금 길에 매복해 있는 병졸로 꾸미게 하여 증두시 방책 안으로 가서 무슨 의도가 있는지 염탐하도록 보냈다. 모든 함정에 몰래 표시를 하고, 진지에서 거리가 얼마나 되며, 모두 몇 개인지 기억하도록 했다. 시천이 하루 만에 모든 것을 세세하게 알아보고 몰래 표시까지 해놓고 오용에게 보고했다. 다음 날 오용은 명을 전달하여 선두 보군에게 각자 괭이를 들고 두 부대로 나누고, 양식을 싣고 온 수레 100여 대를 준비해 갈대와 마른 장작을 싣고 중군에 감추게 했다. 그날 밤 각 진채의 모든 두령에게 명령을 내려 다음 날 사시에 동서 양쪽 길로 보군이 먼저 적의 방책을 공격하게 했다. 다시 증두시 북쪽 진채를 치게 되어 있는 양지와 사진에게는 마군을 일자로 벌리고 그곳에서 북을 두드리고 깃발을 흔들며 기세만 요란하게 올릴 뿐 절대로 진격하지 못하게 했다. 오용의 명령이 모두 전달되었다.

한편 증두시 사문공은 송강의 군마가 방책을 공격하도록 유인하여 함정에 빠뜨리려고 했다. 진지 앞의 길이 좁으니 어디로 간단 말인가? 다음 날 사시가 되자 방책 앞에 포 소리가 들리더니 대부대가 남문까지 밀려왔다. 이어서 동쪽 방책에서 보고가 들어왔다.

"한 화상이 쇠 선장을 돌리고 또 다른 행자 하나가 쌍계도를 춤추듯 휘두르며 앞뒤로 치고 들어오고 있습니다!"

사문공이 말했다.

"이 두 놈은 분명히 양산박 노지심과 무송일 게다."

실수가 있을까 두려워 군사를 나누어 증괴를 도와주러 보냈다. 그런데 이번에는 서쪽 방책에서 보고했다.

"수염이 긴 기골이 장대한 사내와 호랑이같이 생긴 덩치 큰 사내가 깃발에 '미염공 주동' '삽시호 뇌횡'이라고 쓰인 깃발을 앞세우고 공격해 오고 있는데 대단히 위급합니다!"

사문공이 듣고서 또 군사를 선발해 증삭을 도우러 보냈다. 그때 다시 방책 앞에서 포 소리가 들렸다. 사문공은 군사들을 함부로 움직이지 못하게 하고 그들이 오기를 기다렸다가 함정에 빠지면 산 아래에 매복해 있던 병사들이 일제히 달려들어 사로잡으려 했다. 오용은 도리어 마군을 산 뒤로 이동시켜 두 길로 나누어 함정을 피해 방책 앞으로 질러가게 했다. 앞서 있던 보군들이 단지 방책을 돌아볼 뿐 감히 쫓아가지 못했다. 양편의 복병들이 모두 방책 앞에 늘어서 있기만 하다가 뒤에서 오용의 군마들이 밀어붙이자 모두 자기들이 파놓은 함정에 빠져 들어갔다. 사문공이 더 이상 기다리지 못하고 앞으로 막 나오려는데 오용이 채찍의 끝을 한 번 가리키자 진채 한가운데서 징 소리가 울리더니 100여 량의 수레를 일제히 몰고 나와 불을 붙였다. 수레 위에 갈대, 마른 장작, 유황, 염초들이 일제히 불붙어 연기와 불꽃이 온 하늘을 가득 채웠다. 사문공이 군마를 내보냈을 때는 불붙은 수레들로 가로막혀 더 이상 앞으로 나가지 못하고 피할 뿐이었다. 사문공이 급히 군마를 물리려 하자, 공손승이 진중에서 검을 휘둘러 술법을 일으켰다. 바람이 크게 일어나더니 화염이 남문까지 불태우며 휩쓸어갔다. 적의 망루며 설치해놓은 목책들이 모두 불타 사라졌다. 이미 승리를 거둔지라 징을 울려 군사를 거두고 사방의 진지로 돌아가 그날 밤은 쉬게 했다. 사문공은 그날 밤 방책 문을 수리 정돈했고 양측이 그날은 싸움을 멈추었다.

다음 날 증도가 사문공에게 계책을 의논하며 말했다.

"도둑의 우두머리를 먼저 베지 못하면 적을 쳐서 소멸시키기는 어려울 것이오."

사범 사문공에게 방책을 견고하게 지키게 하고 증도는 군사를 이끌고 갑옷을 입고는 말에 올라 진을 나와 싸움을 걸었다. 송강이 중군에 있다가 증도가 싸움을 건다는 소식을 듣고 여방과 곽성을 데리고 전군前軍까지 나왔다. 문기 아래에 증도가 보이자 마음속에 쌓여 있던 화가 치밀어올라 채찍으로 가리키며 소리쳤다.

"누가 나를 위해 저놈을 잡아 지난날의 원수를 갚겠는가?"

소온후 여방이 말에 걸터앉아 방천화극을 잡고 증도에게 달려들었다. 두 말이 서로 어우러지고 두 병장기가 부딪쳤다. 30여 합을 싸웠을 즈음에 곽성이 문기 아래에서 살펴보다가 아무래도 여방이 이기지 못할 것 같아 싸우는 두 사람 가운데로 뛰어들었다. 원래 여방의 기량으로는 증도를 당해내지 못해 30합 이전에는 그럭저럭 대적하며 버텨냈으나 30합이 넘자 방천화극 쓰는 법이 어지러워지며 간신히 막아내면서 피할 뿐이었다. 곽성은 여방이 실수라도 할까봐 걱정되어 재빨리 말을 몰아 역시 방천화극을 들고 나는 듯이 진 앞으로 나와 증도를 협공했다. 세 마리의 말이 진 앞에서 한 덩어리로 뒤엉켰다. 원래 두 자루의 화극에는 표범의 꼬랑지가 묶여 있었다. 여방과 곽성이 증도를 잡기 위해 두 자루의 화극을 일제히 들어올렸으나 증도가 눈치 빠르게 창으로 한 번 젖히니 두 가닥의 표범 꼬리가 증도의 창 붉은 술과 뒤섞여 엉키면서 잡아당겨도 빼낼 수 없었다. 세 사람이 각자 병기를 빼내려 애쓰는데, 소이광 화영이 진중에서 보고 두 사람이 혹여 패하기라도 할까 두려워 말을 몰아 나오면서 왼손으로는 활을 집고 오른손으로는 급히 비전鈚箭3을 꺼내 얹어 활시위를 힘껏 당겨 증도를 향해 쏘았다. 이때 증도는 창을 간신히 빼냈으나 두 자루의 화극은 여전히 한 덩어리로 얽혀 있었다. 증도가 순식간에 창을 잡아당겨 여방의 목덜미를 찌르려 했다. 그러나 그때 화영의 화살이 먼저 증도의 왼쪽 팔을 명중시키자 그만 말에서 굴러떨어지고 말았다. 여방, 곽성의 화극 두 자루가 동시에 찌르자 증도는 비명횡사하고 말았다. 10여 기의 마군이 나는

3_ 비전鈚箭: 화살촉이 비교적 얇고 넓으며 대가 긴 화살.

듯이 돌아와 사문공에게 보고했고 이어서 중군 방책에도 증도의 죽음을 알렸다. 증 장관은 아들의 소식을 듣고 대성통곡했다.

증 장관 옆에는 아들 증승이 화가 잔뜩 난 채 있었다. 그는 무예가 매우 뛰어났으며 두 자루의 비도를 사용했는데 사람들이 감히 접근하지 못했다. 형 증도가 죽었다는 소리를 듣고 격분하여 이를 부득부득 갈며 소리질렀다.

"내 말을 준비해라. 형의 원수를 갚겠다!"

증 장관이 말렸으나 듣지 않고 갑옷을 입고 칼을 움켜쥔 뒤 말에 올라 전방 방책으로 달려갔다. 사문공이 맞이하며 달랬다.

"적을 아주 가볍게 볼 수 없네. 송강 군중에 지혜와 용기를 겸비한 맹장이 많네. 사 아무개의 어리석은 생각으로는 다섯 군데의 방책을 굳건히 지키면서 은밀하게 사람을 능주로 보내 급히 조정에 알려 군사들과 장수를 동원하고 군관들을 가려 뽑아 두 갈래로 나누어 한쪽은 양산박을 쳐서 섬멸하고 다른 한편으로는 증두시를 보호하게 해야 하네. 이렇게 양쪽으로 친다면 적은 싸울 마음이 없어져 반드시 군사를 물리고 급히 산채로 달아날 것이네. 그때 사 아무개가 재주는 없으나 자네 형제들과 함께 추격하여 죽인다면 반드시 큰 공을 이룰 것이네."

말이 미처 끝나기도 전에 북쪽 방책을 지키던 부사범 소정이 달려와 그 또한 굳게 지켜야 한다고 말했다.

"양산박 오용 그놈은 간사한 계략과 꾀가 많아 가볍게 상대할 수 없소이다. 물러나 지키면서 구원병이 올 때까지 기다리는 것이 좋을 것 같아 상의하러 왔소이다."

증승이 소리질렀다.

"형을 죽였는데 그 원수를 갚지 않는다면 그것이 진짜 강도요! 이대로 도적놈들의 사기가 올라가도록 내버려둔다면 적을 물리치기는 어렵습니다."

사문공과 소정은 더 이상 증승을 말릴 수 없었다. 증승이 말에 올라 수십여 기의 마군을 이끌고 나는 듯이 방책을 나가 싸움을 걸었다.

송강이 증승이 싸움을 걸어온다는 보고를 받고 전군에 적을 맞이하라 영을 내렸다. 그때 진명이 영을 받고 낭아곤을 휘두르며 진을 나가 증승과 싸우려 했으나 흑선풍 이규가 도끼를 들고 다짜고짜 적 한가운데로 돌진해 들어갔다. 이규를 알아본 어떤 군사가 증승에게 알렸다.

"저놈이 바로 양산박 흑선풍 이규입니다!"

증승이 보고서 즉시 군사들에게 화살을 쏘게 했다. 원래 이규는 진중에서도 벌거벗고 있었는데 언제나 항충과 이곤이 만패蠻牌[4]로 막고 보호해줬으나 이때는 혼자 뛰쳐나가는 바람에 화살 한 대가 다리에 꽂혀 태산 같은 몸이 땅바닥으로 거꾸러졌다. 증승의 뒤를 따르던 마군이 일제히 달려들었다. 송강의 진에서 진명과 화영이 황급히 달려나가 이규를 구해내고 뒤에서 마린, 등비, 여방, 곽성이 일제히 호응하여 간신히 진으로 돌아올 수 있었다. 증승은 송강의 진에 사람이 많은 것을 보고 다시 나와 싸우지 못하고 병사를 이끌고 방책으로 돌아갔고, 송

4_ 만패蠻牌: 남방지역에서 나오는 거친 등나무로 만든 방패.

강 또한 군사를 거두고 진 안에 머물렀다.

다음 날 사문공과 소정이 맞붙어 싸우지 말고 지키기만 하자고 주장했으나 증승은 받아들이지 않고 독촉하며 형의 원수만을 갚으려 했다. 사문공이 어쩔 수 없어 갑옷을 입고 말에 올랐다. 그의 말은 바로 이전에 단경주로부터 빼앗은 천릿길을 달린다는 '소야옥사자마'였다.

송강도 여러 두령을 이끌고 진세를 펼쳐 적을 맞이했고 사문공과 대치했다. 송강은 사문공이 탄 말이 명마임을 알아보고 화가 치밀어올라 전군에 적을 맞이하라고 명령을 내렸다. 진명이 명령을 받고 나는 듯이 달려나갔다. 두 말이 어우러지며 병장기가 부딪쳤다. 대략 20합을 싸웠을 때 진명이 힘이 달려 본진을 향해 달아나기 시작했다. 사문공이 용기를 내어 뒤쫓으며 온 정신을 집중해 창으로 찌르자 진명이 넓적다리 뒤를 찔려 말 아래로 거꾸러졌다. 여방, 곽성, 마린, 등비 등 네 장수가 일제히 달려들어 겨우 구해냈다. 비록 진명을 구하기는 했으나 군병들이 기세가 꺾여 패한 군사들을 거두고 10리나 물러나 주둔했다.

송강은 진명을 수레에 실어 양산박으로 호송하여 쉬게 했다. 오용과 비밀리에 상의하여 대도 관승, 금창수 서녕과 선정규, 위정국 네 사람을 산채에서 내려와 돕게 했다. 송강은 또 향을 사르고 기도하며 몰래 점을 쳐보았다. 오용이 점괘를 보고 말했다.

"점괘가 잘 나와 축하할 만하지만 오늘 밤 적군이 진채로 들이칠 것 같습니다."

"그렇다면 빨리 준비를 해야겠소."

"형님께서는 안심하십시오. 먼저 세 곳 진채의 두령들에게 알리시고 오늘 밤 동서 두 진채를 일으켜 해진을 왼쪽에 있게 하고 해보는 오른쪽에 두고, 나머지 군마는 사방에 매복해 있으라 명령을 내리십시오.”

그날 밤 하늘은 맑고 깨끗했으며 달빛은 희고 바람은 고요했으며 구름은 드물었다. 방책에서 사문공이 증승에게 말했다.

“적군이 오늘 두 장수가 연달아 패했기 때문에 반드시 두려워하고 있을 터이니 틈을 노려 저놈들의 진영을 공격하는 게 좋겠소.”

증승도 사문공의 계책이 옳다고 판단해 북쪽 방책의 소정, 남쪽의 증밀, 서쪽의 증삭을 불러들여 한꺼번에 송강의 진채를 들이치기로 했다. 이경 무렵에 은밀하게 초소를 나와 말방울을 떼고 군사들에게는 연전을 입히고 곧바로 송강의 중군 진채 안으로 밀고 들어갔다. 그런데 사방 어디에도 군사는 보이지 않고 진채 안은 텅 비어 있었다. 계책에 빠진 것을 알자 급히 몸을 돌려 달아나려 했다. 그때 왼쪽에서 양두사 해진, 오른쪽에서 쌍미갈 해보, 뒤에서는 소이광 화영이 일제히 달려들었다. 증삭은 어둠 속에서 당황하다가 해진이 휘두른 강차에 찔려 말에서 굴러떨어졌다. 불길이 일어나고 진채 뒤에서 함성 소리가 울려 퍼지더니 동서 양쪽에서 병사들이 진채로 쏟아져 들어와 한밤중에 대혼전이 벌어졌다. 사문공만 겨우 길을 찾아 빠져나올 수 있었다.

증 장관은 또 증삭이 죽었다는 말을 듣자 괴로움과 걱정이 더욱 커졌다. 다음 날 증롱은 사문공에게 편지를 써서 투항하자고 했다. 사문공 또한 겁에 질린 터라 즉시 항복 편지를 써서 송강의 본채에 보냈다. 졸개가 증두시에서 편지를 보내왔다고 보고하자 송강이 불러들이게 했다. 졸개가 올린 편지를 송강이 뜯어보니 다음과 같이 쓰여 있었다.

증두시 주인 증롱은 송 공명 통군두령 장군님께 머리를 조아려 재배하옵니다. 지난날 저의 어린 자식이 무지하여 하찮은 용맹만 믿고 장군님의 말을 빼앗아 호랑이 같은 위엄을 범했습니다. 또한 예전에 조 천왕께서 내려오셨을 때도 투항하여 따라야 함이 마땅했으나 아래 병졸들이 제멋대로 몰래 화살을 쏘아 저희 죄를 더욱 무겁게 했으니 입이 백 개라도 무슨 할 말이 있겠습니까? 그러하오나 삼가 스스로 헤아려보니 모든 것이 저희 본래의 뜻은 아니었습니다. 이제 미련하고 어리석은 것들은 이미 모두 죽어 없어졌으니 사람을 보내어 화평을 청하고자 합니다. 싸움을 그치고 군사들을 물러주신다면 빼앗았던 말들을 전부 돌려드릴 뿐만 아니라 아울러 전군을 위로할 금과 비단을 바치겠습니다. 양쪽이 상하는 싸움에서 면할 수 있도록 해주시기를 바라며 삼가 글을 올리오니 밝게 살펴주시기를 엎드려 청하옵니다.

송강이 서신을 읽고 오용을 돌아보며 온 얼굴에 노기를 띤 채 편지를 찢으며 욕했다.

"내 형님을 죽여놓고 이제 와서 그만두라고! 마을을 깨끗하게 쓸어버리는 게 나의 본뜻이다."

그러자 편지를 가지고 온 사람이 땅에 엎드린 채 두려워 벌벌 떨었다. 오용이 황망히 달래며 말했다.

"형님, 그러시면 안 됩니다. 우리는 모두 의기를 위해 싸웠을 뿐입니다. 이미 증가에서 사람을 보내 화평을 청했는데 어찌 일시적인 분노로 대의를 망치십니까?"

즉시 답신을 쓰고 사신에게 은자 10냥을 주어 돌려보냈다. 그 사람이 본채로 돌아와 양산박의 답신을 올렸다. 증 장관과 사문공이 편지를 뜯어보니 다음과 같은 내용이었다.

양산박의 주장 송강은 증두시 주인 증롱에게 글을 써 알리노라. 자고로 신의가 없는 국가는 반드시 망했고, 무례한 사람은 끝내 죽는 법이며, 의롭지 못한 재물은 반드시 빼앗겼고 용기가 없는 장수는 반드시 패했다. 이것은 자연의 이치이니 이상할 것이 전혀 없다. 양산박과 증두시가 원한을 맺은 적도 없이 각자 제 땅을 지키며 살아왔다. 그대의 일시적인 악행으로 오늘 같은 원한을 초래했다. 만약 화평을 원한다면 두 차례에 걸쳐 빼앗았던 말들을 돌려보내고 아울러 말을 강탈해간 폭도 욱보사도 보내야 할 것이며 군사들을 위로할 금과 비단을 바쳐야 할 것이다. 모든 것은 성심성의를 다하여 충실해야 하며 예의에 조금도 어긋나서는 아니되노라. 만약 다시 바꿀 것이 있다면 따로 가부를 결정하겠노라.

증 장관과 사문공이 편지를 읽고 놀라 걱정했다. 다음 날 증 장관이 다시 사람을 보내 알렸다.

"만일 욱보사를 원하신다면 그쪽 또한 인질을 보내주십시오."

송강과 오용이 즉시 시천, 이규, 번서, 항충, 이곤 등 다섯 사람을 신의의 증표로 보내기로 했다. 다섯 사람이 출발할 무렵 오용이 시천을 불러 귀에다 낮은 소리로 일러줬다.

"만약 상황이 바뀌면 이렇게 저렇게 하거라."

다섯 사람이 진채를 떠나 증두시로 갔다. 이어서 관승, 서녕, 선정규, 위정국이 도착했다. 여러 두령과 만나보고 중군에 머물렀다.

한편 시천은 네 명의 호걸을 이끌고 증 장관을 만나보고 말했다.

"형님의 군령을 받들어 시천, 이규 등 네 사람이 화평을 청하고자 왔습니다."

사문공이 말했다.

"오용이 저 다섯 사람을 아무 계책 없이 그냥 보낸 것은 아닐 겁니다."

그 말을 들은 이규가 크게 성을 내며 사문공의 멱살을 잡고 두들겨 팼다. 증 장관이 깜짝 놀라 급히 뜯어말렸다. 시천이 말했다.

"이규 이 사람이 비록 거칠고 우악스럽지만 저희 송 공명 형님이 아끼시는 심복이라 특별히 그를 보냈으니 더 이상 의심하지 마십시오."

증 장관은 속으로 화평하고자 결심했으므로 사문공의 말을 더 듣지 않았다. 술을 내와 대접하고 법화사에 있는 방책에서 쉬게 했다. 그리고 500여 군사를 선발해 앞뒤로 에워싸 지키게 했다. 또한 증승으로 하여금 욱보사를 데리고 송강의 본채로 가서 화평을 청하게 했다. 두 사람이 중군에 도착하여 만날 즈음에 두 차례에 걸쳐 빼앗았던 말들과 금, 비단을 실은 수레 하나가 본채에 도착했다. 송강이 살펴본 뒤 말했다.

"이 말들은 모두 나중에 빼앗아간 것들이다. 먼저 단경주에게서 빼앗은 하루에 천 리를 달리며 흰 용과 같이 생긴 소야옥사자마는 어찌하여 보이지 않는가?"

증승이 말했다.

"사부 사문공께서 타고 계셔서 끌고 오지 못했습니다."

"너는 어서 글을 써 보내 그 말을 내게 끌고 오도록 하여라!"

증승이 그 자리에서 편지를 써서 사람을 시켜 보내면서 말을 끌고 오게 했다. 사문공이 듣고서 대답했다.

"다른 말들은 돌려줘도 아깝지 않지만 이 말은 줄 수 없다!"

말을 주니 못 주니 하면서 사람이 몇 차례 왔다 갔다 했다. 송강이 끝까지 돌려달라고 하자 사문공은 할 수 없이 사람을 보내 알렸다.

"이 말을 꼭 돌려받기를 원한다면 즉시 군사를 물리시오. 그러면 나도 말을 돌려주리다!"

송강이 이 말을 듣고 오용과 상의했으나 결정하지 못했다. 그때 갑자기 보고가 들어왔다.

"청주와 능주 두 길로 군마가 몰려오고 있습니다."

송강이 말했다.

"저놈들이 이 사실을 알면 반드시 생각을 바꿀 것이다."

은밀하게 명령을 내려 관승, 선정규, 위정국을 보내 청주의 군마를 막게 하고 화영, 마린, 등비는 능주의 군마를 맞아 저지하게 했다. 또한 조용히 욱보사를 불러 좋은 말로 달래고 은정과 도의로 대우해주며 말했다.

"자네가 이번에 공을 세우면 산채에서 자네를 두령으로 삼겠네. 말을 빼앗아간 원한은 일체 없었던 것으로 화살을 꺾어 맹세하겠네. 그리고 우리를 따를 마음이 없다면 증두시를 단번에 깨뜨리겠다. 네가 알아서 결정해라."

욱보사가 듣고서 투항하여 휘하에서 명령에 따르기를 원했다. 오용이 계책을 욱보사에게 일러주었다.

"자네는 몰래 도망친 것처럼 해서 방책으로 돌아가 사문공에게 말하게. '나와 증승이 송강의 방책에 가서 화평을 청하면서 그 진실을 알아냈습니다. 지금 송강의 마음은 오로지 천리마를 빼앗는 데에만 있지 화평할 마음은 없습니다. 말을 그에게 돌려준다 해도 반드시 마음을 바꿀 것입니다. 또한 지금 청주, 능주에서 두 갈래 길로 구원병이 오고 있어 매우 당황해하고 있습니다. 이런 좋은 기회를 이용해 계책을 쓴다면 착오가 없을 겁니다'라고 말하게. 그가 자네 말을 믿으면 그다음은 내가 알아서 하겠네."

욱보사는 오용의 계책을 받들고 사문공 방책으로 달려와 있었던 일들을 자세히 이야기했다. 사문공은 욱보사를 데리고 증 장관을 만나 송강이 화평에는 관심이 없으니 이 틈을 이용해 송강의 진채를 쳐부수자고 했다. 그러자 증 장관이 말했다.

"증승이 거기에 있는데 우리가 마음을 바꾼다면 반드시 그들이 내 아들을 죽일 것이오."

"그의 진채를 쳐서 깨뜨린다면 어떻게든 증승을 구할 수 있을 겁니다. 오늘 밤 각 방책에 명령하여 모든 군사를 동원하여 송강의 본채를 칩시다. 먼저 뱀의 머리를 잘라버린다면 나머지 도적들은 걱정할 필요가 없습니다. 그리고 돌아와 이규 등 다섯 놈을 죽여도 늦지 않을 겁니다."

"사범께서 알아서 좋은 계책을 쓰시지요."

즉시 북쪽 진채 소정, 동쪽의 증괴, 남쪽의 증밀에게 함께 송강의 진채를 치자고 명을 전달했다. 욱보사는 몰래 법화사의 본채로 가서 이규 등 다섯 사람을 만나 시천에게 은밀히 소식을 알려줬다.

한편 송강이 오용에게 말했다.

"이번 계책이 잘될지 모르겠소."

"욱보사가 돌아오지 않는다면 우리 계책이 적중했다는 뜻입니다. 그들이 오늘 밤 우리 진채로 쳐들어온다면 우리는 물러나 양쪽에 매복해 기다리지요. 노지심과 무송으로 하여금 보군을 이끌고 저놈들의 동쪽 방책을 치고, 주동과 뇌횡 또한 보군을 이끌고 서쪽을 치게 하며, 양지와 사진에게 명령을 내려 마군을 이끌고 북쪽 방책을 차단하여 치는 것입니다. 이것을 번견복와지계番犬伏窩之計5라 하는데 백발백중입니다."

그날 밤 사문공은 소정, 증밀, 증괴를 이끌고 모든 군사를 출동시켰다. 달빛은 흐릿하고 별빛도 어두운 밤이었다. 사문공과 소정이 앞서고 증밀과 증괴가 뒤를 받치면서 말방울을 떼고 군사들에게는 연전을 입히고 모두 송강의 본채로 밀고 들어갔다. 그런데 진채의 문은 열려 있

5_ 번견복와지계番犬伏窩之計: 개가 사냥할 때 항상 사냥감의 굴 안에 숨어서 기다리고 있다가 사냥감이 굴로 돌아오면 잡는 계책.

었고 안에는 한 사람도 보이지 않았으며 어떠한 인기척도 없었다. 그제야 계책에 빠진 것을 알아챈 군사들이 몸을 돌려 달아났다. 정신없이 자신들의 본영을 향해 달려가는데 증두시 안에서 징 소리가 울리고 포 소리가 들리더니 시천이 법화사 종루鐘樓에 올라 종을 치는 게 보였다. 그때 동서 양쪽 문에서 포 소리가 일제히 울리더니 함성이 크게 일고 얼마나 많은지 그 수를 헤아릴 수 없는 군마가 몰려들었다. 법화사 안에서는 이규, 번서, 항충, 이곤이 일제히 일어나 뛰쳐나왔다. 사문공 등이 급히 방책으로 돌아가려 했으나 길을 찾을 수 없었다. 증 장관은 방책 안이 큰 혼란에 빠지고 양산박의 대군이 양쪽 길로 몰려온다는 소리를 듣고 스스로 목매어 죽었다. 증밀은 서쪽 방책으로 달아나다가 주동이 휘두른 박도에 찔려 죽었고, 증괴 또한 동쪽으로 달아나다가 어지러운 군사들 틈에서 말발굽에 밟혀 떡이 되고 말았다. 소정은 죽을힘을 다해 북문으로 달아났으나 수없이 파놓은 함정이 있는 데다 뒤에서는 노지심과 무송이 쫓아오고 있고 앞에서는 양지와 사진에게 가로막혀 비 오듯 쏟아지는 화살에 맞아 죽고 말았다. 뒤따르던 군사들은 함정 속으로 겹겹이 굴러떨어져 빠져 죽은 자의 수를 헤아릴 수 없었다.

한편 사문공은 빨리 달리는 천리마 덕택에 서문을 빠져나와 무작정 벌판으로 달렸다. 그러나 이때 검은 안개가 가득 차 하늘을 가려 남북을 구분할 수 없었다. 20여 리를 달렸을 때 어딘지 알 수는 없었으나 숲속 뒤에서 징 소리가 울리더니 400~500명의 군사가 뛰쳐나왔다. 한 장수가 간봉을 들어 말 다리를 후려쳤다. 그러나 그 말은 천 리를 달리는 준마라 몽둥이가 휘둘러지는 것을 보자 그 장수의 머리 위를 뛰어넘었다. 다시 사문공이 정신없이 달렸다. 이때 시커먼 구름이 하늘거리고 냉기가 불어오며 검은 안개가 가득했다. 광풍이 '쏴쏴' 사납게 불어대더니 허공에는 사방 모두 조개의 망령이 들러붙어 휘감았다. 사문공이 다시 지나온 길로 돌아가려는데 갑자기 낭자 연청과 마주쳤다. 또 옥기린 노준의가 돌아오며 소리질렀다.

"나쁜 도적놈아, 어디로 달아나느냐!"

사문공의 넓적다리를 박도로 내려쳤다. 말 아래로 굴러떨어지자 밧줄로 묶어 증두시로 끌고 왔다. 연청이 그 천리 준마를 끌고 본채로 함께 왔다. 송강이 보고서 겉으로 기뻐하면서도 속으로는 걱정이 되었다. 먼저 증승을 끌어내 참수하고 증가 집안의 노소를 막론하고 하나도 남김없이 죽였다. 금은 재물을 찾아 몰수하고 쌀과 밀 등의 양식을 모두 수레에 실어 양산박으로 돌아와 모든 두령에게 나누어주고 전군을 위로하며 포상했다.

관승 또한 군사를 이끌고 청주 군마를 물리쳤으며, 화영도 능주 군마를 쳐서 쫓아버리고 돌아왔다. 크고 작은 두령 모두 한 사람도 상하지 않았으며 천리 준마인 소야옥사자마도 얻었을 뿐만 아니라 그 외의 수많은 재물도 얻었다. 죄수 싣는 수레에 사문공을 가두고 군마를 수습해 양산박으로 돌아오면서 지나치는 주와 현 마을 어디에서도 백성을 해치거나 침범하는 일이 없었다.

산채에 돌아와 곧바로 모두 충의당에 올라 조개의 영정에 참배했다.

임충이 송강에게 성수서생 소양으로 하여금 제문을 짓도록 명령을 내려달라 청했다. 크고 작은 두령 모두에게 상복을 입히고 애도했다. 사문공의 배를 갈라 심장을 도려내 조개 영정에 바치고 제사를 올렸다. 제사가 끝난 뒤 송강은 충의당에서 여러 형제와 양산박의 주인을 결정하여 세우는 일을 상의했다. 오용이 바로 말했다.

"형님께서 두령 자리에 앉으시고 그다음은 노 원외로 하시지요. 나머지 형제들은 그대로 있으면 될 것 같습니다."

"조 천왕의 유언에 따라 사문공을 잡은 사람이 양산박의 주인이 되어야 하오. 지금 노 원외가 이 도적을 사로잡아 조개 형님 제사에 바쳐 원수를 갚고 깊은 원한을 풀었으니 여러 말 필요 없이 노 원외를 받들어 두령으로 모시는 것이 마땅하오."

노 원외가 말했다.

"소인이 덕과 재주가 한참 모자란데 어떻게 감히 이 자리를 감당하겠습니까? 맨 끝자락 말석을 주시더라도 제게는 과분할 따름입니다."

송강이 말했다.

"송 아무개가 겸손해서가 아니라 원외보다 못한 것이 세 가지 있소이다. 첫째로는 아시다시피 저는 키도 작고 시커먼 외모를 가졌지만 원외는 당당하고 위엄이 있어 어느 누구도 미치지 못할 늠름한 풍채를 지녔소. 둘째로는 나는 하찮은 아전 출신인 데다 죄를 짓고 도망다니다 여러 형제가 버리지 않고 받아줘 잠시 이 높은 자리에 앉아 있었을 뿐이오. 그러나 원외는 부귀한 집안에 태어나 오랫동안 호걸의 명성을 얻었으니 이 또한 어느 누구도 미칠 수 없는 능력이 있는 것이오. 세 번째로는 내 글 솜씨로는 나라를 안정시킬 수 없고 무예로도 여러 사람을 따르게 할 실력이 없소이다. 손으로는 닭 한 마리 묶을 힘도 없고 몸으로는 짧은 화살 한 대라도 쏠 수 있는 공력이 없소이다. 반면에 원외는 만 명을 대적할 힘이 있고 고금의 지혜를 통달하고 정통하여 모든 사람이 미치지 못할 것이오. 원외께서 이와 같은 재능과 덕이 있으니 마땅히 산채의 주인이 되어야 할 것이오. 훗날 조정에 귀순하여 공을 세우고 업적을 쌓아 높은 관직에 오르면 우리 형제를 영원히 빛내줄 것이오. 이 송강이 이미 뜻을 정했으니 원외께서는 핑계를 대거나 거절하지 마시오."

노준의가 땅바닥에 엎드려 절하며 간절하게 부탁했다.

"형님께서 괜한 말씀을 많이 하셨으나 노 아무개가 설령 이 자리에서 죽더라도 형님의 말씀을 따를 수 없습니다."

오용이 다시 말했다.

"형님이 두령이 되고 노 원외가 그다음이 되면 여기 모든 사람이 엎드려 따를 것입니다. 형님께서 계속 사양하시면 사람들 마음이 돌아설까 두렵습니다."

원래 오용이 이미 사람들에게 눈짓으로 신호를 보내고 일부러 이런 말을 했다. 이규가 나서며 소리쳤다.

"나는 강주에서 목숨 걸고 여기까지 당신을 쫓아왔소. 사람들이 모두 당신더러 한 걸음 양보하라고 하면 물러서야지! 나는 하늘이라도 전혀 무섭지 않아. 그런데 너는 서로 양보하는 척 개지랄 떨며 뭐 하자는 짓이야! 이럴 바에는 내가 모두 죽여버리기 전에 각자 그냥 흩어지자."

무송도 오용의 눈짓을 보고 앞으로 나와 소리쳤다.

"형님 수하에 있는 많은 군관이 조정의 관직을 받았던 사람들이오. 그들이 양보한 사람은 바로 형님인데, 어떻게 엉뚱한 사람을 따르란 말이오!"

유당도 말했다.

"저희 일곱 명이 처음 산에 올랐을 때 형님을 두령으로 모시자고 뜻을 모았소. 그런데 이제 와서 나중에 온 사람에게 양보하다니요?"

노지심도 소리쳤다.

"만일 형님이 여전히 이런 잡다한 격식이나 따지려거든 우리 모두 각자 흩어집시다!"

송강이 말했다.

"자네들 모두 여러 말 하지 말게. 내가 달리 방법을 강구해 하늘의 뜻이 어떠한지 살펴본 다음에 결정하겠네."

오용이 말했다.

"어떤 고견이라도 가지고 계십니까? 말씀해주시지요."

송강이 말했다.

"해야 할 일은 두 가지네."

제 6 8 회

 양산박의 주인[1]

송강이 조개의 유언에 따라 두령 자리를 노 원외에게 양보하려 했으나 사람들이 따르지 않았다. 송강이 다시 말했다.

"지금 산채에 돈과 식량이 부족하며 양산박 동쪽에 두 개의 주부州府가 있는데 돈과 식량이 풍족합니다. 하나는 동평부東平府[2]라 하고 다른 하나는 동창부東昌府[3]라 합니다. 우리가 일찍이 그곳의 백성들을 괴롭히

---

[1]_ 제68장 구문룡이 동평부에서 실수로 함정에 빠지다東平府誤陷九紋龍. 송 공명이 쌍창장을 풀어주다宋公明義釋雙槍將.

[2]_ 동평부東平府: 원래는 지금의 산둥성山東省 둥핑東平 서쪽, 동평호東平湖 동쪽 물가의 주州 성진성鎭이었다. 송대에는 본래 군주郡州였으나, 정화政和 초년에 동평부로 승격되었고 양산박과는 매우 가깝다.

[3]_ 동창부東昌府: 지금의 산둥성 랴오청聊城이다. 황하 북쪽에 있으며 양산박과는 비교적 멀다.

거나 어지럽게 한 적이 없습니다. 지금 그곳으로 가서 그들에게 양식을 빌리려 하는데 제비를 뽑아 두 패로 나누어 나와 노 원외가 각자 한 곳씩 맡기로 하지요. 먼저 성을 깨뜨리는 사람이 양산박의 주인이 되는 것은 어떻소?"

오용이 대답했다.

"좋습니다."

노준의가 말했다.

"그런 말씀 마십시오. 형님께서 양산박의 주인이 되시고 저는 시키는 대로 따르겠습니다."

노준의의 간곡한 말도 따르지 않고 송강은 즉시 철면공목 배선을 불러 제비 두 개를 만들었다. 향을 사르고 하늘에 기도를 마친 후 각자 제비를 뽑았다. 송강이 동평부를 뽑았고 노준의는 동창부로 가게 되었다. 모두 아무런 이견이 없었다.

그날 연회를 열어 한참 마시는 중에 송강이 파견할 군사를 선발하라고 명했다. 송강의 부하로는 임충, 화영, 유당, 사진, 서녕, 연순, 여방, 곽성, 한도, 팽기, 공명, 공량, 해진, 해보, 왕왜호, 일장청, 장청, 손이랑, 손신, 고대수, 석용, 욱보사, 왕정륙, 단경주로 크고 작은 두령 25명이며, 마보군 1만 명과 수군 두령 완소이, 완소오, 완소칠 세 명이 배를 타고 호응하기로 했다. 노준의의 부하로는 오용, 공손승, 관승, 호연작, 주동, 뇌횡, 삭초, 양지, 선정규, 위정국, 선찬, 학사문, 연청, 양림, 구붕, 능진, 마린, 등비, 시은, 번서, 항충, 이곤, 시천, 백승 등 크고 작은 두령 25명에 마보군 1만 명이며, 수군 두령으로는 이준, 동위, 동맹 세

명이 역시 배를 타고 호응하기로 했다. 나머지 두령들과 다친 사람들은 산채를 지키기로 했다. 모든 분배가 결정되자 송강과 여러 두령이 동평부를 치러 갔고, 노준의 역시 두령들과 함께 동창부를 공격하러 떠났다. 많은 두령이 각자 산을 내려갔다. 때는 3월 초하루로 날은 따뜻하고 바람도 온화하여 풀은 푸르고 땅은 부드러워 싸우기 좋은 때였다.

송강이 군사를 이끌고 동평부에 도착하여 성에서 40여 리 떨어진 안산진安山鎭이라는 곳에 군사를 주둔시켰다. 송강이 말했다.

"동평부 태수 정만리程萬里에게는 한 명의 병마도감이 있는데 하동河東 상당군上堂郡4 사람으로 동평董平이라 한다. 쌍창을 잘 사용하여 '쌍창장雙槍將'이라 부르는데 1만 명을 당해낼 용기가 있다고 한다. 비록 그의 성을 치러 간다고 하더라도 예의는 갖춰야겠다. 두 사람을 파견해 선전포고문을 보내야겠다. 만약 항복해온다면 군사를 움직일 필요가 없지만 따르지 않는다면 그때 크게 싸움을 벌여도 누구도 원망하지 않을 것이다. 누가 나의 편지를 가지고 가겠는가?"

욱보사가 달려나오며 말했다.

"소인이 동평을 알고 있으니 제가 편지를 가져가겠습니다."

또 왕정륙이 돌아나오며 말했다.

"소인이 새로 와서 아직까지 산채를 위해 힘을 쓰지 못했으니 오늘 욱보사를 도와 함께 다녀오겠습니다."

4_ 상당군上堂郡: 지금의 산시성山西省 후관壺關 창즈長治 일대.

송강이 크게 기뻐하며 즉시 선전포고문을 써서 욱보사와 왕정륙 두 사람에게 가져가게 했다. 편지에는 단지 양식을 빌려달라는 말만 쓰여 있었다.

한편 동평부 정 태수는 송강이 군마를 일으켜 안산진에 주둔해 있다는 보고를 받고 본주 병마도감 쌍창장 동평을 청하여 군사 상황을 상의하고자 했다. 자리에 앉는 사이에 문을 지키는 군사가 보고했다.
"송강이 사람을 시켜 선전포고문을 보내왔습니다."
정 태수가 불러들이자 욱보사와 왕정륙은 공당으로 와 편지를 바쳤다. 정만리가 편지를 읽고 동 도감에게 말했다.
"동평부의 돈과 양식을 빌려달라고 하는데 이 일을 어떻게 하면 좋겠소?"
동평이 몹시 성내며 두 사람을 끌어내 목을 베라고 했다. 정 태수가 말했다.
"안 될 말이오. 자고로 나라가 서로 싸울 때 사자를 목 베는 것은 예의에 어긋나는 것이오. 두 사람에게 각기 곤봉으로 20대씩 때리고 저놈들 본영으로 돌려보내는 것은 어떻소?"
동평이 화를 삭이지 못하고 욱보사와 왕정륙을 묶어 뒤집으라 소리 지르고 피부가 찢기고 살이 터지도록 때려 성 밖으로 쫓아냈다. 두 사람이 본채로 돌아와 엉엉 울며 송강에게 고했다.
"동평이란 무례한 놈이 저희를 아주 우습게보면서 깔보는 것 같습니다!"

송강이 매 맞은 두 사람의 모습을 보고 화가 가슴속까지 차올라 동평부를 한입에 집어삼킬 듯이 했다. 먼저 욱보사와 왕정륙을 수레에 태워 산채로 돌아가 쉬게 했다. 구문룡 사진이 몸을 일으키며 말했다.

"소인이 이전에 동평부에 있을 때 기원에 있는 이수란李睡蘭이라는 기생과 친분이 있어 왕래하며 친밀하게 지낸 적이 있습니다. 제가 지금 금은을 조금 가지고 몰래 성으로 들어가 그녀의 집에서 지내고 있겠습니다. 정해진 날에 형님께서는 성을 치십시오. 동평이 싸우러 나가기를 기다렸다가 고루鼓樓에 올라 불을 지르겠습니다. 안과 밖이 서로 호응하면 큰일을 이룰 수 있을 겁니다."

"참 좋은 계책이구려."

사진이 즉시 금은을 챙겨 보따리에 담고 몸에는 은밀한 무기를 감추고 작별하며 몸을 일으켰다.

"동생이 잘 살펴서 처리하게. 나는 잠시 군사를 움직이지 않겠네."

사진은 성으로 돌아 들어가 서와자西瓦子의 이수란 집으로 갔다. 서와자의 삼촌이 사진을 보고 깜짝 놀라 안으로 맞이하고 이수란을 불러 만나게 했다. 이수란이 누각 위에 데리고 올라가 앉자마자 사진에게 물었다.

"근래에 어째서 그림자조차 볼 수 없었나요? 듣기로는 양산박의 대왕이 되셔서 관아에서 방을 붙여 잡으려 한다고 들었는데요. 요 이틀간 거리에서 송강이 양식을 빌리고자 성을 친다고 웅성웅성하던데 어찌하여 이곳으로 오셨습니까?"

"사실대로 말하겠네. 내가 지금 양산박에서 두령 노릇을 하고 있는데 아직까지 세운 공이 없네. 지금 형님께서 성을 쳐서 양식을 빌리려 하시는데 내가 자네 집 이야기를 자세하게 했다네. 그래서 지금 특별히 와서 염탐꾼 노릇을 하려는데, 금은 보따리 하나를 자네에게 줄 테니 절대로 소식이 새어나가서는 안 되네. 내일 일이 끝나면 자네 일가를 데리고 산에 올라 즐겁게 지내려고 하네."

이수란이 얼떨결에 일단 승낙하여 금은을 거두고 술과 고기를 차려 대접하고 서와자 숙모와 상의했다.

"저 사람이 평소에 손님으로 왔을 때는 좋은 사람이라 우리 집을 출입해도 상관없었지만 지금은 강도가 되었으니 이 일이 밝혀지기라도 한다면 정말 큰일이 아니겠어요?"

삼촌도 말했다.

"양산박 송강 도적들은 호걸들이라 만만하지가 않지. 쳐서 깨뜨리지 못한 성이 없었지. 만약 말이라도 새나갔다가 그들이 성을 깨뜨리고 들어오는 날에는 우리를 가만두지 않을 거야!"

숙모가 곁에서 욕을 퍼부었다.

"늙은 맹추 같으니라고. 세상일을 아무것도 모르는 주제에! 자고로 '벌이 쏘러 품안으로 들어오면 옷을 벗고 쫓으라'고 했다. 자수하는 놈은 그 죄를 면해주는 게 천하의 관례라고. 당신은 빨리 동평부에 가서 고발하여 그를 잡도록 하라고. 나중에라도 연루되면 좋지 않다고."

삼촌이 말했다.

"그가 많은 금은을 우리한테 줬는데 도와주지는 못할망정 어떻게 팔아먹겠어?"

포주가 욕했다.

"이런 짐승 같은 늙은이야. 그런 헛소리 말아. 내가 기생집에 빠져 망친 놈들 수도 없이 많이 봤다. 저런 놈 하나 가지고 뭘 그래! 가서 고발하지 않으면 내가 직접 관아 앞에 가서 하소연할 텐데 그때는 너도 같이 한통속이라고 말할 거야!"

삼촌이 말했다.

"자네는 성질 그만 부리고 아이보고 잡아두라고 해. 괜히 어설프게 처리하다 알아채고 달아나게 하지 말라고. 내가 가서 공인들에게 알려 먼저 저놈을 잡은 다음에 관아에 가서 고발하자고."

사진이 누각 위로 올라온 이수란의 얼굴색이 붉으락푸르락하고 불안한 빛을 띠자 물었다.

"자네 집에 무슨 일이라도 있나? 왜 그리 놀라 어찌할 바를 몰라 하는가?"

"방금 계단을 오르다 헛디뎌 넘어질 뻔했는데 그래서인지 가슴이 두근거리고 정신이 어수선하네요."

차 한잔 마실 시간도 지나지 않아 계단 옆에서 발자국 소리가 들리더니 어떤 사람이 뛰어올라오고 창 밖에는 함성 소리가 들렸다. 수십 명의 공인이 누각 위로 뛰어올라와 시진을 용마루에 세워놓은 기와 사자처럼 손발을 꽁꽁 묶어 동평부로 끌고 왔다. 대청 위에서 정 태수가 보고 크게 소리지르며 욕했다.

"네 이놈, 간덩이가 배 밖으로 나온 놈아, 감히 혼자 들어와 염탐질을 했겠다! 이수란 애비가 고발하지 않았더라면 내 주부의 양민들을 잘못되게 할 뻔했다! 네놈이 정탐하게 된 연유를 빨리 자백하거라. 송강이 무엇 때문에 너를 보냈느냐?"

사진이 입을 다물고 아무 말도 하지 않자 동평이 말했다.

"이런 날강도 놈이 두들기지 않는데 어찌 바른 대로 불겠습니까!"

정 태수가 소리질렀다.

"여봐라, 이놈을 힘껏 쳐라!"

양쪽에 서 있던 옥졸들이 우르르 달려들어 먼저 찬물을 넓적다리에 뿜었다. 두 다리에 각각 곤장을 100대씩 때렸다. 사진이 모진 고문을 당해도 입을 열지 않자 동평이 말했다.

"이놈에게 큰 칼을 씌우고 나무 쇠고랑을 채워 사형수 감옥에 가두고 송강이 잡히면 함께 동경으로 끌고 가 처결하시지요."

한편 송강은 사진이 성안으로 들어가자 오용에게 편지로 자세한 상황을 알렸다. 오용이 송강의 편지를 읽고 사진이 기녀 이수란 집으로 염탐하러 갔다는 것을 알고 크게 놀랐다. 급히 노준의에게 알리고 그날 밤 송강에게 달려와 물었다.

"누가 사진을 보냈습니까?"

"그가 스스로 원해서 갔소이다. 이 행수行首[5]는 그가 이전부터 알고

5_ 행수行首: 기생집의 우두머리. 송원 시대에는 고급 기녀의 호칭이었으나 뒷날 명기를 이르는 일반적인 호칭이 됨.

지내던 기녀인데 정분이 두텁다고 하여 갔소이다."

"형님께서 조금 잘못하신 것 같습니다. 오 아무개가 여기 있었다면 절대로 보내지 않았을 겁니다. 원래 기방이라는 곳은 새로운 사람은 반겨 맞이하고 오래된 사람은 보내는 곳이라 많은 사람이 신세를 망치지요. 게다가 물과 같은 속성을 가지고 있어 정해진 것이 없기에 은정이 있다 하더라도 포주의 손을 벗어나기 어려운 법이죠. 이 사람한테 갔다면 반드시 큰 손해를 입을 것입니다!"

송강이 오용에게 계책을 물었다. 오용이 고대수를 불러 말했다.

"번거롭더라도 제수씨께서 한번 갔다 오셔야겠소. 가난한 할멈으로 꾸며 성안으로 잠입하여 구걸을 하시다가 조금이라도 변동이 생기면 급히 돌아와야 하오. 만약 사진이 감옥에 갇혀 있다면 그때는 옥졸한테 가서 '옛날 은혜를 생각해 밥 한 그릇 넣게 해달라'고 애원하시오. 그리고 혹여 감옥 안에 들어가게 되면 은밀하게 사진에게 알리시오. '우리가 그믐날 밤 해질 무렵에 반드시 성을 치러 올 테니 측간에 가 있다가 빠져나올 계책을 준비하라'고 전하시오. 그믐날 밤 제수씨께서 성안에 불을 지르시어 신호를 보내십시오. 이때 군사가 진입해 들어가면 일이 잘될 것이오."

다음으로 송강에게 알려줬다.

"형님께서 문상현汶上縣6을 먼저 치시면 백성들이 반드시 모두 동평

6_ 문상현汶上縣: 동평부 남쪽에 있으며, 거리는 60~70리 떨어져 있다.

부로 달아날 것입니다. 고대수를 도망가는 백성들 틈에 섞이게 하여 성안으로 들어가게 하면 아무도 알아채지 못할 것입니다."

오용이 계책을 모두 일러주고 말에 올라 동창부로 돌아갔다. 송강이 해진과 해보에게 500여 명을 이끌고 문상현을 공격하게 했다. 과연 백성들이 노인은 부축하고 어린아이는 이끌며 쥐새끼처럼 허둥지둥대고 이리처럼 내달려 모두 동평부로 달아났다.

고대수는 쪽을 헝클어뜨리고 옷은 남루하게 입고 도망가는 백성들 속에 섞여 동평부 성안으로 몰래 들어와 거리를 돌아다니며 구걸했다. 관아 앞에 와서 알아보니 사진이 과연 감옥에 갇혀 있었다. 다음 날 밥 항아리를 들고 사옥사에서 왔다 갔다 하며 기다리고 있는데 나이 든 공인 한 명이 감옥에서 나오는 게 보였다. 고대수가 보고 절하며 눈물을 비 오듯 흘리니 그 늙은 공인이 물었다.

"할멈은 어찌하여 우는가?"

"감옥에 갇혀 있는 사 대랑은 제 옛 주인 되십니다. 헤어진 지 벌써 10년이 넘었습니다. 강호에서 장사를 한다는 말을 들었는데 무슨 일로 감옥에 갇혀 있는지 모르겠습니다. 보아하니 밥을 보내줄 사람도 없는 것 같아 이 늙은이가 동냥한 밥 한 그릇이라도 그의 주린 배를 채워주고자 합니다. 저를 가엾게 여기시어 들여보내주신다면 7층 보탑을 짓는 것보다 더 큰 덕이 될 것입니다!"

"그는 양산박 강도로 죽을죄를 지었소. 누가 감히 당신을 데리고 들어가겠소?"

"칼로 살 한 점씩 발라낸다 하더라도 그에게는 당연히 받아들여야 할 죽음이지요. 그러나 이 늙은이를 가엾게 여겨 들여보내주십시오. 이 밥 한 그릇이라도 갖다주어 옛정이라도 보이려 합니다!"

말을 마치고 다시 슬피 울자 그 늙은 공인이 속으로 생각했다.

'남자였다면 데리고 들어가기가 어렵겠지만, 늙은 여자 한 명인데 무슨 일이 있겠나?'

고대수를 데리고 감옥 안으로 들어가 목에 무거운 칼을 쓰고 허리춤에 쇠사슬로 묶여 있는 사진을 보았다. 사진이 고대수를 보고 깜짝 놀라 아무 말도 못했다. 고대수는 거짓으로 목 놓아 울면서 다른 한편으로는 밥을 먹였다. 다른 절급이 와서 소리질렀다.

"이놈은 죽어 마땅한 강도다! 감옥에는 바람도 통하지 말아야 하거늘 누가 너더러 밥을 가져오게 했느냐? 당장 나가지 않으면 너희 둘을 방망이가 용서치 않으리라!"

고대수가 더 이상 있지 못하고 말했다.

"그믐날 밤에 어떻게든 몸부림쳐보시오."

사진이 다시 물어보려 할 때 고대수가 소절급한테 옥문 밖으로 끌려나갔다. 사진은 오로지 '그믐날 밤' 한마디만 들었을 뿐이었다.

그해 3월은 대진大盡7이었다. 29일이 되는 날 사진이 옥에서 두 절급이 이야기하는 소리를 들었다.

7_ 대진大盡: 음력에서 큰달은 30일인데 대진大盡이라 하고, 작은 달은 29일이고 소진小盡이라 한다.

"오늘이 며칠이지?"

그 소절급이 잘못 알고 대답했다.

"오늘이 그믐이라 밤에는 지전이라도 사서 살라야겠네."

사진이 이 말을 듣고 밤이 되기만을 기다렸다. 한 소절급이 반쯤 취해 사진을 데리고 뒷간에 갔다. 사진이 거짓으로 소절급에게 말했다.

"거기 뒤에 있는 사람은 누구요?"

소절급이 속아 머리를 돌리자 쓰고 있던 칼을 있는 힘을 다해 벗어 칼의 끝 부분으로 소절급의 얼굴을 정통으로 내려치니 땅바닥에 거꾸러졌다. 벽돌을 들어 나무 쇠고랑을 두들겨 풀고 두 눈을 날카롭게 뜨고 정자 안으로 뛰어 들어갔다. 몇 명의 공인이 모두 술에 취해 있던 터라 사진에게 두들겨 맞아 죽을 자는 죽고 달아날 자는 달아났다. 옥문을 열고 바깥에서 호응하기를 기다렸다. 또한 감옥에 갇혀 있던 죄인들을 풀어주니 모두 50~60명이었다. 감옥 안에서 함성이 일어나자 어떤 사람이 태수에게 보고했다. 태수 정만리가 놀라 얼굴이 흙빛이 되어 황급히 병마도감을 불러 상의했다. 동평이 말했다.

"성안에 틀림없이 염탐꾼이 있을 겁니다. 사람을 많이 풀어 이 염탐꾼부터 겹겹이 포위해 잡아야 합니다! 저는 이 기회를 틈타 군사를 이끌고 성을 나가 송강을 잡겠습니다. 상공께서는 성을 굳건히 지키시고 수십 명의 공인을 보내 옥문을 에워싸고 한 놈도 달아나게 해서는 안 됩니다!"

동평이 말에 올라 군사를 점고하러 갔다. 정 태수는 즉시 절급, 우후 압번들에게 각자 창봉을 들고 감옥 앞으로 가서 함성을 지르게 했다.

사진은 감옥 안에서 감히 가볍게 나오지 못했고 바깥쪽에 있는 사람들 또한 감히 감옥 안으로 들어가지 못했다. 고대수는 '아이고' 소리만 낼 뿐이었다.

한편 도감 동평은 병마를 일으켜 사경에 말에 올라 송강의 진채로 달려갔다. 길에 매복해 있던 졸개가 송강에게 알리자 송강이 말했다.

"이것은 틀림없이 성안에서 고대수의 일이 잘못된 것이다. 그들이 몰려온다니 적을 맞이할 준비를 하거라."

명령을 내리자 모든 군사가 일어났다. 날이 막 밝아질 무렵 동평의 군마를 맞이했다. 양쪽 진영이 벌려 진세를 펼치자 동평이 말을 몰아 나왔다. 원래 동평은 재치 있고 영리하여 삼교三敎와 구류九流[8]에 정통하여 모르는 것이 없었다. 또한 관악기를 불고 현악기를 뜯는 데 능숙하여 할 줄 모르는 게 없었다. 그리하여 산동, 하북 사람들이 그를 '풍류쌍창장風流雙槍將'이라 불렀다. 송강이 진 앞에서 동평의 모습을 보자마자 기뻐했다. 또한 그의 화살통에 꽂혀 있는 작은 깃발에 '영웅쌍창장英雄雙槍將, 풍류만호후風流萬戶侯'[9]라 쓰여 있었다. 송강이 한도를 내보내 맞서게 했다. 한도가 자루가 긴 쇠창을 잡고 동평에게 달려들었으나

8_ 삼교구류三敎九流: 삼교는 유교儒敎, 불교佛敎, 도교道敎를 가리키고, 구류는 유가儒家, 도가道家, 법가法家, 음양가陰陽家, 명가名家, 묵가墨家, 종횡가縱橫家, 잡가雜家, 농가農家를 가리킴.

9_ 만호후萬戶侯: 한대漢代에 후작의 최고 등급이며 고관대작으로 식읍 만 호를 누렸다. 후대에는 고관대작을 가리킴.

동평의 쇠창이 신출귀몰하여 당해내지 못했다. 송강이 다시 금창수 서녕을 불러 구겸창을 들고 한도를 대신해 싸우게 했다. 서녕이 나는 듯이 말을 몰아 나가 동평과 맞붙어 싸웠다. 두 사람이 50여 합을 싸워도 승패가 나지 않았다. 싸움이 길어지자 송강은 서녕이 실수라도 할까 두려워 징을 울려 군사를 거두었다. 서녕이 말 머리를 돌리자 동평이 쌍창을 손에 들고 진 안으로 쫓아 들어왔다. 송강이 그 틈을 이용해 채찍 끝을 한번 펼치자 사방의 군사들이 일제히 에워쌌다. 송강이 고삐를 당겨 높은 언덕에 올라 바라보니 동평이 진 안에 포위된 것이 보였다. 그가 동쪽으로 달리면 신호 깃발로 동쪽을 가리켜 군마들이 동쪽으로 달려와 그를 에워쌌고, 서쪽으로 가면 서쪽을 가리켰다. 동평이 진 안에서 이리저리 부딪치며 두 자루의 창으로 신패(오후 3~5시) 이후까지 싸우고서야 겨우 길을 열어 빠져나갈 수 있었다. 송강은 뒤쫓지 않았다. 동평 또한 싸움이 불리한 것을 보고 그날 밤 군사를 거두어 성으로 돌아갔다. 송강은 그날 밤 군사를 일으켜 성 아래까지 밀고 들어가 겹겹이 둘러쌌다. 고대수는 성안에서 불도 지르지 못했고 사진 또한 감히 나오지 못해 양쪽이 대치만 하고 있었다.

원래 정 태수에게는 딸이 하나 있는데 대단히 아름다웠다. 동평은 처가 없어 여러 차례 사람을 보내 혼인을 청했으나 태수가 받아들이지 않았다. 이 때문에 평상시에 두 사람 사이에 대화가 있었지만 사이는 좋지 않았다. 동평이 그날 밤 군사를 이끌고 성안으로 들어와 상황을 이용하여 내부 사정을 아는 사람을 보내 혼담을 꺼냈다. 정 태수가 대답했다.

"나는 문관이고 그대는 무관이니 데릴사위를 들이는 것도 이치에 합당하다. 그러나 지금 도적 떼가 성을 공격하고 있어 이런 위급한 상황에 혼사를 허락한다면 사람들의 웃음거리가 될 것이다. 도적들이 물러나고 성을 보호하여 무사해지면 그때 혼사를 의논해도 늦지 않을 것이다."

그 사람이 동평에게 알리자 동평이 비록 입으로는 "그 말이 옳습니다"라고 했으나, 마음속으로 주저하면서 유쾌하지 않았고 나중에 그가 허락하지 않을까 두려웠다.

그날 밤 송강이 더욱 거세게 성을 공격하자 태수는 나가 싸우라고 재촉했다. 동평이 크게 성내며 말에 올라 전군을 이끌고 성을 나가 싸웠다. 송강이 직접 문기 아래로 나와 소리질렀다.

"그대 같은 무능한 장수가 내 수하의 정예 병력 10만과 용맹한 장수 1000명을 어떻게 당해낼 수 있겠는가. 네가 어서 와서 항복한다면 목숨만은 살려주마!"

동평이 몹시 성을 내며 대답했다.

"얼굴에 자자한 아전 주제에다 죽어 마땅한 미치광이가 감히 함부로 지껄이느냐!"

쌍창을 들고 곧바로 송강에게 달려들었다. 왼쪽의 임충과 오른쪽의 화영이 일제히 나와 각자 병기를 들고 동평을 맞아 싸웠다. 몇 합을 싸우더니 문득 두 장수가 달아나기 시작했다. 송강의 군마가 패한 척하며 사방으로 흩어져 달아났다. 동평이 용맹을 뽐내고자 말을 박차고 쫓으니 송강 등이 수춘현壽春縣 경계까지 물러났다. 송강이 앞에서 달아나고 동평이 그 뒤를 쫓았다. 성에서 10리쯤에 이르렀을 때 앞에 한 시골 마을에 이르렀는데 양쪽이 모두 초가집이었고 중간에 역로가 있었다. 동평은 계책에 빠진 줄 모르고 말을 몰아 쫓기만 했다. 송강은 동평이 대단한 사람이라 지난밤에 왕왜호, 일장청, 장청, 손이랑 네 명에게 100여 명을 데리고 먼저 초가 양쪽에 매복하게 했다. 그리고 길 위에 여러 갈래로 말을 걸어 넘어뜨리는 밧줄을 묶어놓게 했고, 또한 그 위에 흙을 얇게 덮어놓도록 했다. 동평이 오기를 기다렸다가 징 울리는 소리를 신호로 밧줄을 일제히 들어올려 사로잡으려고 계획했다. 동평이 한참 쫓고 있는데 그곳에 도착하자 뒤에서 공명과 공량이 크게 소리지르는 것이 들렸다.

"내 주인을 다치게 하지 마라!"

초가 앞까지 오자 갑자기 징 소리가 울리더니 초가 양쪽의 문짝들이 일제히 열렸고 밧줄들을 세차게 끌어당겼다. 그 말이 막 머리를 돌리려 하는데 뒤에서 밧줄이 일제히 올라오더니 말이 밧줄에 걸려 자빠지고 동평도 말에서 떨어졌다. 왼쪽에서 일장청과 왕왜호, 오른쪽에서는 장청과 손이랑이 일제히 달려들어 동평을 잡았다. 투구, 갑옷, 쌍창, 말까지 모두 빼앗았다. 두 여두령이 동평을 잡아 삼줄로 양손을 뒤로 하여 묶었다. 두 여장수가 각자 강철 칼을 잡고 동평을 송강 앞으로 끌고 왔다.

송강이 초가집들을 지나 말을 멈추고 푸른 백양나무 아래에 서서 두 여장수가 동평을 끌고 오는 것을 맞이했다. 송강이 두 여장수에게 소리지르며 물러나게 했다.

"내가 동평 장군을 모셔오라 했지 누가 너희보고 묶어오라고 했느냐!"

두 여장수가 '네, 네' 소리만 연거푸 하고 물러났다. 송강이 황망히 말에서 내려 손수 밧줄을 풀고 호갑護甲10과 비단 도포를 벗어 동평에게 입혀주며 고개 숙여 절했다. 동평이 허둥지둥 답례하자 송강이 말했다.

"장군께서 미천한 것을 버리시지 않는다면 산채의 주인으로 모시고자 합니다."

"소장은 사로잡힌 사람으로 만 번 죽어도 무겁지 않습니다. 만일 용서해주셔서 의탁할 수만 있다면 이보다 더한 행운이 없는데 산채의 주인 자리를 말씀하시다니 소장은 놀라 몸 둘 바를 모르겠습니다!"

"저희 산채가 양식이 부족하여 특별히 동평부로 양식을 빌리려 한 것뿐이지 결코 다른 뜻은 없습니다."

"정만리 그놈은 원래 동관童貫 문하에서 글방 선생을 하던 놈입니다. 그런 놈이 좋은 자리를 얻었으니 어찌 백성을 해치지 않겠습니까? 만일 형님이 동평을 받아들여 돌아가게 해주신다면 그놈을 속여 성문을 열게 하고 성안으로 들어가 돈과 식량을 전부 빼앗아 은혜를 갚고자 합니다."

송강이 크게 기뻐했다. 즉시 명령을 내려 투구와 갑옷, 창과 말을 동

10_ 호갑護甲: 금속이나 가죽으로 만든 몸을 보호하는 의복.

평에게 돌려주고 말에 오르게 했다.

동평은 앞에서 송강 군마는 뒤에서 깃발을 말아 감추고 모두 동평성 아래로 왔다. 동평의 군마가 앞장서서 크게 외쳤다.

"빨리 성문을 열어라!"

성문의 군사들이 불을 비춰보니 동 도감임을 알고 즉시 성문을 활짝 열고 조교를 내렸다. 동평이 말을 박차 먼저 들어가 조교의 연결 쇠사슬을 끊어버렸다. 뒤에서 송강 등의 따르던 군사들이 빠르게 성으로 들어와 동평부 안에 도착했다. 급히 군령을 내려 백성을 해치지 못하게 했고 사람 사는 가옥에 불을 지르지 못하게 했다. 동평은 관아로 달려가 정 태수 일가족을 죽이고 딸을 빼앗았다. 송강은 먼저 감옥을 열어 사진을 구출했다. 부고府庫를 열어 금은재보를 모두 취하고 창고를 크게 열어 양식을 수레에 싣게 한 뒤 먼저 양산박 금사탄으로 호송하게 하고 삼완 두령에게 인계하여 산채에 옮기게 했다. 사진은 사람들을 이끌고 서와자로 가서 이수란 집안의 포주와 노인 어린아이 할 것 없이 일가족을 모두 갈기갈기 찢어 죽였다. 송강이 태수의 가산을 털어 백성들에게 나누어주고 거리마다 포고문을 붙여 백성들을 타일렀다. 백성을 해치던 관리들은 이미 죽었으니 너희 양민들은 각자 생업에 종사하라는 내용이었다. 모든 일이 마무리되자 군사를 거두고 크고 작은 장교들이 안산진에 도달했는데 백일서 백승이 나는 듯이 달려와 동창부의 싸움 상황을 보고했다. 송강이 듣고서 눈썹을 치켜세우고 놀라 눈을 둥그렇게 크게 뜨고 소리질렀다.

"여러 형제는 산으로 돌아가지 말고 나를 따르라!"

제 6 9 회

송강, 두령 자리에 오르다[1]

송강이 동평부를 치고 군사를 거두어 안산진에 도착하여 산채로 돌아가려 하는데 백승이 달려와 보고했다.

"노준의가 동창부를 쳤으나 두 번이나 연속해서 패했습니다. 상 안에 장청張淸이라는 맹장이 있는데, 원래 창덕부彰德府[2] 사람으로 용맹한 기병 출신입니다. 돌팔매질을 매우 잘하여 돌을 던져 사람을 맞히는데 백발백중이라 사람들이 '몰우전沒羽箭'이라 부릅니다. 또한 수하에 두 명의 부장이 있는데, 한 명은 '화항호花項虎' 공왕龔旺이라 하고 온몸에 호

1_ 제69장 몰우전이 돌을 던져 영웅들을 맞히다沒羽箭飛石打英雄. 송 공명이 식량을 버리고 장사를 사로잡다宋公明棄糧擒壯士.

2_ 창덕부彰德府: 지금의 허난성河南省 안양安陽.

랑이 얼룩을 새겼고 목에는 호랑이 머리를 그렸는데 말 위에서 비창飛槍을 사용합니다. 다른 하나는 '중전호中箭虎' 정득손丁得孫이란 놈인데 뺨에서 목까지 온통 흉터투성이로 말 위에서 비차飛叉를 사용합니다."

백승이 적장에 대한 설명을 끝내고 다시 자세한 군사 상황을 보고했다.

"노 원외가 병사를 이끌고 동창부 경계에 이르렀는데도 연일 10일 동안 나가 싸우지 않고 있습니다. 그저께 장청이 성을 나와 교전했는데 학사문이 대적했습니다. 그런데 몇 합도 싸우지 못하고 장청이 달아나자 학사문이 그 뒤를 쫓았는데 그놈이 던진 돌에 그만 관자놀이를 맞아 말에서 굴러떨어졌습니다. 연청이 쇠뇌를 쏘아 장청의 전마를 맞혀 학사문의 목숨을 간신히 구했지만 한 번 지고 말았습니다. 다음 날 혼세마왕 번서가 항충과 이곤을 이끌고 방패를 돌리며 나가 싸웠으나 생각지도 못하게 정득손이 겨드랑이 사이로 날린 표차標叉3에 항충이 정통으로 맞아 또 지고 말았습니다. 두 사람이 지금은 배 안에서 치료를 받고 있는데 군사께서 특별히 소인을 보내 형님께서 빨리 오셔서 구원해달라 하십니다."

송강이 듣고서 사람들에게 탄식하며 말했다.

"노준의가 어찌 이리도 인연이 없는가! 특별히 오 학구와 공손승을 모두 보내 그를 돕게 하여 싸움에서 이기고 첫 번째 교의에 앉히려 했

3_ 표차標叉: 병기의 일종으로 던질 때 사용하는 갈퀴, 작살 같은 것.

건만 누가 그런 강한 적수를 만날지 생각이나 했겠는가! 이렇게 된 바에야 우리 형제 모두 군사를 이끌고 가서 도와줘야겠다."

즉시 전군에게 출동하라 군령을 내렸다. 모든 장수가 말에 올라 송강을 따라 동창부 경계로 달려갔다. 노준의가 맞이하며 있었던 일들을 자세히 설명했다.

한참 상의하고 있는데 병졸이 와서 보고했다.

"몰우전 장청이 싸움을 걸고 있습니다."

송강이 두령들과 함께 일어나 넓은 들판에 진세를 펼치고 크고 작은 두령들이 일제히 말에 올라 문기 아래에 나왔다. 북소리가 세 번 울리더니 장청이 말에 올라 먼지를 일으키며 달려나왔다. 문기 그림자 속에서 왼쪽에서 화항호 공왕이, 오른쪽에서는 중전호 정득손이 갑자기 뛰쳐나왔다. 세 기의 말이 진 앞으로 나오자 장청이 송강에게 손가락질하며 욕했다.

"물가 도적놈아, 어서 나와 결판내자!"

송강이 물었다.

"누가 나가 저놈과 싸워보겠는가?"

진 안에서 한 영웅이 분노하며 말을 박차고 나가는데 손에 구겸창을 춤추듯 휘두르며 진 앞으로 나왔다. 송강이 보니 바로 금창수 서녕이었다. 송강이 속으로 기뻐하며 말했다.

"이 사람이라면 대적할 만하지!"

서녕이 나는 듯이 말을 몰아 장청에게 달려들었다. 두 마리의 말이 엇갈려 달리며 두 창이 부딪치는데, 5합을 채 싸우기도 전에 장청이 달아나기 시작했고 이내 서녕이 뒤쫓았다. 장청이 왼손으로 장창長槍을 거짓으로 들어올리고 오른손으로는 비단 주머니에서 돌을 더듬어 꺼냈다. 서녕이 가까이 접근했음을 훔쳐보고 몸을 휙 돌려 돌 하나를 던졌다. 양미간을 정통으로 돌에 맞은 서녕이 말에서 굴러떨어졌다. 그러자 공왕과 정득손이 서녕을 잡으려고 달려들었다. 송강의 진중에도 사람은 많았다. 여방, 곽성 두 기의 말이 두 자루의 미늘창으로 서녕을 구해 본진으로 돌아왔다. 송강 등이 크게 놀라 모두 새파랗게 질렸다. 다시 물었다.

"어느 두령이 나가 싸우겠는가?"

송강의 말이 미처 끝나기도 전에 말 뒤에서 한 명의 장수가 나는 듯이 달려나가는데 다름 아닌 금모호 연순이었다. 송강이 말리기도 전에 이미 달려나갔다. 연순이 장청을 잡으려 했으나 여러 합도 싸우기 전에 막아내지 못하고 말 머리를 돌려 달아났다. 장청이 달아는 연순의 뒤를 쫓으며 손에 돌을 들어 연순의 등을 향해 던졌다. 갑옷 호심경에 맞아 '쨍' 쇳소리를 내자 연순은 말안장에 바짝 엎드려 정신없이 달아나기만 했다. 그때 송강의 진에서 한 사람이 큰 소리로 외쳤다.

"저 따위 하찮은 놈이 뭐가 두렵단 말이냐!"

긴 창을 세우고 말을 몰아 진 밖으로 나갔다. 송강이 바라보니 백승장 한도였다. 말 한마디 없이 곧바로 장청과 싸웠다. 두 말이 서로 엇갈리자 함성이 크게 일었다. 한도가 송강 앞에서 실력을 보여주려 정신을 바짝 차리고 장청과 싸웠다. 10합을 싸우지도 않았는데 장청이 달아나기 시작했다. 한도는 그가 돌을 던질 것 같아 의심해 뒤쫓지 않았다.

장청이 머리를 돌려 보니 한도가 쫓아오지 않자 몸을 돌려 돌아왔다. 한도가 긴 창을 잡고 맞이하러 나가는데 장청이 몰래 돌을 감추고 있다가 갑자기 손을 드는가 싶더니 한도의 코 양쪽 오목한 부분에 정통으로 맞았다. 한도는 붉은 피를 쏟아내며 급히 본진으로 돌아왔다. 보고 있던 팽기가 크게 성내며 송 공명의 군령도 기다리지 않고 삼첨양인도를 휘두르며 장청에게 달려들었다. 두 말이 미처 부딪치기도 전에 장청이 은밀하게 손에 쥐고 있던 돌을 던지니 팽기의 뺨에 맞아 삼첨양인도를 떨어뜨리고 본진으로 되돌아왔다.

여러 장수가 패배하는 것을 본 송강은 속으로 놀라고 두려워 군마를 거두고 돌아가려 했다. 그때 노준의 등 뒤에서 한 사람이 크게 소리를 질렀다.

"오늘 위세가 꺾여서야 내일 어떻게 싸운단 말인가? 저놈의 돌멩이가 나를 맞히는지 보십시오!"

송강이 바라보니 바로 추군마 선찬이었다. 말을 몰아 칼을 휘두르며 장청에게 달려들었다. 장청이 소리질렀다.

"한 놈이 오면 한 놈을 도망가게 하고 두 놈이 오면 두 놈을 달아나게 할 뿐이다! 네놈이 내 돌팔매 솜씨를 모르느냐?"

"다른 사람은 맞혔는지 모르지만 나한테는 어림도 없다!"

말이 미처 끝나기도 전에 장청이 던진 돌에 선찬은 입언저리를 맞아 말에서 굴러떨어졌다. 공왕과 정득손이 선찬을 잡으려 하자 송강의 진에서 여러 장수가 달려나가 선찬을 구해 본진으로 돌아왔다. 송강이 보고서 화가 하늘로 치솟아올라 칼을 뽑아 도포를 자르며 맹세했다.

"내가 만약 이 사람을 얻지 못한다면 맹세컨대 절대로 군사를 돌리지 않으리라!"

호연작이 송강이 맹세하는 것을 보고 말했다.

"형님 말씀대로 된다면 우리 형제들을 어디에 쓰겠습니까!"

척설오추마를 몰아 진 앞으로 나가 크게 욕했다.

"'어린아이는 관심을 끌려고 온 힘을 다해 용기를 낸다' 하더라! 대장 호연작이 누군지 아느냐?"

장청이 맞받아쳤다.

"나라를 욕되게 한 패장 놈아, 어디 내 매운 맛 좀 보거라!"

말이 끝나기도 전에 돌이 하나 날아왔다. 호연작이 보고서 급히 편으로 막으려 했으나 오히려 팔목에 맞아 강편을 휘둘러보지도 못하고 본진으로 돌아왔다. 송강이 말했다.

"마군 두령들은 모두 다쳤다. 보군 두령 중에 누가 저놈을 잡아보겠느냐?"

그러자 유당이 박도를 들고 몸을 곧게 세우고 진 앞으로 나갔다. 장청이 크게 웃으며 욕했다.

"너 이 패장들, 마군이 모두 졌는데 너 같은 보졸을 상대하겠느냐!"

단단히 화가 난 유당이 장청에게 달려갔다. 장청은 싸우지 않고 말을 타고 본진으로 돌아가려 했다. 유당이 쫓아가 말을 따라잡자 재빠르게 박도로 장청의 전마를 내려찍었다. 칼에 맞은 말이 고통스러워하면서 뒷발굽을 차며 곧추 일어났다. 그 바람에 꼬리로 유당의 얼굴을 쓸었고 두 눈이 순간적으로 침침해졌다. 그 틈에 장청이 돌을 던지니 유당이 돌에 맞아 땅에 쓰러지고 말았다. 유당이 급히 일어나려고 발버둥 치는데 진중에서 관군들이 몰려나와 질질 끌어서 진중으로 잡아갔다. 송강이 크게 소리질렀다.

"누가 나가서 유당을 구해오겠느냐?"

청면수 양지가 곧바로 칼을 휘두르며 말을 몰아 장청에게 달려나갔다. 장청이 창으로 맞서는 듯하더니 양지가 칼을 휘두르자 장청이 얼른 등자 위로 몸을 감췄고 양지의 칼은 그만 허공을 가르고 말았다. 그때 장청이 돌을 잡고 소리질렀다.

"받아라!"

돌이 옆구리 사이로 지나갔다. 장청이 다시 돌 하나를 집어던지니 투구 위에 맞아 '쨍' 하고 쇳소리를 내자 겁먹은 양지가 간담이 서늘해져 말안장에 엎드려 돌아왔다. 송강이 보고서 곰곰이 생각하며 말했다.

"만일 이번 싸움에서 예기가 꺾인다면 어떻게 양산박으로 돌아가겠는가! 누가 이 울분을 풀어주겠는가?"

주동이 듣고서 뇌횡을 쳐다보며 말했다.

"한 명으로 할 수 없다면 우리 두 사람이 함께 나가서 협공해보세!"

주동이 왼쪽, 뇌횡이 오른쪽에 서서 박도를 들고 진 앞으로 나갔다. 장청이 웃으며 말했다.

"한 놈으로 안 되니까 이제는 한 놈을 더 보탰구나. 네놈들 열 놈이 달려들어도 아무렇지 않다!"

전혀 두려운 기색 없이 말 위에서 두 개의 돌멩이를 손에 감췄다. 뇌횡이 먼저 달려나오자 장청이 손을 들어 '초보칠랑招寶七郞[4]의 자세로 돌을 던져 정확하게 뇌횡의 이마를 맞히자 '풀썩' 하고 땅에 엎어졌다. 주동이 급히 구하려는데 다시 돌맹이가 날아와 주동의 목을 쳤다. 관승이 진에서 두 장수가 다치는 것을 보고 강대한 위력을 내뿜으며 청룡도를 돌리면서 적토마를 몰아 달려와 주동과 뇌횡을 구했다. 막 두 사람을 구해 본진으로 돌아가는데 장청이 다시 돌맹이 하나를 던졌다. 관승이 급히 칼로 한번 막아냈는데 칼날에 맞아 불꽃이 튀었다. 관승이 싸울 마음이 없어져 말을 돌려 돌아왔다.

그때 쌍창장 동평이 보고서 속으로 곰곰이 생각했다.

'나는 지금 방금 송강에게 항복했다. 나의 무예를 보여주지 못한다면 산에 올라도 체면이 서지 않을 것이다.'

이윽고 쌍창을 들고 말을 몰아 진 밖으로 나갔다. 장청이 보고서 크게 욕했다.

"나는 너와 이웃한 주부州府로서 입술과 이처럼 서로 돕고 의지하는 관계인데 함께 도적을 물리치는 것이 당연한 이치니라. 네놈은 무슨 까닭으로 조정을 배반했느냐? 부끄럽지도 않느냐!"

동평이 크게 노하여 장청에게 달려들었다. 두 말이 서로 엇갈려 달리

4_ 초보칠랑招寶七郎: 아육왕산阿育王山의 호법신, 아소카왕의 아들 대권수리大權修利는 사리를 호송하여 중국으로 온 뒤에 절강성浙江省 정해현定海縣(현 닝보시寧波市 전하이구鎭海區) 동쪽 초보산招寶山에 보살로 모셔졌기 때문에 '초보칠랑招寶七郎'이라고도 함. 장청이 돌을 던지는 자세가 초보칠랑이 손으로 햇빛을 가리고 멀리 바라보는 형상과 비슷하다고 하여 이렇게 비유함.

며 두 자루의 창이 동시에 부딪치고 네 개의 팔이 어지럽게 얽혔다. 5~7합을 싸웠을 즈음에 장청이 갑자기 말 머리를 돌려 달아나기 시작했다. 동평이 말했다.

"다른 사람들이 네놈 돌에 맞았지만 나한테는 어림도 없다!"

장청이 창 자루를 거두고 비단 주머니 속을 더듬어 돌 하나를 꺼내 오른손을 들어 던졌다. 동평은 눈치 빠르고 손놀림이 민첩한 사람이라 날아오는 돌을 얼른 피했다. 장청이 돌이 맞지 않은 것을 보고 다시 두 번째 돌을 꺼내 던졌으나 동평이 이번에도 재빠르게 피했다. 두 개의 돌이 빗나가자 장청은 당황했다. 말 꼬리가 서로 이어질 만큼 가까워지자 장청이 진문 왼쪽으로 달아났다. 동평이 등 복판을 향해 창을 찔렀다. 장청이 재빠르게 피하며 등자 위로 몸을 숨기자 동평의 창이 허공을 찔렀다. 동평의 말과 장청의 말이 닿을 만큼 가까워지자 장청이 창을 내던지고 두 손으로 동평과 창을 잡은 팔을 잡아끌어 당기니 동평이 움직일 수 없게 되어 두 사람은 뒤섞여 한 덩어리가 되었다.

송강의 진에서 삭초가 보고서 도끼를 돌리며 동평을 구하러 달려나왔다. 관군 진영에서도 공왕과 정득손의 두 말이 일제히 달려나와 삭초를 가로막고 싸움이 벌어졌다. 장청과 동평이 떨어지지 않았는데 삭초, 공왕, 정득손의 세 마리 말이 얽혀 또 한 덩어리가 되었다. 임충, 화영, 여방, 곽성 등 네 장수가 일제히 달려나가니 두 자루의 창과 두 자루의 미늘창이 동평과 삭초를 구해냈다. 장청은 형세가 좋지 않음을 보고 동평을 버린 뒤 자신의 진으로 달아났다. 동평은 달아나는 장청을 버리지 못하고 쫓아 들어가다가 돌멩이를 방비하는 것을 잊고 말았다. 장청은 동평이 쫓아오는 것을 보고 은밀하게 손에 돌을 감추고 그의 말이 다가오자 소리질렀다.

"받아라!"

동평이 급히 피했으나 그 돌이 귀때기를 스치며 지나갔다. 그제야 동평이 놀라 돌아왔다. 그러나 삭초는 공왕과 정득손을 버리고 상대 진으로 쫓아 들어갔다. 장청이 창을 멈추고 가볍게 돌을 꺼내 삭초를 향해 던졌다. 삭초가 급히 피하려 했으나 그 돌이 얼굴을 강타하여 피를 흘리며 도끼를 들고 진으로 돌아왔다.

한편 임충과 화영은 공왕을 한쪽에서 막아 세우고 있었고 여방과 곽성은 정득손을 다른 한편에 막고 있었다. 공왕이 당황하여 비창을 던졌으나 화영과 임충을 맞히지 못했다. 공왕이 먼저 병기가 없어지자 임충과 화영에게 사로잡혀 진으로 끌려왔다. 또한 다른 쪽에서는 정득손이 비차를 춤추듯 휘두르며 죽을힘을 다해 여방과 곽성을 막고 버텨내고 있었다. 뜻밖에 낭자 연청이 진문 안에서 바라보면서 속으로 생각하다가 중얼거렸다.

'잠깐 사이에 15명의 장수가 연이어 두들겨 맞았는데, 저런 부장 한 놈도 잡지 못한다면 무슨 면목이 있겠는가!'

간봉을 내려놓고 몸에서 쇠뇌를 꺼내 활시위를 먹이고 한 발을 쏘니 '씽' 소리와 함께 정득손의 말굽을 맞혔다. 말이 이내 거꾸러지자 여방과 곽성이 사로잡아 진으로 끌고 왔다. 장청이 구해보려 했으나 중과부족이라 어쩔 수 없이 유당만 잡아 동창부로 돌아갔다. 태수는 성 위에서 장청이 양산박의 15명의 대장을 격파하는 것을 보았고 비록 공왕과 정득손이 꺾였으나 유당을 잡았으므로 장청이 주아로 돌아오자 잔을 들어 축하했다. 먼저 유당에게 긴 칼을 씌우고 감옥으로 보낸 다음 다시 상의했다.

한편 송강은 군사를 거두고 돌아와 공왕과 정득손을 먼저 양산박으로 보내게 한 뒤 다시 노준의, 오용과 상의하며 말했다.

"내가 듣기로는 오대五代 시기 대량大梁의 왕언장王彦章은 하루가 다 지나가기 전에 당나라 장수 36명을 연파했다 했소. 오늘 장청이 짧은 시간에 우리 15명의 대장을 연달아 격파했으니 진실로 왕언장 못지않은 대단한 맹장이외다."

여러 장수가 아무 말이 없었다. 송강이 다시 말했다.

"내가 보기에 장청은 공왕과 정득손을 양 날개로 의지하는 것 같소이다. 지금 날개가 모두 사로잡혔으니 좋은 계책을 쓴다면 장청을 사로잡을 수 있겠소이다."

오용이 말했다.

"형님, 안심하십시오. 소생이 장청이 나타났다 사라졌다 하는 것을 살펴보고 이미 오래전에 계책을 세워놨습니다. 아무리 그렇더라도 먼저 다친 두령들을 산채로 돌려보내고 노지심, 무송, 손립, 황신, 이립 등으로 하여금 모두 수군을 이끌고 수레와 배를 준비하도록 하겠습니다. 물과 육지로 함께 나아가며 배와 서로 호응하여 장청을 속이면 큰일을 이룰 수 있을 겁니다."

오용이 각각 배정을 끝냈다.

한편 장청은 성안에서 태수와 상의하며 말했다.

"비록 두 번의 싸움에 이겼다고는 하나 도적들의 세력을 근본적으로 제거한 것은 아닙니다. 사람을 보내 허실을 염탐한 다음 다시 방법을 찾아야 합니다."

정탐꾼이 돌아와 보고했다.

"진채 뒤 서북쪽으로 어디서 오는지 알 수 없는 많은 양식을 수레 100여 대에 싣고 오고 있고, 강에도 양식과 마초를 실은 크고 작은 500여 척의 배가 물과 육지로 나란히 오고 있는데 배와 말이 같이 오고 있습니다. 그런데 길을 따라 몇 명의 두령만이 감독하고 있습니다."

태수가 말했다.

"이놈들에게 계책이 있지 않을까? 그놈들의 잔혹한 술수에 빠질까 두려우니 다시 사람을 보내 알아보는 게 좋겠소. 정말 양식과 마초인지 모르겠소."

다음 날 병졸이 와서 보고했다.

"수레에는 모두 양식과 마초가 실려 있고 바닥에 쌀이 흘려져 있습니다. 물에 있는 배에는 비록 덮개로 덮여 있으나 쌀 포대가 드러나 있습니다."

장청이 말했다.

"오늘 저녁 성을 나가 먼저 물가에서 수레를 가로막아 빼앗고, 그다음에 물에 있는 배들을 탈취하겠습니다. 태수께서 싸움을 도와주신다면 북소리 한 번에 모두 얻을 수 있습니다."

태수가 말했다.

"이 계책이 참으로 묘하구려. 어쨌든 잘 살펴서 해봅시다."

군사들에게 술과 음식을 배부르게 먹이고 모두 갑옷을 입혀 무장시킨 뒤 짐을 담을 비단 자루를 가지고 가게 했다. 장청이 장창을 잡고 1000여 명의 군사를 이끌고 은밀하게 성을 나갔다.

그날 밤은 달빛이 희미하고 별빛만 온 하늘에 가득했다. 10여 리를 못 가서 수레들이 눈에 들어왔다. 깃발에는 '수호채水滸寨 충의량忠義糧'이라 분명하게 쓰여 있었다. 장청이 살펴보니 노지심이 선장을 메고 검은 장삼을 단정하게 입고는 앞장서서 오고 있었다. 장청이 말했다.

"이 까까중 놈 대갈통에 내 돌 맛을 보여주마!"

이때 노지심은 선장을 메고 앞만 바라보고 큰 걸음으로 성큼성큼 걸어오고 있어 장청을 보지 못했고 또한 그의 돌을 방비하는 것도 잊고 있었다. 한참 오고 있는데 장청이 말 위에서 소리질렀다.

"받아라!"

돌멩이 하나가 노지심 머리를 정통으로 강타하자 붉은 피를 흘리며 뒤로 자빠졌다. 장청의 군마가 일제히 함성을 지르며 달려나왔다. 무송이 급히 두 자루의 계도를 잡고 사력을 다해 노지심을 구하고 양식 수레를 버린 채 달아났다. 장청이 양식 실은 수레를 빼앗아 살펴보니 정말로 양식이었다. 기쁜 마음에 노지심을 쫓지 않고 양식과 마초를 운반해 성안으로 들어왔다. 태수가 크게 기뻐하며 직접 거두었다. 장청이 다시 물에 있는 곡식 실은 배를 빼앗으려 하자 태수가 말했다.

"장군께서 좋으실 대로 하시지요."

장청이 말에 올라 남문으로 갔다. 남문 밖 포구를 바라보니 양식 실은 배가 수없이 떠 있었다. 장청이 즉시 성문을 열게 하고 일제히 함성을 지르며 강변까지 돌진해갔다. 그러나 이때 검은 구름이 가득 차고 어두운 안개가 하늘을 덮어 마보 군병들이 고개를 돌려 마주보아도 서로 알아보지 못할 정도였다. 이것은 공손승이 술법을 썼기 때문이었다. 장청이 앞을 분간할 수 없자 당황하여 돌아가려는데 앞뒤 어디에서도 길을 찾을 수 없었다. 그때 갑자기 사방에서 함성 소리가 어지럽게 일어나더니 알 수 없는 군사들이 몰려왔다. 바로 임충이 철기 군병을 이끌고 장청의 군사와 말들을 모두 물속으로 밀어붙였다. 물속에서는 이준, 장횡, 장순, 삼완과 양동 형제 등 8명의 수군 두령이 일자로 그곳에 늘어서 있었다. 장청이 발버둥치며 빠져나오지 못하는 사이에 완씨 삼형제에게 사로잡혀 밧줄로 묶인 채 송강의 진채로 끌려왔다.

수군 두령들은 나는 듯이 송강에게 보고했다. 그러는 사이 오용은 크고 작은 두령들을 재촉해 그날 밤 성을 치게 했다. 태수 홀로 어떻게 버텨낼 수 있겠는가? 성 밖 사방에서 포 소리가 들리고 성문이 열리자 놀란 태수가 달아나려 했지만 길이 없었다. 송강의 군마가 성안으로 밀고 들어와 먼저 유당을 구한 다음 창고를 열어 돈과 양식을 턴 뒤 양산박으로 보내고 일부분은 백성들에게 나누어주었다. 태수는 평소에 청렴했기에 용서하고 죽이지는 않았다.

송강 등이 관아 안에서 두령들이 전부 모이기를 기다렸다. 수군 두령들이 먼저 장청을 끌고 왔다. 여러 형제가 모두 그에게 맞아 다친 터라 이를 부득부득 갈며 모두 장청을 죽이려고 했다. 송강은 장청이 끌려오는 것을 보고 직접 대청 계단 아래로 내려가 맞이하며 사과했다.

"잘못하여 호랑이 같은 위임을 범했습니다. 염려하지 마십시오!"

대청 위로 오르기를 청하는데 계단 아래에서 수건으로 머리를 싸매고 있던 노지심이 보고 쇠 선장을 잡고 달려들며 장청을 때리려 했다. 송강이 막아서며 여러 번 소리지르자 그제야 노지심이 뒤로 물러났다. 장청이 송강의 의기를 보고 머리를 조아리며 절을 올리고 항복했다. 송강이 술을 가져와 전지(奠地)5를 하고 화살을 꺾어 맹세했다.

　"동생들 중에 누구라도 이 사람에게 원수를 갚고자 한다면 하늘이 돌보지 않을 것이며 칼에 찔려 비참하게 죽을 것이다."

　두령들이 듣고서 누가 감히 다시 말하겠는가?

　송강이 맹세의 의식을 끝내자 모두 크게 웃으며 기뻐했다. 군마를 수습해 양산박으로 돌아가려는데 장청이 송 공명 앞에서 동창부의 수의사 한 명을 추천했다.

　"황보단(皇甫端)이라는 사람이 있는데, 이 사람은 말의 관상을 잘 볼 뿐만 아니라 춥거나 더울 때 생기는 병, 짐승의 병을 모두 잘 알아 약을 쓰고 침을 사용하여 못 고치는 병이 없습니다. 진실로 백락(伯樂)6의 재주가 있다고 할 수 있습니다. 원래는 유주(幽州) 사람인데 그의 생김새가 눈이 푸르고 수염이 누래 번인(番人)7같이 생겼다 하여 사람들이 '자염백(紫髯伯)'이라 부릅니다. 양산박에서 그를 쓸 곳이 있을 것이니 이 사람을

5_ 전지(奠地): 맹세할 때 술을 땅바닥에 뿌려 땅에 제사를 지내며 정중함과 엄숙함을 보여줌.
6_ 백락(伯樂): 춘추시대 사람으로 이름은 손양(孫陽)이며 말의 관상을 잘 보았다고 함. 후에 인재의 발견과 이를 길러내는 데 비유하여 사용한다.
7_ 번인(番人): 소수민족 혹은 외국인.

불러 처자식을 데리고 함께 산에 오르시지요."

송강이 듣고서 크게 기뻐하며 말했다.

"만일 황보단이 함께 간다면 대단히 기쁠 것이오."

장청은 송강의 서로 아끼는 마음이 깊은 것을 보고 즉시 달려가 황보단을 데려와 송강과 여러 두령에게 인사를 시켰다. 송강이 그를 살펴보니 눈빛은 푸른색이고 눈동자가 겹쳐져 괴상했으며 곱슬곱슬한 수염이 배까지 드리웠으나 속되지 않아 칭찬해 마지않았다. 황보단도 송강이 의기가 있음을 보고 속으로 기뻐하며 대의를 따르기로 했다.

위로를 끝내고 영을 내리자 모든 두령이 수레와 병기, 양식, 금은을 수습해 수레에 싣고 일제히 양산박을 향해 출발했다. 두 주부의 돈과 양식을 산채로 운반하는데 앞뒤 전군이 모두 별다른 일 없이 산채로 돌아왔다. 양산박으로 돌아와 충의당에 오른 송강은 공왕과 정득손을 불러 좋은 말로 위로하며 달랬다. 두 사람이 머리를 조아리며 절하고 항복했다. 황보단에게는 짐승을 치료하는 일을 맡게 했다. 또한 동평과 장청도 산채의 두령으로 삼았다. 송강이 크게 기뻐하며 연회를 열어 축하했다. 모두 충의당에 올라 각기 서열에 따라 앉았다. 송강이 두령들을 살펴보니 모두 108명이었다. 송강이 감격해하며 입을 열었다.

"나와 동생들이 산에 올라 모인 뒤로 도처를 돌아다녔으나 잃은 것이 없는 것은 모두 하늘이 돕고 보호해준 것이지 인간의 능력은 아니외다. 오늘 내가 두령 자리에 앉게 된 것은 모두 여러 형제가 용감했기에 가능한 것이오. 지금 내가 할 말이 있는데 귀찮더라도 형제들이 함께 들어주기 바라오."

오용이 바로 대답했다.

"형님께서 무슨 말씀을 하든 지키도록 약속하리다."

송강이 모든 두령을 바라보며 입을 열기 시작했다.

제 7 0 회

천강성天罡星 지살성地煞星[1]

　송 공명이 동평과 동창을 격파하고 산채로 돌아와 크고 작은 두령들을 세어보니 모두 108명이라 속으로 매우 기뻐했다. 모든 형제에게 말했다.

　"송강이 강주에서 소란을 일으키고 산에 오른 이래로 여러 형제 영웅의 도움에 의해 두령 자리에 앉았소. 지금 108명의 두령이 모여 매우 기쁘게 생각하오. 조개 형님께서 돌아가신 뒤로 병마를 이끌고 산을 내려가 잃어버림 없이 모두 보전할 수 있었던 것은 하늘이 돌보아주신 것이지 결코 사람의 능력으로 되는 것은 아니오. 지금까지 사로잡혀 감

1_ 제70장 천문이 새겨진 충의당 석갈을 얻다忠義堂石碣受天文. 양산박 영웅이 악몽에서 깨어나다梁山泊英雄驚惡夢.

옥에 갇히거나 혹은 다쳐 돌아온 사람도 있었지만 모두 무사했소. 지금 108명이 모두 앞에 모여 있으니 실로 고금에 드문 일이오. 이전에 도처에서 전쟁을 일삼고 백성을 죽였으나 신께 제사지내 사죄할 수 없었소. 그래서 나는 항상 마음속에 나천대초羅天大醮를 지내 천지신명께서 우리를 돌봐주신 은혜에 보답하고자 했소. 첫째는 모든 형제의 몸과 마음이 편안하고 즐겁게 해달라고 기도할 것이고, 둘째는 조정이 어서 빨리 은택을 내려 하늘을 거스른 대죄를 사면해주어 있는 힘을 다해 목숨을 바쳐 충성으로 나라에 보답하고 죽을 때까지 분투하는 것이고, 셋째는 조 천왕을 받들어 천상계天上界에 다시 태어나 영세永世에 다시 만나는 것이오. 그리고 비명횡사하거나 불에 타서 죽고 물에 빠져 죽은 자들, 죄 없이 해를 입은 모든 사람을 제도濟度하여 좋은 자리를 찾아가길 바라는 것이오. 이 일을 진행하고자 하는데 형제들의 뜻은 어떠하오?"

모든 두령이 함께 말했다.

"선한 업을 쌓는 좋은 일입니다. 형님의 의견이 옳습니다."

오용이 말했다.

"먼저 공손승이 초사醮事2를 주관하시오. 그리고 사람을 산 아래로 보내 사방 멀리에서 득도한 은사隱士들을 초빙하여 산채로 올 때 초기醮器3를 가져오게 하십시오. 또한 사람을 시켜 향촉, 지마紙馬4, 과일, 제

2_ 초사醮事: 도사나 승려가 제단을 쌓고 제사를 지내는 일.
3_ 초기醮器: 도사들이 제단을 설치하고 제사를 지낼 때 사용하는 법기法器.

사에 쓸 공물, 소식素食, 청결한 음식 등 필요한 일체의 물건을 사서 준비시켜야 합니다."

4월 15일에 시작하여 일곱 낮 일곱 밤 동안 진행하기로 상의했다. 산채에서는 재물을 널리 풀었으며 일을 감독하고 처리했다. 기일이 가까워지자 충의당 앞에는 네 폭의 긴 깃발이 걸리고 충의당 위에는 3층 높이의 누대를 세웠다. 충의당 안에는 칠보삼청七寶三淸5의 불상을 배치했고 양쪽에는 이십팔수와 십이 궁진宮辰 및 모든 나천대초를 주관하는 성관星官(성신星神)과 진재眞宰(우주의 주재主宰)들이 설치되었다. 충의당 밖에는 제단을 감독하는 최崔, 노盧, 등鄧, 두竇의 신장神將이 설치되었다. 배치가 정해지고 초기 정비가 완전하게 되었다. 도사들을 초청했는데 공손승을 합쳐 모두 49명이었다.

그날은 청명하고 날이 매우 좋았다. 날씨는 따뜻하고 밝았으며 달빛이 희고 바람도 평온했다. 송강과 노준의에 이어 오용과 모든 두령이 차례대로 분향했다. 공손승이 고공高功6이 되어 불사佛事를 진행하는데 일체의 문서와 신표도 그가 맡아 발부했고 48명의 도사와 함께 매일 세 차례씩 진행하되 7일이 되면 만산滿散7을 하기로 했다. 송강은 하늘

4_ 지마紙馬: 제사지낼 때 쓰는 신의 모습을 그린 그림이다. 제사가 끝나면 불살랐다.
5_ 칠보삼청七寶三淸: 칠보는 일곱 가지의 진귀한 보물로 불경마다 각기 다름. 삼청은 신선이 살았다는 옥청玉淸, 상청上淸, 태청太淸 등 최고의 선경仙境이다.
6_ 고공高功: 도교 법사의 고유 명칭. 종교 의식을 거행할 때 가장 높은 자리에 앉는데 도사 중에 공력이 가장 높은 도사를 칭했다.
7_ 만산滿散: 불사나 혹은 도량의 기한이 만료되어 신께 감사하는 의식.

의 현시顯示(계시)를 알고 싶어 특별히 공손승에게 청사靑詞8를 올려 천제께 아뢰게 했다. 매일 세 차례 올려 7일째 되는 날 삼경에 공손승이 가장 높은 첫 번째 허황단虛皇壇9에 서고 도사들은 두 번째 층에, 그리고 송강 등 두령들이 아래층에 섰으며, 나머지 소두목과 장교들은 모두 제단 아래에 섰다. 모두 상천上天을 향해 간절히 바라고 엎드려 현시를 구했다. 이날 밤 삼경에 바로 서북쪽인 건방乾方10 천문天門11 위 하늘에서 흡사 비단을 찢는 듯한 소리가 들렸다. 사람들이 바라보니 금쟁반을 세운 것처럼 양 끝이 뾰족하고 중간은 넓었는데 사람의 눈과 같이 생겨 이것을 천문天門이 열렸다고 하거나 천안天眼이 열렸다고 한다. 천안 안쪽에서 솜털같이 광선이 쏟아져 사람의 눈을 비추고, 오색 비단 같은 노을이 피어오르더니 가운데서 바구니 모양의 불덩이 하나가 휘말려나와 허황단에 곧바로 굴러떨어졌다. 그 불덩이가 제단을 맴돌더니 굴러떨어져 정남쪽 땅속으로 뚫고 들어갔다. 이때 천안이 닫히고 도사들은 제단으로 내려왔다. 송강이 즉시 사람들에게 쇠삽과 괭이를 가져오게 하여 흙을 파서 불덩이를 찾게 했다. 미처 3척도 파 들어가기 전에 돌비석이 보였는데 정면과 양측에 각기 천서 문자가 적혀 있었다.

8_ 청사靑詞: 도사가 신께 제사를 지낼 때 푸른 등나무 종이에 바람을 적어 이 종이를 살라 신께 요구를 접수시킴. 요구 사항을 적은 종이가 청등지靑藤紙이므로 청사라 부른다.
9_ 허황虛皇: 도교의 신神 이름.
10_ 건방乾方: 건괘乾卦가 위치한 방위로 서북쪽을 가리킴.
11_ 천문天門: 신화 전설 속의 천궁天宮의 문.

송강이 즉시 지전을 불사르고 만산하게 했다. 새벽에 제례를 지낸 모든 도사에게 금비단을 나눠주고 재물을 충분히 보시했다. 돌비석을 가져오게 하여 살펴보니 위에는 어려운 고대 문자인 과두蝌蚪[12] 문자로 쓰여 있어 아는 사람이 없었다. 도사 중에 성이 하何이고 법명이 현통玄通이라 하는 이가 송강에게 말했다.

"소인의 가문이 조상으로부터 문서를 한 권 물려받았는데 천서를 판별할 수 있습니다. 위에 쓰인 것들은 모두 고대 과두 문자로 빈도가 식별해낼 수 있을 것 같습니다. 그것을 풀어내면 무슨 내용인지 알 수 있을 겁니다."

송강이 듣고서 크게 기뻐하며 돌비석을 받들어 하도사에게 보여줬다. 오래지 않아 도사가 말했다.

"이 돌비석은 상면에 의사의 크신 이름들이 새겨져 있습니다. 옆 한편에는 '천자를 대신하여 도를 행하다替天行道'라는 네 글자가 새겨져 있고 다른 한편에는 '충성과 의리를 모두 갖추다忠義雙全'라는 네 글자가 새겨져 있습니다. 그리고 머리 부분에는 남두육성과 북두칠성의 별자리가 있고 아래에는 존함이 새겨져 있습니다. 나무라시지 않는다면 위에서부터 하나하나 알려드리겠습니다."

"다행히 고사高士께서 의혹을 해결해주시니 우리와의 인연이 얕지 않

12_ 과두蝌蚪: 날카로운 붓 끝부분으로 쓰며 필획의 대부분이 머리는 크고 꼬리는 작아 올챙이 같다 하여 과두라 한다.

습니다. 가르쳐주신다면 실로 크신 덕에 감사드릴 뿐입니다. 하늘이 꾸짖는 말이 보이더라도 숨기지 말고 알려주십시오. 모두 드러내어 밝혀주시고 한마디 말도 빠뜨림 없이 전부 알려주시기 바랍니다."

송강이 성수서생 소양을 불러 황지黃紙13에 받아 적게 했다. 하도사가 말했다.

"앞면에는 천서 36행이 적혀 있는데 모두 천강성天罡星이고 뒷면에 천서 72행이 적혀 있는데 모두 지살성地煞星이라고 적혀 있습니다. 아래에는 여러 의사의 성명이 기재되어 있습니다."

돌 비석 전면에 쓰인 양산박의 천강성 36명

천괴성天魁星 호보의 송강呼保義 宋江
천강성天罡星 옥기린 노준의玉麒麟 盧俊義
천기성天機星 지다성 오용智多星 吳用
천한성天閑星 입운룡 공손승入雲龍 公孫勝
천용성天勇星 대도 관승大刀 關勝
천웅성天雄星 표자두 임충豹子頭 林冲
천맹성天猛星 벽력화 진명霹靂火 秦明
천위성天威星 쌍편 호연작雙鞭 呼延灼

13_ 황지黃紙: 관리 선임이나 심사, 성명 등기, 조정에 보고하기 위해 사용한 황색 종이.

천영성天英星 소이광 화영小李廣 花榮

천귀성天貴星 소선풍 시진小旋風 柴進

천부성天富星 박천조 이응撲天雕 李應

천만성天滿星 미염공 주동美髥公 朱仝

천고성天孤星 화화상 노지심花和尙 魯智深

천상성天傷星 행자 무송行者 武松

천입성天立星 쌍창장 동평雙槍將 董平

천첩성天捷星 몰우전 장청沒羽箭 張淸

천암성天暗星 청면수 양지靑面獸 楊志

천우성天佑星 금창수 서녕金槍手 徐寧

천공성天空星 급선봉 삭초急先鋒 索超

천속성天速星 신행태보 대종神行太保 戴宗

천이성天異星 적발귀 유당赤髮鬼 劉唐

천살성天殺星 흑선풍 이규黑旋風 李逵

천미성天微星 구문룡 사진九紋龍 史進

천구성天究星 몰차란 목홍沒遮攔 穆弘

천퇴성天退星 삽시호 뇌횡揷翅虎 雷橫

천수성天壽星 혼강룡 이준混江龍 李俊

천검성天劍星 입지태세 완소이立地太歲 阮小二

천평성天平星 선화아 장횡船火兒 張橫

천죄성天罪星 단명이랑 완소오短命二郎 阮小五

천손성天損星 낭리백조 장순浪裏白條 張順

천패성天敗星 활염라 완소칠活閻羅 阮小七

천뢰성天牢星 병관삭 양웅病關索 楊雄

천혜성天慧星 평명삼랑 석수拚命三郎 石秀

천폭성天暴星 양두사 해진兩頭蛇 解珍

천곡성天哭星 쌍미갈 해보雙尾蝎 解寶

천교성天巧星 낭자 연청浪子 燕靑

돌 비석 뒷면에 쓰여진 지살성 72명

지괴성地魁星 신기군사 주무神機軍師 朱武

지살성地煞星 진삼산 황신鎭三山 黃信

지용성地勇星 병울지 손립病尉遲 孫立

지걸성地傑星 추군마 선찬醜郡馬 宣贊

지웅성地雄星 정목안 학사문井木犴 郝思文

지위성地威星 백승장 한도百勝將 韓滔

지영성地英星 천목장 팽기天目將 彭玘

지기성地奇星 성수장 선정규聖水將 單廷珪

지맹성地猛星 신화장 위정국神火將 魏定國

지문성地文星 성수서생 소양聖手書生 蕭讓

지정성地正星 철면공목 배선鐵面孔目 裵宣

지활성地闊星 마운금시 구붕摩雲金翅 歐鵬

지합성地闔星 화안산예 등비火眼狻猊 鄧飛

지강성地强星 금모호 연순錦毛虎 燕順

지암성地暗星 금표자 양림錦豹子 楊林

지축성地軸星 굉천뢰 능진轟天雷 凌振

지회성地會星 신산자 장경神算子 蔣敬

지좌성地佐星 소온후 여방小溫侯 呂方

지우성地佑星 새인귀 곽성賽仁貴 郭盛

지령성地靈星 신의 안도전神醫 安道全

지수성地獸星 자염백 황보단紫髯伯 皇甫端

지미성地微星 왜각호 왕영矮腳虎 王英

지혜성地彗星 일장청 호삼랑一丈青 扈三娘

지폭성地暴星 상문신 포욱喪門神 鮑旭

지묵성地黙星 혼세마왕 번서混世魔王 樊瑞

지창성地猖星 모두성 공명毛頭星 孔明

지광성地狂星 독화성 공량獨火星 孔亮

지비성地飛星 팔비나타 항충八臂那吒 項充

지주성地走星 비천대성 이곤飛天大聖 李袞

지교성地巧星 옥비장 김대견玉臂匠 金大堅

지명성地明星 철적선 마린鐵笛仙 馬麟

지진성地進星 출동교 동위出洞蛟 童威

지퇴성地退星 번강신 동맹翻江蜃 童猛

지만성地滿星 옥번간 맹강玉幡竿 孟康

지수성地遂星 통비원 후건通臂猿 侯健

지주성地周星 도간호 진달跳澗虎 陳達

지은성地隱星 백화사 양춘白花蛇 楊春

지이성地異星 백면낭군 정천수白面郎君 鄭天壽

지리성地理星 구미귀 도종왕九尾龜 陶宗旺

지준성地俊星 철선자 송청鐵扇子 宋清

지락성地樂星 철규자 악화鐵叫子 樂和

지첩성地捷星 화항호 공왕花項虎 龔旺

지속성地速星 중전호 정득손中箭虎 丁得孫

지진성地鎮星 소차란 목춘小遮攔 穆春

지기성地羈星 조도귀 조정操刀鬼 曹正

지마성地魔星 운리금강 송만雲裏金剛 宋萬

지요성地妖星 모착천 두천摸着天 杜遷

지유성地幽星 병대충 설영病大蟲 薛永

지복성地伏星 금안표 시은金眼彪 施恩

지벽성地僻星 타호장 이충打虎將 李忠

지공성地空星 소패왕 주통小霸王 周通

지고성地孤星 금전표자 탕륭金錢豹子 湯隆

지전성地全星 귀검아 두흥鬼臉兒 杜興

지단성地短星 출림룡 추연出林龍 鄒淵

지각성地角星 독각룡 추윤獨角龍 鄒閏

지수성地囚星 한지홀률 주귀旱地忽律 朱貴

지장성地藏星 소면호 주부笑面虎 朱富

지평성地平星 철비박 채복鐵臂膊 蔡福

지손성地損星 일지화 채경一枝花 蔡慶

지노성地奴星 최명판관 이립催命判官 李立

지찰성地察星 청안호 이운靑眼虎 李雲

지악성地惡星 몰면목 초정沒面目 焦挺

지추성地醜星 석장군 석용石將軍 石勇

지수성地數星 소울지 손신小尉遲 孫新

지음성地陰星 모대충 고대수母大蟲 顧大嫂

지형성地刑星 채원자 장청菜園子 張靑

지장성地壯星 모야차 손이랑母夜叉 孫二娘

지열성地劣星 활섬파 왕정륙活閃婆 王定六

지건성地健星 험도신 욱보사險道神 郁保四

지모성地耗星 백일서 백승白日鼠 白勝

지적성地賊星 고상조 시천鼓上蚤 時遷

지구성地狗星 금모견 단경주金毛犬 段景住

하도사가 천서를 판별해 해독하고 소양이 받아 기록했다. 두령들이 소양이 받아 쓴 것을 읽고 모두 놀라워했다. 송강이 두령들에게 감탄하며 당부했다.

"나는 초라한 아전에 불과한데 원래 별들의 우두머리였고, 여러 형제도 하늘에 떠 있는 별들이었구려. 하늘이 감응했듯이 의를 위해 모인 것이 당연한 것이오. 지금 이미 숫자도 모두 찼고 서열은 운명적으로 정해진 것이니 모든 두령이 각자 그 맡은 지위를 지키고 다투지 말며 하늘의 말씀을 거슬러서는 아니될 것이오."

두령들이 모두 한입으로 말했다.

"천지의 뜻이고 정해진 이치라면 누가 감히 거스르겠습니까!"

송강이 황금 50냥을 가져오게 하여 하도사에게 사례로 주었다. 나머지 도사들도 모두 염송(독경)의 대가를 받고 초기를 수습해 산을 내려가 사방으로 흩어졌다.

도사들이 모두 집으로 돌아가자 송강은 군사 오 학구와 주무 등과 협의하여 충의당 위에 '충의당'이라 크게 쓴 편액을 달았다. 단금정도 커다란 편액으로 바꾸고 앞에 관문 3개를 세웠다. 충의당 뒤에 안대雁臺[14]를 지었는데 꼭대기 정면에 대청을 한 채 짓고 동서쪽에 각기 곁방을 지었으며 대청 정면에는 조 천왕 조개의 신위를 모시고 공양했다. 동쪽 방에는 송강, 오용, 여방, 곽성이, 서쪽 방에는 노준의, 공손승, 공명, 공량이 거처하게 했다. 두 번째 언덕 왼쪽 곁방에는 주무, 황신, 손립, 소양, 배선이, 오른쪽 곁방 일대에는 대종, 연청, 장청, 안도전, 황보단이 거처했다. 충의당 왼쪽 돈과 양식을 거두어둔 창고를 관리하는 쪽에는 시진, 이응, 장경, 능진이, 오른쪽에는 화영, 번서, 항충, 이

14_ 안대雁臺: 안대는 양산박 두령들이 천서를 읽고, 기상을 관찰하고, 방책 상황을 살피던 곳으로 전해지며 후에 소이광 화영이 기러기를 쏘아 떨어뜨려 '안대雁臺'라 함. 화영이 기러기를 쏘는 당당한 모습을 크게 조각하여 안대의 새로운 풍광을 더했음. 이 '안대'는 수호채의 후원이라고 할 수 있다.

곤이 기거했다. 산 앞쪽 남쪽 길 제1관문은 해진과 해보가 지키고 제2관문은 노지심과 무송이, 제3관문은 주동과 뇌횡이 지켰다. 동쪽 산 관문은 사진과 유당이 지키고 서쪽 산 관문은 양웅과 석수가, 북쪽 산 관문은 목홍과 이규가 지켰다. 여섯 개의 관문 외에 8개의 방책을 세웠는데, 네 개는 땅을 지키는 방책이고 네 개는 물을 지키는 방책이었다. 땅을 지키는 방책의 남쪽은 진명, 삭초, 구붕, 등비가 지키고 동쪽은 관승, 서녕, 선찬, 학사문이, 서쪽은 임충, 동평, 선정규, 위정국이, 북쪽은 호연작, 양지, 한도, 팽기가 지켰다. 동남쪽 수채는 이준과 완소이가, 서남쪽 수채는 장횡과 장순이, 동북쪽 수채는 완소오와 동위가, 서북쪽 수채는 완소칠과 동맹이 지켰다. 나머지 두령들에게도 각기 해야 할 일이 정해졌다.

깃발들도 새롭게 만들어 세웠다. 산 정상에는 '천자를 대신하여 도를 행한다替天道行'는 네 글자가 쓰인 살굿빛 깃발을 세웠다. 충의당 앞에는 글자를 수놓은 두 개의 붉은 깃발을 세웠는데 하나는 '산동 호보의山東 呼保義', 다른 하나는 '하북 옥기린河北 玉麒麟'이라 수놓인 깃발이 세워졌다. 충의당 밖에도 비룡飛龍과 비호기飛虎旗, 비웅飛熊과 비표기飛豹旗, 청룡靑龍과 백호기白虎旗, 주작朱雀과 현무기玄武旗, 황월黃鉞, 백모白旄, 청번靑幡15, 조개皂蓋, 비영緋纓(분홍빛 술纓), 흑독黑纛(검은색 큰 깃발)이 세워졌다. 중군에는 무기 이외에 사두오방기四斗五方旗, 삼재구요기三才九曜旗,

---

15_ 청번靑幡: 봄철 경작을 독려하고 꽃잎을 보호할 때 사용한 청기靑旗.

이십팔수기二十八宿旗, 육십사괘기六十四卦旗, 주천구궁팔괘기周天九宮八卦旗 등의 124폭의 진천기鎭天旗를 세웠는데 모두 후건이 제작했다. 김대견은 병부와 인신을 새로 주조했다. 모든 것이 완비되자 좋은 날과 시각을 정해 소와 말을 잡고 천지신명께 제사를 올렸다. 충의당, 단금정에 편액을 걸고 '천자를 대신하여 도를 행한다'는 살굿빛 깃발을 세웠다. 송강은 그날 크게 연회를 열어 병부와 인신을 직접 받들고 명령을 공포했다.

여기 모인 크고 작은 형제들에게 각자 관할을 명할 것이니 모두 맡은 바를 준수해야 하고 어기거나 의기를 상하게 하는 일이 없도록 하라. 고의적으로 위반하여 따르지 않는 자가 있다면 반드시 군법에 따라 다스릴 것이며 결코 용서하지 않을 것이다.
이제 명단을 하나씩 열거하겠노라.

양산박 총병 도두령 2명: 호보의 송강, 옥기린 노준의
기밀을 관장하는 군사 2명: 지다성 오용, 입운룡 공손승.
함께 군무에 참여하는 두령 1명: 신기군사 주무
돈과 식량 관장하는 두령 2명: 소선풍 시진, 박천조 이응
마군 오호장五虎將 5명: 대도 관승, 표자두 임충, 벽력화 진명, 쌍편 호연작, 쌍창장 동평
마군 팔표기八驃騎 겸 선봉사先鋒使 8명: 소이광 화영, 금창수 서녕, 청면수 양지, 급선봉 삭초, 몰우전 장청, 미염공 주동, 구문룡 사진, 몰

차란 목홍

마군 소표장小彪將 겸 염탐 및 순찰 두령 16명: 진삼산 황신, 병울지 손립, 추군마 선찬, 정목안 학사문, 백승장군 한도, 천목장 팽기, 성수장 선정규, 신화장 위정국, 마운금시 구붕, 화안산예 등비, 금모호 연순, 철적선 마린, 도간호 진달, 백화사 양춘, 금표자 양림, 소패왕 주통

보군 두령 10명: 화화상 노지심, 행자 무송, 적발귀 유당, 삽시호 뇌횡, 흑선풍 이규, 낭자 연청, 병관삭 양웅, 평명삼랑 석수, 양두사 해진, 쌍미갈 해보

보군 장교 17명: 혼세마왕 번서, 상문신 포욱, 팔비나타 항충, 비천대성 이곤, 병대충 설영, 금안표 시은, 소차란 목춘, 타호장 이충, 백면낭군 정천수, 운리금강 송만, 모착천 두천, 출림룡 추연, 독강룡 추운, 화항호 공왕, 중전호 정득손, 몰면목 초정, 석장군 석용

수채 네 곳의 수군 두령 8명: 혼강룡 이준, 선화아 장횡, 낭리백조 장순, 입지태세 완소이, 단명이랑 완소오, 활염라 완소칠, 출동교 동위, 번강신 동맹

주점 네 곳에서 소식을 탐문하고 찾아오는 손님을 접대하는 두령 8명: 동쪽 산 주점은 소울지 손신과 모대충 고대수. 서쪽 산 주점은 채원자 장청과 모야차 손이랑. 남쪽 산 주점은 한지홀률 주귀와 귀검아 두흥. 북쪽 산 주점은 최명판관 이립과 활섬파 왕정륙

소식 염탐을 총괄하는 두령 1명: 신행태보 대종

군중 기밀을 전달하는 보군 두령 4명: 철규자 악화, 고상조 시천, 금

모견 단경주, 백일서 백승

중군을 지키는 군마 효장驍將 2명: 소온후 여방, 새인귀 곽성

중군을 지키는 보군 효장 2명: 모두성 공명, 독화성 공량

형벌을 집행하고 관장하는 회자수 2명: 철비박 채복, 일지화 채경

삼군 안에서 소식을 탐지하는 마군 두령 2명: 왜각호 왕영, 일장청 호삼랑

물품 제조를 담당하는 제사 두령 16명: 문서를 발급하고 군사를 조달하는 일을 맡는 사람 1명 성수서생 소양, 공로와 상벌을 결정하는 군정사는 철면 공목 배선, 돈과 양식의 지출 납입을 계산하는 일은 신산자 장경, 크고 작은 전선을 건조하고 감독하는 일은 옥번간 맹강, 일체의 병부와 인신의 제조 전담은 옥비장 김대견, 깃발과 의복 제조 전담은 통비원 후건, 말을 치료하는 일을 맡은 자염백 황보단, 모든 질병을 치료하는 내외과 의사는 신의 안도전, 철제 무기 제조를 감독하는 금전표자 탕륭, 화포 제작을 담당하는 굉천뢰 능진, 건물을 짓고 수리하는 청안호 이운, 소·말·돼지·양 가축을 도살하는 조도귀 조정, 연회를 여는 일은 철선자 송청, 일체의 술과 식초의 공급 및 감독 제조는 소면호 주부, 양산박의 모든 성벽의 축조 감독은 구미귀 도종왕, '수帥'자 깃발을 잡는 일은 험도신 욱보사.

선화 2년 4월 22일, 양산박 대회합 인원 분배 고시

그날 양산박 송 공명이 영을 전달하여 두령들의 해야 할 직분이 정해지고 각기 병부와 인신을 수령했다. 연회가 끝나자 모두 크게 취하여

두령들이 각자 배치된 방책으로 돌아갔다. 중간에 아직 직분이 정해지지 않은 사람들은 모두 안대 앞뒤에서 머무르면서 인사 이동을 기다렸다. 명령이 이미 내려지자 각기 돌아가 모두 준수했다. 다음 날 송강이 북을 두드려 충의당으로 모두 모이게 했다. 향을 사르고 두령들에게 말했다.

"이제는 지난날과 비교할 바가 아니니 내가 한마디 하겠소. 우리는 천지간에 별들로 이렇게 모였으니 다 같이 하늘을 향해 맹세합시다. 각자 딴마음을 가지지 말고 생사를 서로 의지하며 우환과 재난이 있을 때는 서로 함께 나 송강을 도와 하늘의 뜻에 보답해야 합니다."

모두 크게 기뻐하며 일제히 옳다고 소리질렀다. 각자 향을 붙여 손에 들고 일제히 충의당에 무릎 꿇고 송강이 선창하여 맹세했다.

선화 2년 4월 23일, 양산박 의사 송강, 노준의, 오용, 공손승, 관승, 임충, 진명, 호연작, 화영, 시진, 이응, 주동, 노지심, 무송, 동평, 장청, 양지, 서녕, 삭초, 대종, 유당, 이규, 사진, 목홍, 뇌횡, 이준, 완소이, 장횡, 완소오, 장순, 완소칠, 양웅, 석수, 해진, 해보, 연청, 주무, 황신, 손립, 선찬, 학사문, 한도, 팽기, 선정규, 위정국, 소양, 배선, 구붕, 등비, 연순, 양림, 능진, 장경, 여방, 곽성, 안도전, 황보단, 왕영, 호삼랑, 포욱, 번서, 공명, 공량, 항충, 이곤, 김대견, 마린, 동위, 동맹, 맹강, 후건, 진달, 양춘, 정천수, 도종왕, 송청, 악화, 공왕, 정득손, 목춘, 조정, 송만, 두천, 설영, 시은, 이충, 주통, 탕륭, 두흥, 추연, 추윤, 주귀, 주부, 채복, 채경, 이립, 이운, 초정, 석용, 손신,

고대수, 장청, 손이랑, 왕정륙, 욱보사, 백승, 시천, 단경주 등은 지성으로 함께 맹세합니다.

삼가 저희는 지난날 각기 타향에서 살았으나 지금 함께 모여 별로써 형제가 되었고 천지를 부모로 삼았습니다. 저희 108명은 생김새는 다르나 각 방면에서 걸출한 재주가 있으며 한마음으로 합쳐 마음마다 밝고 맑습니다. 즐거운 일이 있으면 같이 즐기고 우울하면 함께 근심하고 태어난 것은 같지 않지만 죽을 때는 같이 죽기를 바라옵니다. 이미 하늘에서 명단을 정해 내려주셨으니, 여기 인간 세상에서 비웃는 일은 없을 것입니다. 불만이 있더라도 마음을 잘 다스려 화를 삭인다면 평생토록 몸을 상하지 않을 것입니다. 만일 나쁜 마음을 품고 대의를 그르치거나, 겉으로는 따르고 속마음이 다르거나, 시작은 있으나 끝이 없는 자는 하늘이 위에서 살피시고 귀신이 옆에서 바라보시어 칼로 그 몸을 베고 벽력으로 그 흔적을 없애주시고 영원히 지옥 깊은 곳에 빠지게 하셔서 다시는 인간세계에 나오지 못하게 하소서! 인과응보란 터럭만큼 차이도 없는 것이니 천지신명께서는 두루 살펴주시옵소서!

맹세가 끝나자 두령들이 한목소리로 환생할 때마다 만나고 대대로 함께하며 영원히 막힘없이 항상 오늘과 같기를 발원했다. 그날 두령들이 삽혈歃血16로써 맹세하고 술을 마셨다. 모두 크게 취한 뒤 헤어졌다.17

그날 밤 노준의가 돌아와 침상에 누웠다가 꿈을 꾸었다. 꿈속에 한 사람을 보았는데 키가 굉장히 크고 손에는 진귀한 활을 잡고 스스로 말했다.[18]

"나는 혜강嵇康[19]으로 대송황제를 위해 도적을 잡으러 홀로 여기까지 왔으니 너희는 일찌감치 스스로 묶어 나의 수고를 덜게 하거라!"

노준의가 꿈속에서 이 말을 듣고 격노하여 박도를 들고 성큼성큼 그를 쫓아가 찔렀으나 찔리지 않고 칼이 먼저 부러졌다. 노준의가 당황하여 손에 있던 부러진 칼을 버리고 다시 칼 받침대로 달려가 다른 칼을 뽑으려는데 허다한 칼, 창, 검, 미늘창이 모두 완전하지 않았고 부러진 것도 있어 모두 손상되어 어느 것 하나도 적을 막을 수 없는 것이었다. 그 사람이 이미 뒤에 다가와 있자 노준의가 한순간 당황하여 어찌할 바를 몰라 오른손 주먹으로 얼굴 정면을 가격했으나 도리어 그 사람의 활 끝에 맞아 노준의 오른팔이 절단되고 땅바닥에 엎어졌다. 그 사람이 바로 허리에서 밧줄을 풀더니 노준의를 꽁꽁 묶어 어디론가 끌고

16_ 삽혈歃血: 맹세할 때 짐승의 피를 마시거나 혹은 입에 머금거나 입 주변에 발라 맹세를 지키겠다는 것을 보여주는 성의 표시.
17_ 여기까지 『수호전』의 마지막이다. 이어지는 상황은 김성탄이 『수호전』을 엮어내면서 새롭게 덧붙인 부분으로 알려져 있다.
18_ 키가 크고長⋯⋯ 활로을 잡고⋯⋯ - 長+弓= 張. 송강을 귀순시킨 장숙야張叔夜의 성을 암시한다.
19_ 혜강嵇康: 죽림 칠현의 한 사람으로 호가 숙야叔夜다. 송강을 사로잡는 사람이 장숙야임을 암시.
20_ 공안公案: 관리가 사건을 심리할 때 사용하는 탁자.

갔다. 끌려간 곳은 공안公案20이 배치된 한가운데였는데 그 사람이 남쪽에 앉아 있었고 노준의를 대청 아래 풀밭으로 밀었는데 마치 심문하는 형상이었다. 그때 문밖에서 무수히 많은 사람이 땅이 진동하도록 울부짖는 소리가 들렸다. 그 사람이 소리질렀다.

"할 말 있는 자는 모두 들어와라!"

많은 사람이 일제히 울면서 꿇은 채로 들어왔다. 노준의가 보니 송강 등 107명이 모두 결박당한 채 들어왔다. 노준의가 꿈속에서 크게 놀라 단경주에게 물었다.

"이게 어찌된 일이오? 누가 우리 형제들을 사로잡았소?"

단경주가 뒤에서 무릎 꿇은 채 노준의에 다가와 낮은 소리로 말했다.

"형님께서 원외가 사로잡힌 것을 알았으나 다급하여 구해낼 계책도 없었고 군사와 상의하여 이 같은 고육책 외에는 없어 조정에 귀순을 청하여 원외의 목숨을 보전하고자 한 것입니다!"

말이 미처 끝나기도 전에 그 사람이 공안을 두드리며 욕했다.

"만 번 죽여도 모자랄 미친 도적놈들아! 네놈들이 극악무도한 대죄를 지어 조정에서 여러 차례 체포하려 했으나 네놈들이 공개적으로 저항하여 무수한 관군을 살해했다. 오늘 네놈들이 이렇게 찾아와 꼬리를 흔들며 인정을 구걸하여 살기를 바라느냐! 내가 오늘 네놈들을 사면한다면 훗날 다시 어떤 법으로 천하를 다스릴 수 있겠느냐! 게다가 너희의 탐욕스런 욕심을 믿을 수가 없도다! 망나니는 어디에 있느냐?"

그때 명령이 떨어지기도 전에 재빠르게 216명의 망나니가 벽 장막 안에서 벌 떼처럼 몰려나와 두령 한 명에 두 사람씩 붙어 송강과 노준의 등 108명의 호걸을 대청 아래 풀밭에서 일제히 참수했다. 노준의가 꿈속에서 놀라 혼이 빠져서 천천히 눈을 뜨고 바라보니 집안 편액에 푸른 글자로 '천하태평'이라 쓰여 있었다.

수호전 6
ⓒ 방영학 송도진

1판 1쇄   2012년 10월 22일
1판 2쇄   2012년 11월 5일

지은이   시내암
옮긴이   방영학 송도진
펴낸이   강성민
편집   이은혜 박민수 김신식
독자모니터링   황치영
마케팅   최현수
온라인마케팅   김희숙 김상만 이원주

펴낸곳 (주)글항아리 | 출판등록 2009년 1월 19일 제406-2009-000002호

주소   413-756 경기도 파주시 문발동 파주출판도시 513-8
전자우편   bookpot@hanmail.net
전화번호   031-955-8891(마케팅) 031-955-2670(편집부)
팩스   031-955-2557

ISBN   978-89-6735-024-6   04900
          978-89-6735-018-5   (세트)

이 책의 판권은 옮긴이와 글항아리에 있습니다.
이 책 내용의 전부 또는 일부를 재사용하려면 반드시 양측의 서면 동의를 받아야 합니다.

이 도서의 국립중앙도서관 출판시도서목록(CIP)은 e-CIP홈페이지(http://www.nl.go.kr/ecip)와 국가자료공동목록시스템(http://www.nl.go.kr/kolisnet)에서 이용하실 수 있습니다.(CIP제어번호: CIP2012004472)